SIMON GREEN

ROBIN HOOD
KÖNIG DER DIEBE

Aus dem Amerikanischen
von W. M. Riegel

Deutsche
Erstveröffentlichung

GOLDMANN VERLAG

Die Originalausgabe erschien 1991
unter dem Titel »Robin Hood. Prince of Thieves«
bei Berkley Books, New York.
Der Roman basiert auf der Story von Pen Densham
und dem Drehbuch
von Pen Densham und John Watson.

Der Goldmann Verlag
ist ein Unternehmen der Verlagsgruppe Bertelsmann

Made in Germany · 9/91 · 1. Auflage
TM & © 1991 by Morgan Creek Productions, Inc.,
and Warner Bros., Inc. All rights reserved.
© der deutschsprachigen Ausgabe 1991
by Wilhelm Goldmann Verlag, München
Umschlaggestaltung: Design Team München
Satz: IBV Satz- und Datentechnik GmbH, Berlin
Druck: Elsnerdruck, Berlin
Verlagsnummer: 41290
Lektorat: SN
Herstellung: Peter Papenbrok
ISBN 3-442-41290-0

Robin Hood
König der Diebe

Jerusalem

Die Dunkelheit brach über die Wüste herein wie ein Falke, der auf seine Beute herabstürzt. Die sinkende Sonne färbte die Wolken blutrot. Mit dem fliehenden Tageslicht wurden die Schatten länger und länger. Die Nacht senkte sich über Jerusalem und das Land. Der rote Sonnenball brannte noch einmal auf die von Lehmmauern umgebene Stadt wie ein gnadenloses starres Auge, wie eine Erinnerung daran, daß Gott alles sah, selbst in der tiefsten Finsternis.

Vom Turm eines Minaretts blickte eine alte, verwitterte, schwarzgekleidete Gestalt auf diese Sonne und hob dann die Stimme zu einem singenden, klagenden moslemischen Gebetsruf. In der ganzen Stadt wurden Lampen entzündet, um sich der nahenden Dunkelheit zu erwehren, und die Menschen hasteten durch die engen Straßen wie Ameisen in einem aufgestörten Nest. Der Tag war vollendet, die Nacht war gekommen. Für einige allerdings hatte die wirkliche Finsternis gerade erst begonnen.

Jerusalem, im Jahre des Herrn 1194, im dritten Jahr des dritten Kreuzzugs. Eine arabische Stadt. Kein guter Ort für einen Christen. Ein noch schlechterer für einen gefangenen Christen.

In den Verliesen unter der Stadt herrschte ewige Nacht. Die

Gefangenen dort verbrachten ihre endlosen Tage in überfüllten, engen Zellen, in denen es nicht einmal eine Lampe oder Kerze gab. Die Wachen trugen Fackeln bei ihren unregelmäßigen Kontrollgängen, doch weil ihr Erscheinen nur zu oft den Gang zum Verhör oder gleich zum Scharfrichter bedeutete, lernten die Menschen dort unten, dieses Licht zu fürchten und duckten sich tief in den Schatten, wann immer draußen auf dem Korridor vor ihren Zellen ein Lichtschein auftauchte. Nur in einem Teil der Verliese gab es immer Licht: in der Folterkammer des Inquisitors.

Die Folterkammer war ein feuchter, bedrückender Ort. Die niedrige Decke war rauchgeschwärzt von dem riesigen eisernen Feuerofen am anderen Ende, neben dem lange Spieße standen, stählerne Piken mit Widerhaken und im Widerschein der Glut blinkende Klingen, alle bereit, jederzeit verwendet zu werden. Es war drückend heiß in dem Raum; von den unebenen Steinwänden lief Kondenswasser in schnellen, hastigen Strömen. Einige neben der Tür angekettete Gefangene versuchten es in ihrem Durst abzulecken, doch es war bitter und ungenießbar und nur eine zusätzliche Folter, subtiler als alle anderen. Ratten huschten auf dem Boden umher. Die Gefangenen, die auf ihr Verhör durch den Inquisitor warteten, sahen ihnen mit gierigen, hungrigen Augen nach. Die Ratten hielten in der Regel sichere Distanz, doch es kam schon vor, daß die eine oder andere an einem Fuß oder einem Knöchel, der sich eine Weile nicht bewegt hatte, zu nagen begann.

Die Gefangenen saßen teilnahmslos nebeneinander auf dem nackten Steinboden, die Köpfe so weit gesenkt, wie es die Ketten ihrer Halseisen zuließen. Der Schweiß rann ihnen von den Gesichtern. Es war Angstschweiß, aber auch die fürchterliche Hitze im Raum. Sie saßen schweigend und stumm. Für sie war die Zeit des Flehens und Bettelns schon lange vorbei. Was immer sie sagten, bewertete der Inquisitor nach eigenem Gutdünken. Niemand kam ihnen zu Hilfe, niemanden interessierte, wie es ihnen erging. Sie waren nichts weiter als der letzte, niedrigste Abschaum. Halsabschneider und kleine Kriminelle, Politiker mit mächtigen Feinden. Oder sie waren einfach nur zufällig zur falschen Zeit am falschen Platz gewesen oder hatten den falschen Gott angebetet. Hier nun waren sie alle gleich vor dem Inquisitor.

Unter den ungefähr zwanzig dunkelhäutigen Gestalten stachen zwei blasse Gesichter im flackernden Lichtschein hervor. Weiße. Ungläubige. Die Verhaßtesten und Verachtetsten überhaupt. Ihre Kleider waren nur noch Fetzen, und ihre Haut zeigte den Schmutz und die ungesunde Farbe langer Kerkerhaft. Und dennoch unterschied sie die Art, wie sie sich hielten, von ihren Mitgefangenen. Etwas, das an anderem Ort und zu anderer Zeit durchaus so etwas wie Adel hätte sein können.

Robin von Locksley und Peter Dubois waren mit dem ruhmreichen Ziel, das Heilige Land für die Christenheit zurückzuerobern, in den Orient gekommen. In den endlosen blutigen Kämpfen, die mit Ehre nichts zu tun hatten und bei denen jede Ritterlichkeit auf der Strecke blieb, hatten sie ihre Ideale verloren. Den Ruhm ernteten bestenfalls die Schnellen und die Toten. Am Ende hatte auch sie, wie so viele andere, ihr Glück verlassen. Vierundsiebzig Engländer waren an jenem Tag in Gefangenschaft geraten. Man hatte sie in Ketten durch die Straßen Jerusalems getrieben. Der Mob hatte geschrien und sie verlacht, mit Stöcken und Dolchen auf sie eingeschlagen und eingestochen und sie mit Steinen beworfen. Sieben von ihnen hatten die Verliese unter der Stadt nicht mehr erreicht. In der Hölle der folgenden Wochen und Monate fragten sich die immer weniger werdenden Überlebenden, ob diese Sieben am Ende nicht die Glücklicheren gewesen waren.

Fünf Jahre waren darüber schon vergangen, und ihre Landsleute waren dahingestorben, einer nach dem anderen. Sie waren an den Foltern und Mißhandlungen zugrunde gegangen oder einfach verhungert, weil sie vergessen worden waren. Einige hatten in der ewigen Dunkelheit hier unten jede Hoffnung und jeden Glauben verloren und ihrem Leben selbst ein Ende gesetzt. Nur Robin von Locksley und Peter Dubois lebten noch. Ihr Leiden und ihre Verzweiflung hatten sie gebeugt, aber nicht gebrochen. Und so wie Stahl durch Glut und Hämmerschläge nur noch härter wird, wurden auch sie immer härter und entschlossener und warteten auf eine Gelegenheit zur Flucht. Und selbst wenn diese nicht kommen mochte, dann vielleicht eine Chance, sich für das, was ihnen und ihren Landsleuten angetan worden war, zu rächen.

Robin von Locksley war groß und sehnig, und sein Gesichtsausdruck spiegelte die grimmige Entschlossenheit wider, sich nicht unterkriegen zu lassen. Er wäre ein gutaussehender Mann gewesen, hätte nicht der ständig nagende Hunger seine Gesichtszüge schmerzlich ausgezehrt und seit langem schon jede Sanftheit aus ihnen und seinen Augen vertrieben. Reglos saß er da, ohne den Inquisitor auch nur eine Sekunde aus den Augen zu lassen. Es bestand immer die Chance, daß er einmal unvorsichtig oder allzu sorglos wurde und ihm nur den einen Schritt zu nahe kam, der genügte, ihm die Kette um den Hals zu werfen, das Knie in den Rücken zu pressen und das zu tun, was er sich seit ungezählten Tagen und Nächten vorgestellt hatte. Die Wachen würden ihn selbstverständlich auf der Stelle töten. Aber das war es wert.

Natürlich würde die Gelegenheit nie kommen. Der Inquisitor war viel zu professionell, um sich einen derart sträflichen Fehler zu erlauben. Robin seufzte lautlos und schloß die Augen. Er sah England vor sich. Die weiten offenen Felder und die endlosen Wälder. Manchmal schien es ihm, als wäre England niemals etwas anderes als ein Traum gewesen, als hätte er niemals etwas anderes erlebt als Hitze und eine Dunkelheit der endlosen Leiden. Trotzdem war er nicht bereit, seine Erinnerungen an England aufzugeben. Sie gaben ihm Kraft und den Willen, durchzuhalten. Solange es dort draußen England gab, irgendwo, frei und schön und unbefleckt von Blut und Tod, konnte er alles ertragen.

Peter hustete heiser neben ihm. Robin sah ihn besorgt an. Unter dem Schmutz und seinen Fetzen am Leib war Peter kaum noch mehr als Haut und Knochen, aufrechterhalten allein noch von dem Haß auf diejenigen, die ihn gefangen hatten, und der hartnäckigen Weigerung zu sterben. Peter war ein Hüne von Mann gewesen, Soldat und Abenteurer, der gleichermaßen wild kämpfen und lachen und lieben konnte. Aber davon war nur noch wenig übriggeblieben in diesem lebenden

Skelett hier an seiner Seite. Nur manchmal noch blitzte der alte Geist in Peters Augen auf.

Robin sah weg. Wut und Verzweiflung drohten ihn zu übermannen. Sein Blick fiel auf einen breitschultrigen Mauren, der ihm gegenüber an die Wand gekettet war. Er war sehr muskulös, ein Zeichen, daß er noch nicht viel Zeit in diesem Kerker zugebracht hatte. Auch in seinen Augen brannte noch eine wilde, stoische Entschlossenheit, die Robin beeindruckend fand. Er versuchte sich aufzusetzen und suchte den Blick des Mauren. Sie starrten einander an, ohne ein Wort zu sagen. Es gab nichts zu reden. Was sie beide hierhergebracht hatte, war längst bedeutungslos, und was die Zukunft für sie bereithielt, war ihnen ebenfalls klar.

Feuerschein flackerte, als einer der Gehilfen des Inquisitors die Tür des Eisenofens kurz öffnete, um eine glühende Stahlklinge herauszuziehen. Das rote Metall verbreitete einen sanften Lichtschimmer in der feuchten Luft. Robin überlief eine Gänsehaut. Der Gehilfe spuckte auf die Klinge und sah geistesabwesend zu, wie der Speichel auf ihr verzischte und die Tröpfchen auf dem heißen Metall tanzten. Der Inquisitor hatte zwei Gehilfen, die Robin nie auseinanderzuhalten vermochte. Sie waren beide klein und gedrungen, muskulöse Männer mit einem ewigen breiten Grinsen und gierigen Augen. Meistens bewegten sie sich mit einer schwerfälligen Unausweichlichkeit, die auf ganz subtile Weise einschüchterte, und sie gingen weder auf Drohungen noch auf Flehen und genausowenig auf irgendwelche Angebote ein.

Der am Ofen schob die glühende Klinge wieder zurück in die

Glut und grinste den zusehenden Gefangenen breit zu. Er betrachtete sie gemächlich der Reihe nach. Robin mußte sich beherrschen, um nicht dem Blick des Mannes, der kurz an ihm hängenblieb, angstvoll auszuweichen. Schließlich deutete der Scherge kurz auf einen knochendürren, rattengesichtigen Gefangenen ganz hinten auf der anderen Seite, zu dem der andere Gehilfe daraufhin ohne Eile ging, sein Handeisen aufschloß und ihn mit sich zerrte. Der Araber schrie, kreischte und stammelte, während er von dem Wärter ungerührt zu dem massiven Holzblock vor dem Eisenofen geschleppt wurde. Seine Stimme überschlug sich in Angst und Panik, aber das hinterließ keinerlei Eindruck. Robin starrte auf den Holzblock, der von vertrockneten Blutflecken übersät war, und schluckte trocken. Zahllose Menschen hatten dort schon eine Hand verloren oder einen Fuß oder auch den Kopf selbst. Und es waren Freunde von ihm unter ihnen gewesen.

Der Inquisitor sah träge zu, wie seine beiden Gehilfen dem rattengesichtigen Gefangenen ein Seil um das Handgelenk banden und ihm den Arm über den Block spannten. Der Gefangene schrie, kreischte ohne Unterlaß und versuchte vergeblich, sich den kräftigen Händen der Schergen zu entwinden. Dann deutete er plötzlich hinter sich auf die anderen Gefangenen. Der Inquisitor drehte sich sogar ein wenig herum, um seiner Geste zu folgen. Robin spürte einen schmerzhaften Stich im Herzen, als er dessen kalten Blick auf sich und Peter fallen sah. Sein Atem kam kurz und stoßweise, aber er zwang sich, äußerlich reglos zurückzustarren und dem Blick des Inquisitors standzuhalten. Sie mochten ihm seinen Stolz und seine

Würde genommen haben, aber noch hatte er seinen Mut und seine Ehre.

Wenn man ihn genau ansah, war der Inquisitor noch größer, als er ihn in Erinnerung hatte. Und noch weitaus furchteinflößender. Er mochte gut über sechs Fuß groß sein und sah fast genauso breit aus. Seine gewaltigen Muskelberge glänzten so von Schweiß, als seien sie eingeölt. Und er bewegte sich mit dieser trägen, gelassenen Arroganz, die sich aus dem Bewußtsein totaler Macht speist. In diesem Gelaß hier war sein Wort Gesetz, und die Gefangenen lebten, schrien und starben allein nach seinem Gutdünken. Er hatte ein finsteres und wildes Gesicht, und in seinen Augen war etwas, was Robin fesselte. Sie waren von erbarmungsloser Kälte – die Augen eines Mannes, der die Macht hatte, alles zu tun, buchstäblich alles, weil Gnade und Mitleid seinem ganzen Wesen fremd waren. Dieser Mann war imstande, die schrecklichsten Dinge zu tun, wenn er sie nur als notwendig ansah, ohne seine eigenen Anordnungen jemals in Frage zu stellen. Denn für ihn zählte allein, seine Arbeit zu tun, so schnell und wirksam es nur ging. Sein Blick weilte immer noch auf Robin und Peter, bis er endlich langsam weiterschweifte, von einem zum anderen und wieder zurück. Als er schließlich sprach, war seine Stimme flach und emotionslos.

»Er sagt, du hast sein Brot gestohlen.«

»Das ist eine Lüge«, brauste Peter hastig auf. Er hatte seine ganze Verachtung in den Satz legen wollen, brachte aber nur ein zittriges Krächzen zustande. »Ich habe ihn erwischt, wie er dabei war, unser Brot zu stehlen, und ihn gezwungen, es zurückzugeben. So war es.«

Der rattengesichtige Gefangene hinter dem Inquisitor gab einen neuen Schwall Bitten und Beschuldigungen von sich, doch der Inquisitor gebot ihm mit wenigen scharfen Worten Schweigen, ohne seinen Blick von Peter zu lassen. Nach einer langen Pause wandte er sich gemächlich ab und nickte seinen Gehilfen zu.

»Hackt dem Ungläubigen die Hand ab«, sagte er ruhig und ging zurück zu dem Holzblock.

Einer der Gehilfen band den Rattengesichtigen wieder los und schleppte ihn weg, der andere kam zu Peter, um dessen Eisen aufzuschließen, von denen Rost abblätterte und an Peters Handgelenken und Fußknöcheln haftenblieb, während der Scherge die Ketten zur Seite warf und Peter hochzerrte. Peter schwankte auf seinen ausgezehrten, zitternden Beinen und starrte den Inquisitor dumpf an. Er war so schwach, daß er kaum allein gehen konnte, aber trotzdem versuchte er sich nach Kräften zu wehren, als der Gehilfe ihn vor dem Holzblock auf die Knie zwang und seinen bloßen Arm darüber zog.

»Nein!« stieß Robin heftig hervor, und noch war genug Nachdruck in seiner Stimme, um alle Aufmerksamkeit auf sich zu ziehen. Der Inquisitor blickte ihn aus seinen finsteren, starren Augen verwundert an. Robin holte tief Luft. »Laßt ihn frei. Ich habe das Brot genommen.«

»Das ist nicht wahr!« stöhnte Peter und wand sich erneut unter den Händen des Schergen, um zu Robin hinzusehen. »Du weißt genau, daß es nicht wahr ist.«

Robin lächelte ihn bitter an. »Die Wahrheit interessiert diese Leute doch gar nicht. Du bist zu schwach, Peter. Ich kann nicht zulassen, daß sie dich verletzen. Du würdest es nicht überleben.«

Der Inquisitor musterte sie beide lange, dann nickte er langsam. »Wie edelmütig. Aber wie du willst, Ungläubiger.« Er wandte sich an seine Gehilfen. »Hackt ihm ebenfalls die Hand ab. Aber zuerst...«

Er deutete auf den rattengesichtigen Gefangenen. Peter wurde achtlos wie ein Sack zur Seite gestoßen, damit der Araber nun wieder seinen Platz am Richtblock einnehmen konnte. Er heulte und kreischte erneut, wehrte sich und schlug um sich, doch es dauerte trotzdem nur Augenblicke, bis er wieder auf dem Boden kniete und sein bloßer Arm über den Block mit seinen trockenen Blutflecken gezogen war. Der Schweiß rann ihm vom Gesicht, und er wimmerte vor sich hin, während er wieder festgebunden wurde. Der Inquisitor stand vor ihm und hielt fast lässig einen rotglühenden Krummsäbel in seiner riesigen Hand. Der Rattengesichtige hielt den Atem an, als er die glühende Klinge sich über seinen Arm herabsenken sah. Er starrte mitleidheischend zum Inquisitor empor.

»Sei stark«, sagte dieser nur. »Zeige den Ungläubigen den Mut Allahs.«

Der Gefangene warf den Kopf hoch, und seine Hand zuckte wie in Krämpfen. Außer dem leisen Knistern der Kohlen in der Ofenglut und dem schweren Atmen der zusehenden Gefangenen war es totenstill im ganzen Raum. Der Krummsäbel fuhr herab und tief ins Holz. Der Gefangene verlor das Bewußtsein. Die Gehilfen zerrten ihn zur Seite und sengten den Armstumpf zu, damit er sich schloß und nicht ausblutete. Der Inquisitor selbst schleuderte die abgetrennte Hand an der Spitze seines Krummsäbels mit geübtem Schwung in einen Korb.

Einer der Gehilfen kam nun zu Robin und schloß dessen Eisen auf. Aufgescheuerte weiße Haut kam an den Stellen, um die schon so lange das Eisen lag, zum Vorschein. Der Gehilfe zerrte ihn hoch, doch Robin stieß ihn von sich und ging allein und aufrecht hinüber zu dem Holzblock, kniete ohne Hast nieder und legte verächtlich seinen Arm darüber. Er blickte kalt zu dem Inquisitor empor. Einer der Gehilfen schlang ihm die Schnur um das Handgelenk und zog sie fest. Robin biß die Zähne zusammen. Es schmerzte sehr, aber er wollte sich nichts anmerken lassen. Der Inquisitor beobachtete ihn leidenschaftslos, wieder mit seinem rotglühenden Krummsäbel in der Hand. Er hob ihn mit grausamer Langsamkeit über Robins Arm, so knapp, daß die Gluthitze die Armhärchen versengte. Robin ließ seine Augen von der Klinge weg wieder nach oben zu dem kalten, gnadenlosen Inquisitor wandern, um sein Gegenüber plötzlich wölfisch und zähnefletschend anzulächeln. In seinen Mundwinkeln lag nicht die geringste Spur von Humor.

»Das ist englischer Mut«, sagte er leise und drohend.

Der Inquisitor hob den Säbel und ließ ihn herabsausen. Doch Robin hatte sich bereits zur Seite und nach hinten geworfen und den Gehilfen auf der anderen Seite des Blocks, der seinen Arm hielt, mit sich gezogen. Dieser schrie kreischend auf, als ihm der glühende Säbel des Inquisitors in die Schulter fuhr. Der Gestank verschmorenden Fleisches erfüllte die Luft. Der Gehilfe fiel schreiend zur Seite, riß die Klinge des Inquisitors mit sich. Robin hatte seinen Arm befreit, stieß den anderen Gehilfen, der ihn von hinten hielt, mit dem Ellbogen heftig von sich und hieb im Hochspringen dem Inquisitor die Faust in die Kehle. Der Koloß taumelte hustend und keuchend rückwärts, und da hatte ihn Peter bereits von hinten im Würgegriff.

Robin hechtete nach vorn, griff sich den Krummsäbel und wirbelte gerade noch rechtzeitig herum, um den zweiten Gehilfen mit ausgestreckten Armen auf sich zuspringen zu sehen. Ein Ausfallschritt Robins nach vorne – und der Scherge hatte sich selbst an dem noch immer glühheißen Krummsäbel aufgespießt. Robin zog die Klinge heraus, und der Gehilfe sank schlaff zu Boden, als habe ihn nur die Klinge noch aufrecht gehalten. Der andere Gehilfe wand sich in Schmerzen hinter dem Richtblock und suchte nach dem Messer in seinem Gürtel. Robin war sofort bei ihm und trat ihm heftig in die Weichteile. Der Mann regte sich nicht mehr.

Der Inquisitor stolperte rückwärts und versuchte sich aus Peters Würgegriff, der ihm kaum noch Luft ließ, zu befreien. In seinem geschwächten, kraftlosen Zustand war Peter ihm an Stärke eigentlich weit unterlegen, doch sein Haß und die unerwartete Gelegenheit zur Rache verliehen ihm ungeahnte Kräfte. Dem Inquisitor trieb es, während er immer heftiger nach Luft rang, die Augen heraus, doch seinen klaren Verstand besaß er nach wie vor. Er sah, wie nahe sie dem Eisenofen waren und warf sich nach hinten, um Peter gegen die heißen Metallplatten zu drücken. Peter sah hinter sich und warf sich im letzten Moment herum. Jetzt Auge in Auge mit dem Inquisitor, stieß er ihn zurück, so daß er nun mit seinem schweren

Gewicht selbst an die heißen Wände des Ofens prallte und in Schmerzen und im Schock aufschrie, als sein Körper gegen das heiße Metall prallte. Und dann hatte Peter ihn bereits an den Haaren und schlug ihm den Kopf wieder und wieder an die Tür des Ofens. Dem schweren Mann knickten die Beine ein. Peter stieß den Kopf seines Peinigers in die Ofenöffnung und klemmte ihn in der Tür ein. Schreckliche Schreie drangen aus dem Ofen, doch Peters Griff war eisern. Er grinste mit irrem Blick.

»Das ist für meine fünf Jahre Hölle, du Bastard«, sagte er schließlich ganz ruhig.

Robin kam auf ihn zu, fuhr dann aber mitten in der Bewegung herum. Jemand hinter ihm hatte eine Warnung ausgestoßen. Vor ihm stand ein arabischer Wächter und schwang eine massive Axt in weitem, tödlichem Bogen gegen ihn. Robin konnte sich gerade noch ducken, ehe ihm der Kopf zerschmettert worden wäre. Die Wucht des Hiebs zerzauste ihm noch die Haare. Der Wächter gewann rasch seine Balance zurück und holte zu einem neuen Axthieb aus. Robin parierte ihn mit einem Ausfall mit seinem Krummsäbel und schlug dann seitwärts mit aller Macht zu. Der Säbel fuhr glatt durch den Axtgriff, und die Heftigkeit des Schlags entriß dem Wächter die beiden Stücke der Axt. Er starrte einfältig auf seine plötzlich leeren Hände, aber da hatte Robin ihn bereits durchbohrt. Er blickte hinab auf den Toten vor sich und knurrte. Hatte ein Wächter den Aufruhr hier wahrgenommen, dann ebenso auch andere, die also zweifellos bereits auf dem Weg waren.

Er blickte zu dem Gefangenen hin, der ihm die Warnung zugerufen und damit das Leben gerettet hatte. Es war der Maure, mit dem er vorhin Blicke getauscht hatte. Er war hochgewachsen und muskulös. Seine dunkle Haut war mit verschlungenen Tätowierungen bedeckt. Selbst sein rasierter Kopf war tätowiert. Er war eine imposante Erscheinung und strahlte eine selbstsichere Stärke aus, die nicht allein auf seine körperliche Kraft zurückzuführen war.

Robin ging zu ihm hinüber und musterte ihn.

»Du sprichst Englisch«, sagte er schließlich.

»Sogar das des Königs.« Der Maure hatte eine tiefe Stimme. Sie war fest und klar, und er sprach fast ohne Betonung. »Nimm mir die Fesseln ab.«

Robin zog die Brauen hoch, aber der Maure hielt seinem Blick gelassen stand. »So habe doch ein Einsehen, Engländer«, sagte er. »Ich bin zum Tode verurteilt.«

»Sei auf der Hut, glaub ihm kein Wort!« sagte Peter scharf. Mühsam schleppte er sich an Robins Seite. Er zitterte nach dem Kampf mit dem Inquisitor am ganzen dürren Leibe gleichermaßen vor Wut, Haß und Erschöpfung. »Er ist ein Heide! Einer von dieser gottlosen Brut, die uns all die Jahre hier eingekerkert hat.«

»Er hat mir das Leben gerettet«, sagte Robin.

Peter wischte das beiseite. »Aber doch nur, um seine eigene Haut zu retten.«

Dann aber fuhren sie alle zur Tür herum. Draußen näherten sich Laufschritte und Stimmen. Und sie kamen eindeutig in ihre Richtung.

Robin schlug die Tür zu und sah sich nach etwas um, womit

er sie verbarrikadieren konnte. Der Maure kräuselte die Lippen.

»Mach die Ketten los und ich zeige dir einen Weg hinaus.«
»Und warum sollten wir dir vertrauen?« fragte Robin kühl.
»Weil du ein toter Mann bist, wenn du es nicht tust.«
Robin sah Peter an. »Da hat er nicht unrecht.«
Die Laufschritte kamen näher; die Tür wurde aufgestoßen, und ein weiterer Wächter stürmte herein. Robin streckte ihn mit einem einzigen wohlgezielten Hieb nieder und lächelte dem Mauren zu.

»Wie ich sagte: gar nicht so unrecht. Moment.« Er beugte sich zu dem einen Gehilfen herunter und nahm ihm die Schlüssel vom Gürtel. Es war nur eine Sache von Augenblicken, bis er den passenden für die Ketten des Mauren fand und dessen Eisen aufschloß. Er warf sie beiseite und blickte zur offenen Tür. Die Laufschritte waren schon sehr nahe. »Sie sind jede Sekunde da. Jetzt zeige uns den Weg hinaus, Freund.«

»Hier entlang«, sagte der Maure und huschte hastig zur Rückwand der Folterkammer. Robin sah dort zwar nur die blanken Steine, warf aber dann achselzuckend den anderen Gefangenen die Schlüssel zu und folgte dem Mauren zusammen mit Peter, der sich schwer auf ihn stützen mußte. Der Maure schob vorsichtig eine Hand hinter den Ofen und zog dort an einem verborgenen Hebel. Es gab ein leises, knirschendes Geräusch, und in der Mauer erschien eine Öffnung, die sich zu einem langen, engen Tunnel erweiterte. Robin hatte nur wenig Zeit, darüber nachzudenken, woher der Maure von dieser Geheimtür und dem Tunnel wissen konnte. Diese Frage war jetzt nicht so wichtig. Sie konnte später immer noch geklärt werden. Er griff sich eine der Fackeln von der Wand der Folterkammer und folgte dem Mauren mit Peter in den schwarzen Tunnel hinein. Die Maueröffnung schloß sich alsbald von selbst wieder hinter ihnen. Rundherum war nur noch spärlich von der Fackel erhellte Dunkelheit.

Robin erschauerte plötzlich. Die Fackelflamme zitterte. Es war kalt hier in dem Tunnel, zumal nach der schweißtreibenden Hitze in der Folterkammer. Jenseits der Mauer hinter ihnen war der Kampf der Wärter mit den befreiten anderen Gefangenen zu hören. Ein teuflisches Grinsen machte sich auf seinem Gesicht breit. Als er eine Hand auf seinem Arm spürte, fuhr er erschrocken herum. Der Maure lächelte ihn an und nahm ihm die Fackel aus der Hand.

»Wir müssen uns beeilen«, sagte er ruhig. »Es wird nicht lange dauern, bis sie entdeckt haben, wohin wir verschwunden sind.«

»Wo führst du uns hin?« fragte Peter mißtrauisch.

Einen Moment lang waren die blitzenden weißen Zähne des Mauren im Lichtschein der Fackel zu sehen. »An den einzigen Ort in Jerusalem, mein Freund, der noch schlimmer ist als die Verliese. In die Kanäle.«

Und er ging wieder voraus in die Dunkelheit hinein, die Fackel so weit es ging über sich hochhaltend. Sie folgten ihm. Der enge Schacht begann abwärts zu führen, bis sie schließlich in einem Labyrinth sich kreuzender roher Steintunnel anlangten, die hier unter der Stadt verliefen. Ein entsetzlicher Gestank lag in der Luft, und er nahm noch weiter zu, bis sie das

Ende eines dieser Tunnel erreicht hatten und unvermittelt in drei Fuß hohes Kloakenwasser plumpsten, das obendrein unangenehm warm war und auf dem Klumpen schwammen, die Robin nicht näher zu untersuchen beschloß. Der Maure watete stetig voran. Sie hielten sich mit Mühe dicht hinter ihm. Robin hielt den Kopf weit nach oben gestreckt und versuchte, so selten wie möglich einzuatmen und wenn, dann nur durch den Mund. Trotzdem war der Gestank kaum auszuhalten. Er war der Meinung gewesen, all die Jahre in den Verliesen Jerusalems hätten ihn gegen jedes Maß Schmutz und Gestank gefeit, doch diese Abwasserkanäle hatten eine Duftnote, die nicht zu überbieten war. Dann mußte er grimmig lächeln. Wenn er an die Ketten in der Folterkammer dachte, hatten sie sich doch entschieden verbessert.

»Du bist schnell mit dem Schwert, mein Freund«, sagte der Maure ganz unerwartet.

»Ich habe fünf Jahre auf eine Chance der Freiheit gewartet«, antwortete Robin. »Das macht einen schnell.«

»Wie weit ist es noch?« fragte Peter. »Hören diese Tunnel denn überhaupt nicht mehr auf?«

»Es ist jetzt nicht mehr weit«, sagte der Maure. »Schaffst du es noch, oder sollen wir dich tragen?«

»Ich bin imstande, dir überallhin zu folgen, Heide«, gab Peter zurück. Doch seine Stimme klang eher müde als zornig.

Robin warf ihm einen besorgten Blick zu. Zorn und Erregung hatten Peter bisher ja aufrecht gehalten, doch es war unübersehbar, daß ihn seine Kräfte zu verlassen drohten. Er versuchte ihn noch mehr zu stützen als bisher schon, ohne daß Peter es zu sehr merkte. Dann fuhr plötzlich ein Lichtblitz durch den ganzen Tunnel und ließ sie in der Bewegung erstarren. Deutlich waren die Stimmen durch die Stille zu hören. Bewaffnete, die sie durch die Abwässer verfolgten. Der Maure sah sich suchend um und hastete dann in einen Seitentunnel hinein. Robin und Peter folgten ihm.

»Hoffen wir, daß du mit den Füßen ebenso schnell bist wie mit dem Schwert, mein Freund«, keuchte der Maure atemlos, »andernfalls wird unsere Freundschaft, fürchte ich, nur von sehr kurzer Dauer sein.«

Robin kämpfte sich durch die hüfthohe Brühe hinter dem Mauren und zerrte Peter hinter sich her, den er bereits halb tragen mußte. Er hoffte nur, daß der Maure wenigstens einigermaßen wußte, wohin er sie führte. Er selbst war so durcheinander, daß er keine Ahnung hatte, wo sie sein mochten. Doch nun hatte er ihm bis hierher vertraut, also konnte er es genausogut auch weiterhin tun. Er lächelte bitter. Als wenn er schon groß die Wahl gehabt hätte! Die Verfolger kamen ihnen rasch näher, obwohl das Gewicht ihrer Ausrüstung sie in dem tiefen Wasser behinderte. Er warf einen Blick hinter sich. Er keuchte vor Anstrengung und fluchte unterdrückt vor sich hin, als er ein halbes Dutzend Bogenschützen Pfeile einlegen und spannen sah. Während er weiterwatete und versuchte, Peter zur äußersten Eile anzutreiben, schwirrten bereits die ersten Pfeile um sie herum und zogen schwere, erstickende Rauchwolken hinter sich her.

»Giftrauch!« rief der Maure, ohne sich umzuwenden. »Haltet den Atem an!«

Robin steckte sich ein paar Lumpenfetzen in den Mund und atmete nur noch durch sie. Er hatte das aus früheren Schlachten von den Arabern gelernt. Und er wußte auch, wie tödlich der giftige Rauch sein konnte. Peter hustete bereits schwer, obwohl auch er einen Lumpenlappen im Mund hatte. Aber irgendwie kamen sie weiter, stürmten watend durch die spritzende Kloake, während die Wächter hinter ihnen immer näher rückten. Die flackernde Fackellampe warf ihren Lichtschein an die schleimbedeckte Tunnelwand. Der niedrige Schacht vor ihnen schien endlos zu sein.

Peter stolperte und riß Robin mit sich. Der Maure hielt inne und wandte sich zu ihnen um, während Robin versuchte, Peter aus der Dreckbrühe zu ziehen. Wie aus dem Nichts stand einer der Verfolger vor ihm und schwang sein Schwert über ihm. Robin konnte dem Hieb ausweichen, mußte aber dazu Peter loslassen. Peter schlug blindlings um sich und traf den Wärter mit der Faust mitten ins Gesicht. Zu einem zweiten Schlag reichte seine Kraft jedoch nicht mehr. Der Wärter schlug mit seiner brennenden Fackel nach ihm, und Peter konnte die Hände zur Abwehr nicht mehr rechtzeitig hochreißen. Doch da schoß ein dunkler Arm vor und brachte die Fackel nur Zentimeter vor Peters Gesicht zum Stehen. Der Maure drückte mit eisenhartem Griff zu, und dem Wärter fiel die Fackel aus der Hand. Er versuchte sein Schwert zu heben, doch der Maure war bereits an seiner Kehle. Seine Armmuskeln traten wie Stricke hervor, und es gab ein dumpf knackendes Geräusch, als das Genick des Wächters brach. Der Maure ließ ihn fallen und zog Peter wieder auf die Füße.

»Danke«, sagte Peter heiser. »Offensichtlich habe ich dich doch falsch eingeschätzt.«

»Spar dir deinen Atem«, sagte der Maure nicht unfreundlich.

Sie wateten weiter durch die Dunkelheit voran. Das Geschrei ihrer Verfolger hallte in langem Echo durch die engen Tunnel. Dann drängte der Maure plötzlich seitwärts in eine Nische, die so schmal war, daß er nur seitwärts hineingelangte. Robin und Peter folgten ihm nacheinander. Hier öffnete sich der Tunnel rasch und mündete in einen hohen Luftschacht. Der Maure hielt die Fackel ganz hoch, doch auch so reichte ihr Lichtschein nicht bis ganz nach oben. Ein frischer Luftzug war indessen deutlich spürbar. Er schien ihre Gesichter zu umschmeicheln und reiner zu sein als der Duft der süßesten Rose.

Der Maure begann den Schacht hinaufzuklettern. Er hangelte sich allein an den Steinstufen nach oben und benutzte sie als Tritte. Peter sah ihm nach und schüttelte langsam den Kopf. »Da komme ich niemals hinauf, Robin.«

»Du mußt es versuchen«, sagte Robin. »Wir haben es doch nicht bis hierher geschafft, um jetzt aufzugeben.«

Er schob Peter vor sich her und den Schacht hinauf. Er warf noch einen Blick zurück in den Seitentunnel. Die Verfolger klangen sehr nahe. Er kroch den Schacht aufwärts hinter Peter her, den er immer wieder ermutigte und ihm beim Aufstieg half, so gut es ging. Es war so mühsam, daß seine Beinmuskeln vor Anstrengung zu zittern begannen. Ein Gedanke allein hielt ihn noch aufrecht – daß Peter, für den die Anstrengung noch bedeutend größer sein mußte, bislang kein einziges Wort der

Klage von sich gegeben hatte. Die Mauerwand war schleimig und glitschig, und die Ziegel saßen alle nicht mehr so fest wie einst vielleicht einmal. Dann brach tatsächlich einer unter seinem Gewicht heraus, und er hing eine Weile nur noch an einer Hand. Der herausgebrochene Ziegel polterte den Schacht hinab; das Geräusch wurde immer schwächer und schwächer, bis nichts mehr zu hören war. Er holte tief Luft und atmete vorsichtig und langsam wieder aus. Es beruhigte ihn nicht so sehr, wie er gehofft hatte, half aber zumindest ein klein wenig. Er fand einen neuen Halt für seinen Fuß und kletterte weiter. Allmählich wurde die Luft frischer.

Schließlich gelangte auch er oben an, wo sich der Maure und Peter bereits mühten, das schwere eiserne Schachtgitter nach oben zu stemmen. Er quetschte sich zwischen sie, brachte seine Schultern unter das Gitter. Ein wenig hob es sich, fiel aber sogleich wieder zurück. Es war zu schwer. Dabei war die frische Luft quälend nahe. Er drückte zusammen mit dem Mauren noch einmal mit aller Muskelkraft gegen das Gitter. Es gab ein Kratzgeräusch von Metall auf Metall, dann war das Gitter tatsächlich aus der Fassung gehoben. Er schob es vorsichtig ein Stück zur Seite, zog sich noch etwas höher und streckte den Kopf hinaus.

Die Stadt lag im Dunkel der Nacht. Er lächelte zufrieden, als er die leere Straße vor sich sah. Dann jedoch spannte sich alles in ihm an. Ein Donnern zerriß die Stille. Er sah sich verwirrt um, bis ihm klar wurde, daß der Donner hinter ihm heraufzog. Er konnte gerade noch den Kopf einziehen, dann galoppierte eine Schwadron Reiter über ihn hinweg. Er wartete, bis sie sich entfernt hatten und sein Herz wieder einigermaßen normal schlug, ehe er den Kopf wieder ins Freie hinausstreckte. Er sah sich in alle Richtungen um und entspannte sich langsam, als er die wieder menschenleere Straße vor sich sah. Er zog sich hoch und stand in der kühlen Nachtluft; dann half er Peter aus dem Schacht. Als letzter kam der Maure herauf. Mit geschmeidigen Bewegungen hievte er das Gitter wieder an seine Stelle, mit einer Eleganz, als würde es ihn nicht die Spur einer Anstrengung kosten.

Sie saßen auf der Straße, verschnauften erst einmal, atmeten die frische Nachtluft tief ein und lehnten sich aneinander, um sich gegenseitig zu stützen.

Robin beugte prüfend seinen Arm mehrmals. Er starrte auf den Krummsäbel, den er irgendwie die ganze Fluchtstrecke bis hierher nicht losgelassen hatte. Er glühte längst nicht mehr, war aber auch so eine ausgezeichnete Waffe. Er sah sich langsam um. Sie schienen sich direkt außerhalb der Gefängnismauern zu befinden. Der Maure hatte also auf jeden Fall einen hervorragenden Orientierungssinn, wer immer er auch sein mochte.

Er stand langsam auf und achtete bewußt nicht auf seine schmerzenden und widerstrebenden Muskeln. Auch Peter rappelte sich hoch. Der Maure sah sich im trüben Schein seiner rußenden Fackel nach allen Seiten um.

Robin lächelte Peter an. »So Gott will, sind wir gerettet.«

Peter erwiderte sein Lächeln. Dann erstarrte er plötzlich im Schock; sein Gesicht verzerrte sich zur Grimasse. Er hielt sich verzweifelt an Robins Arm fest. Robin starrte ungläubig auf die blutige Pfeilspitze, die aus Peters Brust ragte. Der Maure war rasch bei ihm. Gemeinsam schleppten sie Peter in den Schutz der Dunkelheit an der Gefängnismauer. Robin legte prüfend die Hand an das Pfeilende in Peters Rücken, doch Peter stöhnte im gleichen Moment unter unsagbaren Schmerzen auf. Robin zog seine Hand zurück und sah den Mauren fragend an.

»Nichts zu sehen von dem Bogenschützen«, sagte der Maure ruhig. »Er kann überall sein.«

»Hier können wir nicht bleiben«, sagte Robin. »Peter braucht Hilfe.«

Der Maure besah sich Peters Wunde und suchte dann Robins Blick. Es war unnötig, irgend etwas zu sagen. Aus dem Gefängnis jenseits der Mauer hörten sie Alarmrufe und im Dunkeln irgendwo zusammenlaufende Soldaten. Robin legte einen Arm um Peters Hüfte.

»Stütze dich auf meine Schultern, Peter. Wir müssen hier schleunigst verschwinden.«

Peter schüttelte ihn mit sichtlicher Anstrengung von sich und lehnte sich an die Gefängnismauer. Er war kreidebleich, aber seine Augen waren dunkel und wußten alles. »Ich gehe nirgends mehr hin, Robin. Das hier ist eine tödliche Wunde, und du weißt es ebenfalls. Laß mich hier zurück.« Er stieß sich von der Mauer ab und versuchte, sich in steifer Pose aufrecht zu halten.

»Hier ist unser Weg zu Ende. Weiter geht es miteinander nicht.« Er schluckte trocken und verzog das Gesicht, weil allein diese kleine Bewegung auch den Pfeil in ihm bewegt hatte. »Du warst mir immer ein guter Freund, Robin. Sei es auch jetzt. Sage meiner Mutter... und meiner kleinen Schwester... daß ich sie liebe. Sage ihnen, daß ich... als freier Engländer starb.«

Robin warf dem Mauren verzweifelte Blicke zu, doch es kam keine Hilfe von ihm, auch kein Trost. »Der Pfeil steckt in seinem Herzen. Wir können nichts für ihn tun, und wir können auch nicht hierbleiben.«

Robin hätte es auf ein Streitgespräch ankommen lassen, aber er fand keine Worte. Peter brachte aus irgendeiner verborgenen Falte seiner Lumpen einen Ring zum Vorschein, den er Robin in die Hand drückte. »Gib ihn meiner Schwester. Versprich mir, dich statt meiner um sie zu kümmern... Versprich es mir, Robin!«

Robin nickte; zögernd nur, als mache dieses Versprechen Peters Tod wirklich und endgültig. »Ich gebe dir mein Wort.«

Peter blickte bedeutungsschwer auf Robins Krummsäbel. Robin reichte ihm die Klinge. Peter nahm sie sachkundig in die Faust und blickte die Straße hinab, wo er die Soldaten schon kommen hörte.

Er ging langsam auf sie zu, zwar mit zitternden Beinen, aber kerzengerade und mit stolz erhobenem Kopf, immer schneller, ungeachtet seiner Schmerzen und seiner tödlichen Wunde. Als die Soldaten sich vor ihm formierten, begann er zu laufen und stürmte mit dem Krummschwert auf sie ein.

»Für England!« rief er und lächelte. Es war der einzige Kampfruf, den er je gebraucht und an den er je geglaubt hatte. »Für England!«

Noch einmal, als er so mit gezogener Waffe den Feinden entgegenlief, war er der große und starke Krieger, als der er einst ins Heilige Land gekommen war, um Ruhm und Ehre für seinen Glauben zu erringen. Und ein letztes Mal leuchtete all seine Kraft und Stärke aus ihm. Den ersten Soldaten, dem er begegnete, streckte er noch mit einem gewaltigen, verächtlichen Hieb nieder. Aber die anderen hatten ihn bereits wie eine Meute Hunde umringt. Doch er stand und wankte und wich nicht. Er schwang seinen Säbel mit alter Fertigkeit und spürte die Hiebe nicht, die ihn selbst trafen, bis er schließlich fiel, ohne seinen Feinden auch nur einen Millimeter Boden freiwillig zu überlassen.

Der Maure zerrte Robin fort ins Dunkel. »Komm! Dieses Opfer soll ein Akt der Ehre sein!«

Robin warf einen letzten Blick zu den Soldaten zurück, die Peter unter sich begraben hatten, dann verschwand er zusammen mit dem Mauren in den Schatten der Nacht.

Sie hielten nach einiger Zeit in einer einsamen Seitengasse an, um zu verschnaufen. Ein im Abfall wühlender streunender Hund knurrte sie an, wich aber vor dem stählernen Blick des Mauren zurück. An beiden Enden der Gasse liefen Soldaten mit Fackeln vorüber, doch die Dunkelheit war finster genug, ein ganzes Heer zu verbergen.

Robin hielt Peters Ring krampfhaft in seiner Faust und schüttelte langsam den Kopf. England! Wie weit war das weg! Dann wandte er sich unsicher an den hünenhaften Mauren an seiner Seite.

»Es ist Zeit, Lebewohl zu sagen, Freund. Gott schütze dich auf deinem Weg.«

»Wir haben einen gemeinsamen Weg«, sagte der Maure jedoch. »Mit Allahs Schutz.«

Er lächelte Robin an, der merkte, daß er seinerseits zurückgrinste. Wie fremd und rätselhaft dieser Maure auch sein mochte, er hatte zumindest Sinn für Humor.

»Warum?« fragte Robin schließlich. »Was hält uns zusammen?«

»Du hast mir das Leben gerettet«, sagte der Maure. »Ich muß also so lange bei dir bleiben, bis auch ich dir deines gerettet habe.«

»Ich danke dir«, sagte Robin, »aber ich gehe nach England zurück, und das ist weiter weg als alles, was du kennst. Ich befreie dich hiermit von deiner Verpflichtung.«

Doch der Maure schüttelte den Kopf. »Das kann allein Allah.«

»Und wenn ich dich gar nicht bei mir haben will?«

»Du hast keine Wahl. Es sei denn, du glaubst, mich töten zu können.« Er grinste breit und streckte Robin die Hand hin. »Ich heiße Asim.«

Robin seufzte resignierend und nahm die angebotene Hand. »Und ich bin Robin. Robin von Locksley.«

Locksley

Die Steinmauern von Locksley Castle standen stolz und hoch, obwohl Wind und Regen über die Jahre arg an ihnen genagt hatten. Die Türme waren efeuumrankt, und das Wasser im Graben war schmutzgrün. Locksley Castle hatte schon bessere Tage gesehen. Um die Türen und zerfallenden Zinnen waberte der Nachtnebel wie die Gespenster von einst, und eine dünne Rauchfahne aus einem einzigen Kamin war das einzige Zeichen von Leben überhaupt.

In der Halle saß Lord Locksley, trotz des prasselnden Feuers im offenen Kamin in dicke Decken eingemummt, und starrte ins Leere. Er war noch kein alter Mann, sah aber älter aus, als er wirklich war. Seine gebeugten Schultern zeugten von der Last zu vieler Sorgen. Er hatte graue Haare und ein faltenzerfurchtes Gesicht, in dem gleichwohl eine Kraft erkennbar war, die ihm kein noch so sorgenvolles Jahr hatte nehmen können. Er seufzte müde, hob seinen Becher an den Mund und senkte ihn wieder. Er trank zuviel in letzter Zeit. Der alte Hund, der vor dem Kaminfeuer lag, bellte plötzlich im Schlaf und knurrte und fiepte über einem vermutlich bösen Traum. Locksley lächelte liebevoll zu ihm hinüber. Das gute Tier hate ihn einst auf so mancher langen Jagd begleitet. Doch jetzt war sein Fell grau und weiß, seine Beine trugen es kaum noch und es hatte keinen Atem mehr. Wie es sich auch mit seinem Herrn verhielt. Bei diesem Gedanken kräuselte sich ein leises Lächeln um Locksleys Lippen. Er lehnte sich in seinem Stuhl zurück und zog die Decke enger um sich. Er spürte die Kälte jetzt immer stärker. Die ganze Welt überhaupt war kälter geworden, seit ihm seine Frau in die Ewigkeit vorausgegangen und sein Sohn seit sechs Jahren verschollen war.

Er blickte verdrossen auf die Korrespondenz, die auf dem Tisch vor ihm verstreut herumlag, und mußte der Versuchung widerstehen, sie mit einer unwirschen Armbewegung vom Tisch zu wischen. Papier, Papier, nichts als Papier! Mieten und Zehnte und Steuern und Urteile und Politik und was es sonst noch alles Tag für Tag an Papierkram gab und ihm so viel seiner Zeit nahm. Freilich, in Wirklichkeit war es ohnehin alles bedeutungslos. Nichts überhaupt war noch von irgendeiner Bedeutung, jetzt, wo er ganz auf sich allein gestellt war. Seine Freunde waren in den Kreuzzügen verschollen oder hatten sich von ihm losgesagt, als er sich geweigert hatte, gemeinsame Sache mit den Möchtegern-Königsmachern zu machen, die sich um Prinz John geschart hatten. Sie wurden immer dreister und täglich unverschämter, je länger König Richard in der Fremde weilte.

Er knurrte verdrossen. Der König war zu lange fort. Und wenn die Katze aus dem Hause war, probten die Ratten den Aufstand. Er wußte nur zu genau um diejenigen, die sich bereits für John als König entschieden hatten und sich am Hofe ganz offen für ihn erklärten. Er schniefte laut. Verdammt sollte er sein, wenn er so etwas jemals tat. Seine Ehre und sein

Pflichtgefühl waren nicht käuflich. Sie waren ohnehin alles, was ihm geblieben war.

Er blickte über den langen Tisch mit seinen vielen leeren Stühlen hin. Er konnte sich noch sehr gut an die Zeiten erinnern, da auf allen Freunde saßen, Verbündete, Berater; tapfere Männer voller Aufrichtigkeit, die für das Gesetz und gegen alle Ungerechtigkeit kämpften. Sie waren nicht mehr da, einer nach dem anderen auf diesem oder jenem Kreuzzug gefallen; er erinnerte sich noch an den Heiligen Gral im Leuchten ihrer Augen, die Köpfe voller erregender Predigten, ihre Träume von Gold und reichen Schätzen, die alle Vorstellungen überstiegen. Sie waren fortgezogen und niemals wiedergekommen. Zuweilen gab es Nachrichten von Tod oder Verwundungen oder kurzen Begegnungen, aber meist blieb nichts als großes Schweigen. Und diejenigen, die sich nach dem Schicksal ihnen Nahestehender zu erkundigen versuchten, mußten sich mit Hoffnungen oder auch nur Gerüchten zufriedengeben.

Er blickte auf den vor ihm liegenden Brief. Einer von so vielen, die er über die Jahre geschrieben hatte, ohne jemals Antwort zu erhalten, oder kaum jemals. Die gleichen alten Worte, die gleiche vage Hoffnung. Er sah auf das Porträt über dem Kaminfeuer. Es zeigte einen hochgewachsenen und selbstbewußten jungen Mann mit einem ernsten Gesicht, aber lachenden Augen. Robin von Locksley. Vermißt, gefangen, vermutlich tot.

Locksley griff erneut nach seinem Becher und stellte ihn auch diesmal doch wieder ab, ohne getrunken zu haben. Worte genügten oder genügten nicht. Er wußte nicht, was es sonst noch zu sagen geben sollte. Er überflog seinen Brief noch ein letztes Mal, und in seinen Ohren klangen die längst bekannten Worte wie eine alte, traurige Weise, deren scharfe Kanten die Zeit längst abgeschliffen und geglättet hat, die aber immer noch imstande ist, dem, der sie hört, das Herz zu brechen.

Werter Sir, man hat mir berichtet, Ihr habet in dem Heiligen Lande gefochten, zusammen mit meinem geliebten Sohne, Robin, welchen ich seit nunmehr sechs Jahren nicht mehr gesehen. Wart Ihr Zeuge seiner Gefangennahme zu Akko? Ist Euch der Name des Herrschers bekannt, der ihn gefangenhält? Hegt Robin noch immer Groll gegen mich? Gewährt mir Nachricht, werter Sir, ich bitte Euch, und wäre es nur wenig. Ich gäbe alles hin, was ich besitze, könnte ich ihn damit befreien...

All das an einen Ritter, den er kaum beim Namen kannte, geschweige denn nach seinem Ruf. Aber er mußte es einfach versuchen. Er gab seinen Sohn nicht so einfach auf. So wie Robin, daran hatte er keinen Zweifel, ebenfalls niemals aufgegeben hätte. Wenn sein Sohn noch immer lebte, kämpfte er mit Sicherheit bis zum letzten Atemzug um seine Rückkehr nach England. Wenn er noch lebte...

Er blickte sich hastig um, als sein Hund plötzlich aufsprang, knurrend vor dem Fenster stand und unverwandt und angespannt zur Tür blickte, mit hochgezogenen Lefzen und gefletschten Zähnen.

Locksley schob seinen Stuhl vom Tisch zurück, um sich im Fall des Falles frei bewegen zu können. Aus der Halle waren unbestimmbare Rufe und Unruhe zu vernehmen. Er zog vorsichtshalber seinen Dolch aus der Scheide unter seinem Gewand und legte ihn vor sich auf den Tisch, in Reichweite, aber verborgen unter seinen Briefen. Falls es aus irgendeinem Grunde zum äußersten kommen sollte.

Die Tür flog auf, und eine völlig zerlumpte Gestalt drang herein. Sie erwehrte sich mit wilder, fast hysterischer Heftigkeit eines älteren Mannes. Locksley entspannte sich ein wenig. Er kannte sie beide. Der zerlumpte Mann riß sich endlich los und verbeugte sich linkisch vor ihm. Der ältere funkelte ihn an und wandte sich mit aller ihm verbliebenen Würde an seinen Herrn.

»Vergebt mir die Störung, mein Lord«, erklärte er atemlos, »aber dieser Mensch bestand darauf, Euch zu sprechen und wollte sich nicht abweisen lassen.«

»Mein Lord, bitte!« sagte der Mann in den Lumpen. »Ich muß mit Euch sprechen!«

Locksley nickte dem Älteren zu. »Es ist gut, Duncan. Wo er nun schon einmal hier ist, kann ich genausogut mit ihm sprechen.«

Der Bediente verbeugte sich steif und funkelte den anderen noch einmal an, nichts als Empörung und Verachtung im verwitterten, faltigen Gesicht. Dann wandte er Locksley und dem Zerlumpten den Rücken zu und entfernte sich, nicht ohne deutlich vernehmbar kundgetan zu haben, daß er jedenfalls seine Hände in Unschuld wasche. Er stolzierte davon und knallte die Tür hinter sich zu. Locksley mußte lächeln. Duncan war sein Leben lang Gefolgsmann in seinem Hause gewesen und hatte strenge Ansichten über alles, was korrektes Verhalten und Benehmen betraf. Sogar in einem solchen Maße, daß er zuweilen vergaß, wer hier eigentlich der Herr war. Doch er war ein guter Mann, loyal und treu, und Locksley hätte sich eher die Hand abgehackt, als ihn zu verlieren. Duncan hatte ihm selbst die Treue gehalten, als seines Herrn Brüten und gelegentliches Wüten über den Verlust einer Familie viele andere der Dienerschaft fortgetrieben hatte.

Er mußte sich zusammennehmen. Seine Gedanken schweiften schon wieder ab. Er mußte sich auf den Mann konzentrieren, der da vor ihm stand. Er kannte ihn. Kenneth... Soundso, ein Bauer. Anfang Vierzig, ein kleingewachsener stämmiger Mann mit dem muskulösen Körperbau, wie ihn nur Stunden und Stunden täglicher harter Landarbeit auf dem Feld vom frühen Morgen bis zur Abenddämmerung und manchmal noch länger formten.

Jetzt erst bemerkte er, daß die Kleider des Mannes zerrissen waren und daß aus einer klaffenden Wunde an der Schläfe Blut über sein Gesicht lief.

»Du bist Kenneth von Crowfall, nicht wahr? Was ist geschehen?«

Der Mund des Mannes öffnete und schloß sich mehrmals in stummer Erregung, ehe sich ihm ein paar Worte entrangen. »Sie haben meine Gwen geholt. Meine Tochter.«

»Wer?« fragte Locksley scharf. »Wer hat sie geholt?«

»Männer auf Pferden. Mit Masken.« Kenneth hob eine zitternde Hand an seinen blutigen Kopf und schwankte, ehe er sich wieder in der Gewalt hatte. »Wir haben versucht, sie daran zu hindern. Mein Sohn ist tot.«

Er schwankte wieder; in seinen Augen waren Tränen. Locksley stand hastig auf, um ihm eine stützende Hand zu reichen. Er wußte, wie es war, einen Sohn zu verlieren. »Fasse Mut, Kenneth. Wir werden deinen Sohn rächen und deine Tochter retten.«

Er durchquerte die Halle und starrte auf das schwere Breitschwert in seiner Scheide an der Wand. Er lächelte ein wenig, aber es war kein frohes Lächeln. Er nahm das Schwert von der Wand. Sein altvertrautes Gewicht weckte Erinnerungen und Gefühle in ihm, die jahrelang verschüttet gewesen waren. Dies hatte ihm all die Jahre gefehlt – der Ruf zu den Waffen, um für das Gute und gegen das Böse zu kämpfen. Einfache Probleme lösten sich nur durch einfaches, direktes Handeln. Das war genau, was er brauchte. Er mochte ja ein wenig über die Blüte seiner Jahre hinaus sein, aber er war immer noch der Herr dieses Lehens hier, und niemand griff jemanden seiner Leute straflos an.

Er sah hinüber zu Kenneth, der sich unter dem Blick seines Lords ein wenig aufrichtete.

»Komm, Kenneth. Wir haben zu tun heute nacht.«

Er benötigte nur Minuten, seine Leute zu wecken und sie davon zu unterrichten, was zu geschehen hatte. Er gab seinem Knappen Order, sein Pferd zu satteln, und sandte Boten zum Sheriff, um diesem zu berichten, was sich ereignet hatte. Er zweifelte nicht daran, daß ihm der Sheriff Verstärkung schicken würde, die aber wohl nicht vor morgen früh eintreffen würde. Auch seine eigenen Männer waren über das ganze Land verstreut, in seinem Dienst, und konnten nicht so ohne weiteres zusammengerufen werden. Also mußte er diese Arbeit selbst erledigen, wie schon so oft zuvor, als er noch jünger gewesen war. Er verdrängte diesen Gedanken und ermahnte Duncan, ihm gefälligst mit seinem Kettenhemd zu helfen. Der alte Bediente kam seiner Aufforderung nach, jedoch nicht, ohne betrübt und mißbilligend den Kopf zu schütteln und ein Argument nach dem anderen vorzubringen, um Locksley doch noch von seinem Vorhaben abzubringen. Locksley aber ignorierte ihn, richtete sich sein Schwert an der Seite und ging zusammen mit Kenneth hinaus in den Hof, während Duncan hinter ihm herhastete.

Es war kalt draußen. Ein schneidender Wind fegte durch die Nacht. Locksley schwang sich in den Sattel seines Lieblingskampfpferdes und bedeutete seinen Leuten, das große Burgtor zu öffnen. Er fühlte sich stark und unbesiegbar und wieder als Herr seines eigenen Lebens. Er war wieder jung. Kenneth stand vorne beim Kopf des Pferdes und biß sich ungeduldig auf die Lippen, während er darauf wartete, daß endlich das Tor geöffnet wurde. Er war provisorisch verbunden worden, und sein Gesichtsausdruck zeigte neue Entschlossenheit. Duncan lief immer noch aufgelöst um seinen Herrn herum und rang in seiner Aufregung schier die Hände.

»Ich bitte Euch, mein Lord, tut das nicht! Wartet auf Männer, die mit Euch reiten können! Oder wartet wenigstens bis zum Morgen! Seht nur, wie finster der Mond durch die Wolken scheint!«

Locksley lächelte ihm begütigend aus dem Sattel herab zu. »Das Gute siegt am Ende immer, Duncan. Vertraue darauf. Habe ein Auge auf Haus und Hof, bis ich zurückkehre. Und nun los, Kenneth, führe uns.«

Der Bauer nickte rasch und ging dann schnellen Schrittes auf das geöffnete Burgtor zu. Locksley trieb sein Pferd an und folgte ihm. Duncan blickte ihnen nach und sprach ein stilles Gebet.

Locksley legte gegen die plötzliche Kälte die Arme um sich. Ein leises Singen, das man auch für das Pfeifen des Windes halten konnte, kam aus der Dunkelheit. Kenneth, der neben Locksley herlief, hielt inne und lauschte kurz mit geneigtem Kopf. Locksley zügelte sein Pferd. Als nächstes überlief ihn ein kalter Schauer.

Aus der Dunkelheit tauchten einige Gestalten auf, die sich auf die Burg zu bewegten. Sie trugen Fackeln und groteske Wasserspeiermasken über weiten Umhängen. Teufelsanbeter. Als sie näher kamen, wurde auch ihr Gesang lauter und eindringlicher. Eine gespensterhafte Düsternis hing wie Nebel in der Luft.

Es blieb Locksley nichts anderes übrig, als sein Schwert zu ziehen. Der Gesang brach abrupt ab, als die Teufelsanbeter das in das Heft geschlagene Kruzifix erblickten. Locksley starrte Kenneth an, der seinen Blick schuldbewußt erwiderte.

»Verzeiht mir, mein Lord. Aber ich hatte keine andere Wahl«, sagte er leise.

Der Hohepriester stand unvermittelt neben Locksleys Pferd und stieß ihm seine brennende Fackel ins Gesicht. Das Pferd scheute wiehernd und wich zurück. Locksley wurde aus dem Sattel geworfen. Er fiel zu Boden, rollte sich aber in erwachendem alten Kampfinstinkt geschmeidig ab und war schon im nächsten Moment wieder auf den Beinen. Er blickte wild und mit funkelnden Augen um sich, mit gezogenem Schwert, das er irgendwie auch beim Sturz nicht verloren hatte, und zwang sich, seinen keuchenden Atem zu ignorieren. *Nicht mehr so jung, wie ich einmal war...* Er griff nach den Zügeln seines Pferdes, doch das verschreckte Tier galoppierte bereits in Panik davon. Locksley stieß einen kurzen Fluch aus und warf sich auf den Hohepriester, schlug ihm mit der Breitseite seines Schwertes die brennende Fackel aus der Hand und stieß ihn gegen den nächsten Felsblock. Dann setzte er ihm die Schwertspitze an die Kehle. Der Teufelsanbeter erstarrte in seiner Bewegung. Locksley spuckte das Blut in seinem Mund aus und sah hinüber zu den zögernden Begleitern des Mannes.

»Bleibt, wo ihr seid, oder euer Meister stirbt!«

Er faßte Mut über seiner eigenen kräftigen, festen und entschlossenen Stimme und kräuselte die Lippen, als die Teufelsanbeter einander unsicher anblickten. Er wandte sich wieder dem Hohepriester zu und riß ihm die Maske vom Gesicht. Er blickte in grausame, zynische Augen, und der Atem stockte ihm, als er das Gesicht erkannte.

»Ihr...?«

Einen Augenblick lang zitterte seine Schwerthand, und da hatte der Hohepriester auch schon sein Knie hart hochgestoßen. Locksley krümmte sich und taumelte rückwärts. Das Schwert fiel ihm aus der gefühllosen Hand. Arme packten ihn von hinten und warfen ihn zu Boden. Die Teufelsjünger versammelten sich um ihn, traten auf ihn ein und stritten miteinander, wer als nächster an der Reihe sei. Locksley krümmte sich zusammen, um sich gegen die Tritte zu schützen, aber er spürte, wie seine Knochen knackten und brachen und erst als ihn ein Stiefel heftig am Kopf traf, versank die Welt um ihn herum für eine Weile ins Unbestimmbare. Die Teufelsanbeter waren ihres brutalen Spiels bald müde und zerrten ihn wieder hoch. Er trug nun selbst eine Maske, eine Maske aus Blut, das über sein Gesicht rann. Allein konnte er sich nicht aufrecht halten, doch sein Kopf wurde schon wieder klar.

Der Hohepriester faßte ihn am Kinn und drehte ihm den Kopf herum, so daß er ihn ansehen mußte. Er lächelte mokant. »Schaut euch nicht nach Hilfe um, Locksley. Ihr habt keine Verbündeten unter diesen Leuten. Im Gegenteil, Ihr seid ein höchst unwillkommener Gast.«

Locksley hielt dem Blick des Mannes stand. »Der König wird davon hören!«

»Das glaube ich nicht«, sagte der Hohepriester. »Niemand hier wird es ihm sagen.«

Er machte eine befehlende Geste, und die Teufelsanbeter nahmen einer nach dem anderen ihre Masken ab. Locksley starrte entsetzt in die grinsenden Gesichter. Er kannte sie alle. Einigen hatte er vertraut, einige sogar für seine Freunde gehalten. Sie starrten ihn an, und in ihrer aller Augen stand dasselbe Wort. Tod.

»Gott helfe uns«, flüsterte er. »Gott helfe uns allen.«

Ein altes Albino-Weib lachte verächtlich und kam gemächlich auf ihn zu. »Dein Gott hat dich verlassen. Eines Tages wird ganz England unserem Glauben anhängen.«

»Kommt zu uns, Locksley«, sagte der Hohepriester. »Uns gehört die Zukunft.«

»Niemals«, stieß Locksley hervor.

Er versuchte sich loszureißen, aber zu viele Hände hielten ihn fest. Seine Gegenwehr war zwecklos. Sie zerrten ihn zu einem Felsblock und banden ihm die Hände. Sie lachten und bespuckten ihn, als der Hohepriester das andere Ende des Seils über den Felsengrat warf, wo es seine Leute auf der anderen Seite faßten und Locksley hochzogen. Er hing langsam baumelnd in der Luft. Das alte Weib kam wieder herbei. Sie grinste ihm in sein schmerzgepeinigtes Gesicht. Ihre blutunterlaufenen Augen betrachteten ihn von oben bis unten. Sie schob sein Kettenhemd hoch und riß ihm das leinene darunter auf. Die Nachtluft war kalt auf seiner bloßen Haut. Das Weib starrte ihn mit einem furchterregenden Lächeln an. »Du wirst betteln, zu uns kommen zu dürfen... oder um deinen Tod.«

Der Hohepriester trat neben sie. Locksleys Schwert lag in seiner Hand. Er prüfte die Klinge und lächelte zufrieden. Er kam langsam näher. Locksley schloß die Augen.

Weiter oben im Tal wandte Kenneth sich ab, als er die ersten gepeinigten Schreie durch die Nacht hallen hörte. Er lief auf den Wald zu, erstarrte aber, als wie aus dem Nichts maskierte Gestalten auftauchten und ihm lautlos den Weg verstellten. Er versuchte zu fliehen. Weit kam er nicht.

Heimkehr

Die Takelage knackte und die Segel blähten sich, als das französische Schiff auf die englische Küste zuhielt. Gischt sprühte über den Bug und zerstäubte wie Nebel, doch der Mann, der dort unbeweglich wie eine Statue stand, achtete nicht darauf. Er sah nur sein Heimatland näher und näher kommen. Die majestätischen weißen Klippen von Dover beherrschten den Horizont und ragten in den wolkenlosen Himmel empor. Möwen umschwirrten sie und segelten in der Brise. Zum erstenmal seit langer Zeit fühlte Robin sich wieder im Frieden mit sich selbst. Er war wieder daheim. Seine Zeit im Orient war nur noch ein böser Traum, der hinter ihm lag und bald vergessen sein würde. Vor ihm lag England, genauso, wie er es in Erinnerung und sich in den Verliesen Jerusalems wieder und wieder vorgestellt hatte.

England hatte ihm in jener Zeit viel bedeutet. Es war sein Land, ein Land von Licht und Freiheit, in dem noch immer Ehre und Gerechtigkeit herrschten. Diese Vorstellung war es gewesen, die ihn in der niemals endenden Dunkelheit bei Sinnen gehalten hatte. Sie hatte die Hoffnung in ihm nicht erlöschen lassen, wenn er von Mutlosigkeit übermannt worden war, das Wissen, daß es jenseits der Hitze und den Schrecken des Orients immer noch das von Krieg und Morden verschonte England gab. Einen Ort, wo er, wenn er ihn nur wieder erreichte, Frieden und Zufriedenheit finden konnte. Er hatte seine Pflicht getan und seinem König gedient. Er hatte mehr erlitten, als für die meisten Menschen überhaupt vorstellbar war. Nun kehrte er heil zurück in die Heimat, und niemals wieder sollten ihn falsche Versprechungen von Ehre und Ruhm in heißen Schlachten fortlocken können.

Er streckte sich langsam, ohne die weißen Klippen vor sich auch nur einen Moment aus den Augen zu lassen. Er sah nun wieder stämmiger aus, gut erholt. Dennoch hatten die langen Jahre der Gefangenschaft ihre Spuren in seinem Gesicht und seinen unsteten Augen hinterlassen. Er trug billige und praktische Kleidung unter einem Pilgerrock, und alles in allem erinnerte er wenig an den stolzen und modisch gekleideten jungen Mann, der dieselbe Küste hier vor sechs Jahren verlassen hatte. Sein eigener Vater würde Mühe haben, ihn wiederzuerkennen. Er lächelte gedankenverloren. Sie waren immerhin mit harten Worten voneinander geschieden, als er darauf bestanden hatte, entgegen den Wünschen seines Vaters mit ins Heilige Land in den Dritten Kreuzzug zu ziehen. Und er hatte in der Tat in den zahlreichen verzweifelten Stunden, in denen es so gut wie sicher gewesen war, daß er Heimat und Familie nie wiedersehen werde, reichlich Gelegenheit gehabt, diesen Entschluß heftig zu bereuen.

Es fiel ihm etwas ein. Er wandte sich zur anderen Seite, wo Asim, der Maure, schweigend stand und scheinbar unbewegt seinen Blick über die Küste schweifen ließ. Es war nicht schwer zu erraten, wie sein Vater, Lord Locksley, auf seinen neuen Freund reagieren würde. Wie fast alle Engländer glaubte auch er, daß nur ein toter Maure ein guter sei. Vorzugsweise einer, der viel Gold und Juwelen bei sich trug.

Das Schiff ging schließlich vor Anker. Sie saßen nebeneinander in einem Langboot, das die französischen Matrosen zum Ufer ruderten. Robin rutschte ungeduldig auf der rauhen Holzbank hin und her, während das Land immer näher kam, für ihn freilich mit quälender Langsamkeit. Am Ende hielt er es nicht länger aus und sprang, während der Maure ihm amüsiert zusah, aus dem Boot ins Wasser und watete die letzte Strecke zum Ufer. Wieder auf Englands Boden. Er stand ganz still mit geschlossenen Augen und atmete tief ein. Er genoß den Augenblick.

»Endlich wieder zu Hause«, sagte er schließlich leise. »O Herr, ich danke dir.«

Hinter ihm stieß das Langboot an Land. Die französischen Matrosen sprangen heraus, um es auf den Strand zu ziehen. Asim stieg mit gelassener Würde aus und gesellte sich zu Robin. Die Franzosen hielten gehörigen Abstand von ihm. Die ganze Seereise über hatten sie nicht so recht gewußt, was sie von Asim halten sollten. Robin konnte es ihnen nicht verübeln. Der Maure war eine imposante Erscheinung, und das nicht nur wegen seines muskulösen Körpers und seiner Respekt gebietenden Tätowierungen. Robin betrachtete ihn aufmerksam bei seinem ersten Einatmen englischer Luft.

»Nun?« fragte er schließlich. »Was hältst du davon?«

»Etwas dünn, würde ich sagen, und milde«, sagte Asim. »Ich bin an Luft mit etwas mehr Körper gewöhnt. In Jerusalem gibt es Straßen, in denen der Geruch stark genug ist, dich umzuwerfen. Er hockt dir wie ein Alp auf der Brust. Das war wirkliche Luft. Luft mit Charakter. Luft, die man beißen konnte. Diese englische Luft hier ist platt und schwach, einfach kein Vergleich damit.«

Robin lächelte. »Da werde ich dich wohl gelegentlich mit nach London nehmen müssen. Und wenn dir deine heidnische Religion auch den Genuß von Wein verbietet, so wirst du dort sicherlich ein Kenner von irgend etwas anderem werden.« Er schwieg eine kurze Weile, sah auf seine Füße und blickte dem Mauren dann fest in die Augen. »Mein Freund, du hast mich sicher nach Hause begleitet und warst ein guter Kamerad und Gefährte. Ich bitte dich, betrachte dich nun als deiner Verpflichtung ledig. Geh zurück auf das Schiff und kehre heim. Ich weiß, wie schwer dein Herz so fern deiner Heimat und der Deinen sein muß.«

Asim schüttelte mit verschränkten Armen einmal mehr entschieden den Kopf. »Eben weil sie mir so lieb und teuer sind, kann ich sie nicht entbehren, indem ich meinen Eid breche.«

Robin nickte betrübt. »Ich dachte mir schon, daß du das sagen würdest.«

Er nickte dem französischen Matrosen zu, der sich mit einem Prügel lautlos hinter den Mauren herangeschlichen hatte. Der Matrose griente und holte mit seinem Prügel aus. Doch als er zuschlug, wich ihm Asim, ohne sich auch nur umzudrehen, mit einem Schritt zur Seite im letzten Moment spielend aus. Der Matrose verlor das Gleichgewicht und ging zu Boden. Asim drehte sich herum, griff ihn sich ganz ruhig und schleuderte ihn scheinbar anstrengungslos in die Brandung. Die anderen kamen ihm rasch zu Hilfe, während sie alle paar Sekunden in hilfloses, hysterisches Gelächter ausbrachen. Asim starrte Robin kalt an.

»Niemand bestimmt über mein Geschick. Und schon gar nicht jemand, der nach Knoblauch riecht und mit dem Wind angreift.«

Robin lachte, klopfte Asim begütigend auf die Schulter und warf sich sein bescheidenes Bündel über die Schulter. »Also gut, Asim, dann komm mit. Ein paar Wochen lang werden wir bei meinem Vater meine Heimkehr gebührend feiern. Ich bin sicher, es gibt eine Menge Dinge, von denen du erzählen kannst. Bleib also bei mir, solange du willst, aber wenn du auf eine Gelegenheit wartest, mir das Leben zu retten, wirst du ziemlich lange bei mir bleiben müssen, fürchte ich. Unsere Tage der Kämpfe sind vorbei, lieber Freund.«

Sie gingen den Strand entlang, und Robin sang mit rauher Kehle ein altes englisches Trinklied. Asim verzog gelegentlich das Gesicht, behielt jedoch ansonsten seine Meinung für sich.

Die Hundemeute hechelte bellend über das offene Moor ihrer Beute hinterher. Hinter ihnen donnerten dumpf die Hufe der Pferde der Reiter, die das Stellen der Beute auf keinen Fall versäumen wollten. Vorneweg ritt wie immer Sir Guy von Gisborne, ein hochgewachsener, ehrfurchtgebietender Mann, den man sogar gutaussehend hätte nennen können, wären da nicht sein ständig grimmiges Gesicht und sein fehlendes linkes Ohr gewesen. Er war der schnellste Reiter und der kühnste Jäger und führte immer die Jagd an, und sei es nur, weil ihn niemand in seiner Position herauszufordern wagte. Er war bekannt für sein aufbrausendes Temperament und für die beeindruckende Liste derer, die er im Duell getötet hatte.

Er hob den Kopf und blickte mit leicht zusammengekniffenen Augen über das Moor hin. Die Beute lief anscheinend auf den Wald zu und hoffte, ihre Verfolger dort abzuschütteln. Aber er wollte verdammt sein, wenn er das zuließ. Fast eine ganze Stunde jagten sie sie nun schon, und er hatte sich selbst die Ohren versprochen. Und den Tod der Beute natürlich. Dann entdeckte er im Gebüsch den Hauch einer Bewegung und lächelte zufrieden. Er erhob sich im Sattel und deutete triumphierend hin.

»Dort!«

Das Gebell der Hunde wurde heftiger, als sie die Witterung der Beute im Wind aufnahmen und wieder losrannten, die Köpfe gesenkt, die Bäuche fast am Boden. Der Gejagte riskierte einen kurzen Blick hinter sich und orientierte sich dann zum rettenden Wald hin. Wulf war erst zehn Jahre alt und noch ein Kind, aber er wußte genau, was passieren würde, wenn die Hunde und die Jäger ihn stellten. Er kämpfte sich mit weiten Sätzen voran, den Mund weit geöffnet, um genug Atem zu bekommen. Er hatte getan, was er nur konnte, um die Verfolger abzuschütteln, hatte alle Tricks angewendet, die es gab, und jede Ortskenntnis ausgenützt, die er hatte, aber die Hunde hatten ihn stets wieder aufgespürt, seine Fährte neu aufgenommen und ihn von einem Versteck zum anderen getrieben.

Er hatte Seitenstechen, und seine müden Beine wurden zitterig, und jeder Atemzug brannte in den Lungen. Der Wald rückte nur langsam näher, und er wußte, daß er es nicht mehr schaffen würde. Es war sein Ende. Aber verflucht sollte er sein, wenn er es ihnen leicht machte. Er fragte sich, ob es große Schmerzen sein würden, und er hoffte, daß er dann nicht weinte.

Am Rande des Waldes folgten Robin und Asim einem alten Pfad nach Norden. Robin schritt lebhaft voran, während ihm der Maure gemächlich folgte und aufmerksam den wilden Forst beobachtete. Der schiere Überfluß an Pflanzen und Getier hier faszinierte ihn. Er war ihm unbekannt und erschien ihm wie eine endlose Oase, eine Explosion von Leben, durch keine der strikten Selbstkontrollen des Wüstenlebens begrenzt und beschränkt. Er blieb an den Überresten einer alten römischen Mauer stehen und sah einem Vogel zu. Robin hielt ebenfalls inne. Ein Strauch mit roten Beeren hatte seine Aufmerksamkeit erregt. Er griff hinauf und pflückte einen Mistelzweig von der überhängenden Eiche. Er zeigte ihn dem Mauren voller Stolz, und Asim lächelte zurück. Obwohl er es zu verbergen suchte, war Robin genauso fasziniert von dem Wald wie der Maure. Freudige Erregung hatte mehr und mehr von ihm Besitz ergriffen, je näher sie seiner Heimat kamen und je mehr die vertraute Umgebung alte Erinnerungen weckte. Er hielt Asim den Mistelzweig zur genauen Betrachtung hin.

»Mistel«, sagte er verträumt. »*Manche Maid schmolz einst dahin vor mir dank dieser Blume...*« Er seufzte tief. »Es scheint eine Ewigkeit her zu sein.«

Asim zog die Brauen hoch. »In meiner Heimat reden wir mit den Frauen. Wir betäuben sie nicht mit Blumen.«

Robin lachte. »Ach, mein ehrsamer und pflichtbewußter Freund, was weißt du denn schon von Frauen? Bis wir hier ankamen, hast du nicht einmal auch nur eine angesehen.«

»In meiner Heimat«, sagte Asim unbeeindruckt, »gibt es Frauen von solcher Schönheit, daß sie eines Mannes Geist und Herz beherrschen, so sehr sogar, daß er bereit wäre, für sie zu sterben.«

Er sah zur Seite und versank für eine Weile in seiner Erinnerung. Robin lächelte, als er plötzlich einen Teil des Rätsels, das der Maure für ihn war, begriff.

»Augenblick... Also das ist es? Deswegen solltest du hingerichtet werden? Wegen einer Frau?«

Der Maure versteifte sich etwas, antwortete aber nicht. Robin schwelgte in Entzücken. »Aber natürlich! Eine Frau!«

Asim funkelte ihn an, sprach aber immer noch kein Wort. Robin lachte, tanzte um ihn herum und wedelte mit seinem Mistelzweig. Der Maure seufzte tief und sah hartnäckig zum Horizont. »Es wird spät. Die Sonne geht bald unter.«

»Ha!« sagte Robin und warf den Mistelzweig fort. »Wer war sie, sag? Die Tochter des Mullah? Das Weib eines anderen? Du bist erkannt, mein Lieber! Wie heißt sie, he?«

Asim beobachtete weiter den dunkler werdenden Himmel, holte seinen Gebetsteppich aus seinem Bündel und faltete ihn sorgfältig auseinander. Er war dabei, ihn auf die Erde zu legen, als er plötzlich zögerte. Er warf einen Blick hinauf zum wolkenverhangenen Himmel und suchte dann Robins Augen.

»Gibt es in deinem verfluchten Land denn keine Sonne? Wo ist Osten?«

»Sag mir, wie sie heißt«, sagte Robin.

»Wo ist Osten?«

Robin verschränkte die Arme und grinste Asim an, offensichtlich bereit, so lange zu warten, wie es nötig war.

»Verdammt sollst du sein«, schimpfte der Maure. »Sie hieß... Jasmina.«

Robin deutete in den Wald hinein. »Dort ist Osten.« Asim warf seinen Gebetsteppich zu Boden und kniete nieder, das Gesicht gen Osten gerichtet.

Robin beugte sich zu ihm vor. »War sie es wert?«

Asim erwiderte seinen Blick fest und ohne Zögern. »Bis in den Tod.«

Damit wandte er sich endgültig ab und versank in sein Gebet.

Robin lächelte und entfernte sich ein wenig, um ihn nicht weiter zu stören. Dann schreckte ihn etwas auf. Ein Jagdhorn drang durch die abendliche Stille, gefolgt von dem lauter werdenden hechelnden Gebell einer Hundemeute. Er trat hinaus an den Waldrand, um das offene Moor zu überschauen, und blieb wie angewurzelt stehen, als er einen Jungen durch die Bäume brechen, an ihm vorbeirennen und den nächsten ausreichend kräftigen Baum wieselflink wie ein übergroßes und leicht panisches Eichhörnchen hinaufklettern sah.

Dann waren auch schon die Hunde da, rannten an Robin vorbei, versammelten sich um den Baum, auf den sich der Junge geflüchtet hatte, knurrten und sprangen mit hochgezogenen

Lefzen daran hoch. Der Junge kletterte noch höher und ganz aus ihrer Reichweite. Die Hunde rannten ungestüm und unruhig hin und her, nahmen Robin zwar zur Kenntnis, waren aber zu genau abgerichtet, um irgend etwas anderes zu stellen oder anzugreifen, als was ihnen ausdrücklich als Beute bezeichnet worden war; eine Tatsache, die Robin einigermaßen erleichterte und ihm zudem eine Kletterpartie ersparte. Es gab noch mehr Lärm und Bewegung, als die den Hunden folgenden Jäger eintrafen. Pferde brachen durch das Unterholz und kamen zum Stehen, als die Jäger des Jungen auf dem Baum ansichtig wurden. Gisborne warf einen kurzen Blick auf Robin in seiner Pilgerkutte und beachtete ihn dann nicht weiter. Er bedeutete seinen Leuten, abzusteigen und den Baum zu umstellen. Das taten sie eilends, während der Hundemeister die Tiere zu sich rief. Gisborne beugte sich in seinem Sattel vor und blickte nach oben ins Geäst.

»Du hältst dich nicht an die Spielregeln, Junge!« rief er mokant hinauf. »Wild klettert nicht auf Bäume.« Er grinste seinen Leuten zu, doch in seinem Lächeln lag keine Wärme. »Vielleicht hält er sich für Geflügel? Sollen wir ihm das Fliegen beibringen?« Sein Lächeln verflog. »Schlagt den Baum um.«

Die Soldaten zogen ihre Schwerter und begannen ungeschickt auf den Baumstamm einzuhacken, so daß die Späne unter ihren schweren Hieben durch die Luft flogen. Der Junge klammerte sich verzweifelt und mit großen, angstgeweiteten Augen an das Geäst.

Robins Mund war schmal geworden. Er ging ruhig zu den Pferden, nahm unauffällig eine Armbrust aus einer der Satteltaschen und verbarg sie unter seiner Kutte. Niemand beachtete ihn. Aller Augen waren nur auf den Jungen oben auf dem Baum gerichtet. Der Stamm knarrte und knackte, während sich die Eisen immer tiefer in ihn gruben. Die Hunde liefen unruhig herum, als hätten sie bereits Blutgeruch in den Nasen. Robin schlenderte vor, bis er genau zwischen Gisborne und dem Baum stand.

»Halt!« rief er. »Was ist das für ein furchterregendes Wesen, daß es sechs Männer braucht, es anzugreifen?«

Gisborne starrte ihn ungläubig an, allein schon wegen der Tatsache, daß ein gemeiner Mann es wagte, ihn offen anzusprechen. Eine zornige Antwort drängte sich ihm auf die Lippen, doch er beherrschte sich in der Erkenntnis, daß es sich bei dem Mann immerhin um einen Pilger handelte. Es war immer klug, Pilgern etwas mehr Toleranz entgegenzubringen. Der Mann konnte alles mögliche sein, vom Heiligen bis zum Aussätzigen. Er zwang sich zu einem höflichen Lächeln und nickte Robin steif zu.

»Tretet zurück, guter Pilger. Dies ist keine Sache, die Euch etwas angeht.«

»Habt Ihr da etwa den Teufel selbst auf dem Baum?« sagte Robin. »Laßt mich doch einmal sehen... Aha! Ein kleiner Junge. In der Tat ein ganz gefährliches Tier.«

Gisborne beherrschte sich nur noch mit Mühe. »Dieser Knabe hat eines der Rehe des Königs getötet.«

»Weil ihr uns verhungern laßt!« rief der Junge vom Baum herab. »Wir brauchen das Fleisch!«

»Auf Wilderei steht die Todesstrafe!« sagte Gisborne und

ignorierte den Jungen. »Ich vertrete nur das Gesetz. Und ich rate Euch, guter Pilger, schleunigst beiseite zu treten. Dies hier ist das Land des Sheriffs von Nottingham, und sein Wort ist hier Gesetz!«

»Falsch«, sagte Robin kühl. »Dies ist mein Land und mein Baum. Deshalb ist auch alles mein, was auf und an ihm ist. Ruft Eure Hunde zurück.«

»Treibt es nicht zu weit, ehe ich die Geduld verliere«, gab Gisborne zurück. »Tretet nun endlich beiseite, solange Ihr es noch könnt.« Er funkelte seine Soldaten an, die sofort in Habtachtstellung gingen. »Steht hier nicht herum, zum Teufel! Schlagt den Baum um!«

Robin musterte die Soldaten seinerseits. »Wer den nächsten Schlag gegen diesen Baum führt, stirbt.«

Seine Stimme war ruhig, klang aber sehr drohend. Die Soldaten warfen einander vielsagende Blicke zu und kamen dann mit gezogenen Schwertern näher, um sich Robin genauer zu betrachten. Robin überschlug rasch seine Lage und kam zu der Einsicht, vielleicht doch etwas voreilig gewesen zu sein. Dann aber sah er wieder den verschreckten Jungen oben im Baum mit seinen angstgeweiteten Augen, und das ließ seinen Zorn wieder wachsen. Verdammt sollte er sein, wenn er untätig zusah, wie auf seinem eigenen Land eine solche Untat geschah! Andererseits... ein toter Held nützte niemandem. Er sah kurz hinüber zu Asim, doch dieser war offensichtlich noch immer in sein Gebet versunken und nahm nichts von dem wahr, was sich um ihn herum ereignete. Robins Blick kehrte zu Gisborne zurück, der von oben herab kühl lächelte.

»Nun, Fremdling in der Kutte, vielleicht darf ich zunächst einmal erfahren, wer Ihr seid, ehe ich Euch niederstrecken lasse?«

Robin streifte seine Kapuze zurück, um sein Gesicht zu zeigen und lächelte Gisborne grimmig an. »Ich bin Robin von Locksley, und Ihr befindet Euch auf Locksley-Land.«

Gisborne starrte ihn verwundert an. Sein Gesicht verzerrte sich zu einer Maske der Verblüffung. Doch dann kehrte sein kaltes Lächeln wieder. »Nun denn, willkommen, Locksley. Willkommen zu Hause.« Er blickte seine Soldaten an. »Tötet ihn!«

Der größte der Soldaten hob sein Schwert und trat selbstsicher vor. Robin teilte seine Kutte über der verborgenen Armbrust und schoß dem Mann genau in den rechten Bizeps. Der Soldat taumelte zurück und ließ sein Schwert fallen. Er starrte ungläubig auf den Stahlpfeil, der in seinem Arm steckte. Die anderen Soldaten sahen erst ihn an und dann Gisborne, der vor Zorn errötete.

»Hetzt die Hunde auf ihn!«

»Asim!« rief Robin. »Hier ist eine gute Gelegenheit, dein Gelöbnis einzulösen!«

Der Maure indessen schien ihn überhaupt nicht zu beachten. Er war noch immer in sein Gebet versunken. Robin hatte das Gefühl, daß es vielleicht gar keine so schlechte Idee war, selbst ein paar Stoßgebete gen Himmel zu schicken. Der Soldat, der als Hundemeister fungierte, wandte sich der Meute zu. Robin warf die leergeschossene Armbrust von sich und brachte seine eigene zum Vorschein, die er ebenfalls unter seinem Umhang verborgen gehalten hatte. Seine Erfahrung in den Kreuzzügen hatte ihn gelehrt, daß nichts darüber ging, gut vorbereitet zu sein. Der Hundemeister hatte gerade erst den Mund geöffnet, um die Meute auf ihn zu hetzen, als ihm Robin bereits seinen Armbrustpfeil mitten zwischen die Augen schoß. Er sank zwischen den Hunden nieder, die sich, erregt durch den Geruch von Blut, sofort auf den Toten stürzten.

Einer der Soldaten lud inzwischen einen Pfeil in seine Armbrust. Robin warf ihm die seine ins Gesicht. Der Soldat taumelte zurück und griff nach seiner gebrochenen Nase. Gisborne gab seinem Pferd die Sporen und zog sein Schwert. Robin lief ihm entgegen, sprang auf einen Baumstumpf und benützte ihn als Absprung, um sich auf Gisborne zu werfen. Er riß ihn mit sich vom Pferd. Sie fielen beide hart zu Boden, aber Robin hatte sich im Fallen katzenschnell gedreht, um sicherzustellen, daß er über Gisborne zu liegen kam. Der Aufprall raubte beiden kurz den Atem, doch Robin erholte sich als erster. Er entriß Gisborne das Schwert und setzte ihm die Spitze an die Kehle. Er blickte den anrückenden Soldaten bedeutungsvoll entgegen. Sie hielten inne und ließen ihre Schwerter sinken. Robin lächelte, wartete noch einen Moment, bis er wieder bei Atem war, und blickte dann auf Gisborne hinab.

»Nun denn«, sagte er leichthin, »wenn Ihr nun so freundlich sein wollt, mir Euren Namen zu nennen, bevor ich Euch niederstrecke...«

Gisborne setzte wieder zu einer zornigen Erwiderung an, die ganz entschieden nicht die Nennung seines Namens enthalten hätte, aber er besann sich eines Besseren, als Robin ihm die

Schwertspitze ein wenig kräftiger in die Kehle drückte. Ein dünnes Blutrinnsal begann aus der Wunde zu laufen. Jegliches Mißverständnis zwischen ihnen war ausgeräumt. Gisborne lag still und gab sich große Mühe, nicht zu schlucken. Er atmete nur lange, aber flach ein und antwortete sehr sorgsam und deutlich.

»Ich bin Sir Guy von Gisborne, der Vetter des Sheriffs. Und dieser kleine Bastard dort oben hat ein Reh des Königs gewildert. Ich habe nur dem Gesetz Genüge getan...« Er sah in Robins grimmiges, unnachgiebiges Gesicht, und sein Selbstbewußtsein begann zu schwinden. »Bedenkt, was Ihr tut, Locksley! Ihr könnt nicht ernsthaft im Sinn haben, mich zu töten, nur wegen eines schmutzigen kleinen Bauernlümmels... Bitte, Locksley, ich bitte Euch!«

Robin erinnerte sich an den verzweifelten Blick des Jungen vom Baum herunter auf die Hundemeute, die nach seinem Blut lechzte, und an die kalte Arroganz Gisbornes mit der nackten Gier nach Blut und Tod in den Augen. Und in diesem Moment verspürte er den Wunsch, Gisborne zu töten, so eindringlich, daß er ihn fast riechen und schmecken konnte. Sein Gesicht versteinerte sich, bis plötzlich etwas an seinem Kopf vorbeisirrte. Er fuhr blitzschnell herum. Der Soldat, der sich herangeschlichen hatte, war mitten in seiner Bewegung erstarrt. Zu seinen Füßen steckte ein Krummsäbel im Boden. Robin sah hinüber zu Asim, der ruhig auf seinem Gebetsteppich kniete.

»Guter Wurf.«

»Ja«, sagte Asim, »dachte ich auch.« Er erhob sich ohne Eile.

Die beiden übriggebliebenen Soldaten starrten ihn an, als habe sich der Teufel persönlich vor ihnen erhoben. Asim musterte sie scharf. Sie warfen in Panik ihre Schwerter weg und rannten davon. Robin blickte wieder auf Gisborne, der noch immer zitternd unter ihm lag, und seufzte heftig. Der Moment war vorüber, und er war nicht der Mann, der einen anderen kaltblütig tötete, sosehr er es auch verdient haben mochte. Er erhob sich und zog Gisborne vom Boden hoch. Er schüttelte ihn heftig. Gisborne unternahm keine Anstrengung, sich zu verteidigen oder zu wehren. Er starrte ihn nur mit großen Augen an. Robin zog ihn zu sich heran, so daß sie sich Auge in Auge gegenüberstanden.

»Ich habe genug Blut für zwei Leben gesehen, Blut, das über Eitelkeiten und Dummheit vergossen wurde. Ich schenke Euch Euer Leben, Gisborne. Nehmt Eure Leute und verlaßt mein Land. Und vergeßt nicht, Eurem Vetter, dem Sheriff, zu sagen, was seinem Gesindel geschieht, wenn er es wagen sollte, etwas gegen meine Leute zu unternehmen.«

Er drehte Gisborne herum und stieß ihn von sich fort, nicht ohne ihm noch mit der Breitseite seines eigenen Schwertes einen Schlag auf den Hintern zu versetzen. Gisborne machte einen Satz nach vorn, als habe ihn eine Hornisse gestochen, und prallte mit Asim zusammen, der in aller Ruhe seinen Gebetsteppich zusammenfaltete. Der Maure grinste ihn gemächlich an; seine Zähne blitzten weiß aus dem dunklen Gesicht. Gisborne rang tonlos nach Atem und rannte dann wie um sein Leben – als seien alle Teufel der Hölle hinter ihm her. Robin und Asim sahen ihm grinsend nach, bis er in der Ferne verschwand, gefolgt von seinem einigermaßen verwirrten Pack Bluthunde. Robin kicherte kurz. Dann wandte er sich ernsthaft dem Mauren zu.

»Da bist du nun zehntausend Meilen mit mir gereist nur für eine Gelegenheit, mir das Leben zu retten, und dann hast du nicht mal den kleinen Finger gerührt, als ich fast abgeschlachtet worden wäre!«

Asim ging zu seinem Krummsäbel und zog ihn gelassen aus der Erde, wo er noch immer steckte, seit er dem Soldaten genau vor die Füße gefahren war. Dann erst sah er Robin wieder an.

»Ich erfülle meine Gelöbnisse nach eigener Wahl. Und im übrigen weiß ich nicht, worüber du dich beklagst. Du lebst doch, nicht wahr?«

Sie fuhren beide herum, als es in den Zweigen knackte. Der Junge kam vorsichtig den Baum herunter. Er bemerkte, daß er beobachtet wurde und erstarrte mitten in der Bewegung. Robin lächelte ihm ermunternd zu und legte das Schwert weg.

»Habe keine Angst, Knabe. Komm herunter. Von uns geschieht dir nichts.«

Der Junge kam langsam heruntergeklettert, ließ aber weder Robin noch Asim auch nur einen Moment aus den Augen. Schließlich sprang er zu Boden und beobachtete sie wachsam, halb geduckt, bereit, jeden Augenblick zu fliehen, wie ein in die Enge getriebenes Tier, oder ein Hund, der zu oft geschlagen worden ist, als daß er noch zu irgend jemanden Vertrauen hätte.

»Wie heißt du, mein Junge?« frage Robin freundlich.

Der Junge schniefte und wischte sich die Nase am Ärmel ab.

Sein Blick huschte von Robin zu dem Mauren und zurück. »Wulf. Ich heiße Wulf.«

»Stimmt das, was Gisborne sagte?« fragte Robin. »Hast du wirklich ein Reh des Königs getötet?«

Wulf grinste. »Hunderte.«

Und damit rannte er los und war im Handumdrehen im tiefen Wald verschwunden, so schnell, als habe dieser ihn regelrecht verschluckt.

Robin blinzelte und sah Asim an, der jedoch nur langsam den Kopf schüttelte.

»Interessantes Land, dieses England.«

Robin klopfte ihm auf die Schulter. »Na komm, mein fremder Freund. Gleich dort hinter dem Hügel wartet ein warmes Feuer, warmes Essen und ein weiches Bett auf dich, so weich, daß du darin ertrinken könntest. Mein Zuhause, Asim. Zuhause...«

Doch ganz so leicht und rückhaltlos kam es nicht über seine Lippen. Das war nicht mehr das gleiche England, das er einst verlassen hatte.

Die Dämmerung war bereits hereingebrochen. Robin stand vor den Ruinen dessen, was einmal Locksley Castle gewesen war, und konnte kaum etwas anderes empfinden als eine taube Leere. Die stolze alte Burg war niedergebrannt und Stein für Stein zerstört. Die hohen Türme von einst waren nur noch rußgeschwärzte Schutthaufen. Was einmal das Innere der Burg gewesen war, lag leer und tot da.

Er ging ein paar Schritte und blieb wieder stehen, als habe er

Angst davor, das Werk der Zerstörung noch genauer und deutlicher zu betrachten, wodurch der Horror erst wirklich und unabänderlich würde. Die Burg war seit Generationen der Wohnsitz der Locksleys gewesen. Schon vor seiner Geburt hatte sie jahrhundertelang gestanden, und er hatte nie etwas anderes geglaubt, als daß sie auch seinen eigenen Tod um lange, lange Zeit überdauern würde. Sie war seine Heimat und sein geheiligtes Zuhause gewesen, die Zuflucht vor allem, das ihn jemals bedroht hatte. In den langen Jahren der Gefangenschaft in den dunklen Verliesen Jerusalems hatte das Bild von Locksley Castle stets in seinem Herzen gebrannt, ihm Kraft verliehen und Trost gespendet, wenn er verzagen wollte. Niemals hatte er die Hoffnung aufgegeben, eines Tages nach Locksley Castle zurückzukehren und dort ein sicheres und geborgenes Leben führen zu können.

Jetzt war er heimgekehrt, aber die Burg lag in Schutt und Asche, und seine Träume waren in alle Windrichtungen zerstoben.

Er zwang sich, doch näher zu treten, bis zu den einstigen Wohngemächern. Asim ging schweigend an seiner Seite und wußte, daß es hier nichts zu sagen gab, was helfen könnte. Sie stiegen über Trümmer bis in den einstigen Burghof. Die großen Pflastersteine waren zerbrochen und zerschlagen und mit Schutt von den geschwärzten Mauern bedeckt. Überall waren Spuren des Feuers, und die dunklen Flecken auf dem Boden überall konnten nur Blut sein. Alles war voller Schmutz und Unrat, und zwischen den zerbrochenen Steinen wucherte Unkraut.

Robin schluckte schwer und begann in die stumme Dunkelheit hineinzurufen.

»Vater! Ich bin es, Robin! Hörst du mich?«

Aber es hallte nur das Echo seiner eigenen Stimme von den zerstörten Mauern und leeren Schanzen zurück und verlor sich rasch in der Stille. Asim legte ihm sanft eine Hand auf die Schulter und deutete wortlos zur gegenüberliegenden Mauer. Dort hing hoch oben, in den Schatten halb verborgen, eine schon stark verweste Leiche. Das Gesicht war bereits nicht mehr zu erkennen, doch im Mondschein blitzte ein Medaillon um den Hals des Toten auf. Robin erkannte es auf den ersten Blick. Es war das Medaillon mit dem Wappen jener von Locksley. Nur der jeweilige Lord von Locksley trug es.

Er schüttelte den Kopf, als wollte er nicht akzeptieren, was er sah, obgleich er genau wußte, was es bedeutete. Doch sein Vater konnte nicht einfach tot sein! Das konnte nicht sein...

Zorn und Trauer brannten in ihm, als er den Kopf hob und einen wertlosen Protest aus sich herausschrie, der sich weit in der Dunkelheit verlor. Er hämmerte die Fäuste an die nächste Mauer, bis sie blutig waren. Asim versuchte ihm Einhalt zu gebieten, doch Robin hatte vergessen, daß er bei ihm war. Mit geballten Fäusten und gesenktem Kopf stand er da wie ein in die Enge getriebenes Tier und rang keuchend nach Atem.

Und dann hörten sie im Dunkeln geisterhaft tappende Schritte ganz in der Nähe.

Asim zog seinen Krummsäbel und sah sich ruhig um. In dem Schatten war nur schwer etwas zu erkennen. Robin wischte sich mit dem Handrücken über die Augen und zog ebenfalls sein Schwert. Die potentielle Gegenwart eines Feindes ließ seinen Kopf so rasch wieder klar werden, als sei er mit kaltem Wasser übergossen worden. Jemand mußte für all dies hier büßen.

Das Tappen kam näher, rhythmisch, aber nicht regelmäßig. Wie klopfende Finger an der Innenseite eines Sargdeckels.

Sie standen lauschend nebeneinander, beide mit gezogenen Schwertern. Und dann löste sich aus dem Dunkel die Gestalt eines alten Mannes in einer ärmlichen Kutte mit einer Kapuze. Er stützte sich auf einen Krückstock.

Robin ließ sein Schwert sinken und starrte ihn ungläubig an.

»Duncan, bist du das?«

Und die Gestalt unter der Kapuze blieb wie angewurzelt stehen und schien sich etwas aufzurichten. »Master Robin? Seid Ihr es wirklich? Ein Wunder! Ich glaubte schon, Gott hätte uns ganz verlassen!«

Robin eilte zu ihm und schloß ihn in die Arme. Er erschrak, wie hager und hinfällig der alte Mann war. Er hatte ihn trotz seiner Jahre als harten, stämmigen und kräftigen Mann in Erinnerung. Wieder übermannte ihn eine Zorneswelle. Er faßte ihn und schüttelte ihn grob.

»Verdammt sollst du sein, Duncan! Wie konntest du meinen Vater hier hängen lassen? Warum hast du ihn nicht abgeschnitten?«

»Ruhig, mein Freund, ruhig«, mahnte ihn Asim sanft an seiner Seite.

»Verzeiht mir, mein Lord«, sagte Duncan. »Das hätte ich schon getan, wenn ich nur sehen könnte...«

Er streifte mit zitternden Händen seine Kapuze ab. Der Mondschein fiel grell auf sein entstelltes Gesicht. Tiefe Narben überzogen Wangen und Stirn, und die Augenhöhlen waren dunkel und leer.

Robin schluckte schwer. Fast wurde ihm übel. Er ließ den alten Mann los, doch dieser klammerte sich an ihn mit der Kraft der Verzweiflung, als habe er Angst, Robin würde vom Erdboden verschwinden.

Robin fühlte Tränen in seine Augen steigen, doch er hielt sie mit Macht zurück. Zeit für Tränen mochte später immer noch sein. Jetzt nicht.

»Duncan«, sagte er schließlich und bemühte sich, seine Stimme einigermaßen beherrscht klingen zu lassen, »was ist hier geschehen?«

Duncans Stimme zitterte. »Es heißt, der Sheriff habe Euren Vater zusammen mit den Teufelsanbetern ertappt. Man sagt, er habe dieses Geständnis selbst vor dem Bischof unterschrieben.«

»Das ist unmöglich!« rief Robin. »Mein Vater war ein gläubiger Christ, das weiß jeder. Gab es denn Zeugen?«

»Einen«, sagte Duncan dumpf. »Kenneth von Crowfall. Doch auch er ist tot. Was hier geschah, hat der Sheriff angeordnet. Und der Bischof hat alles Locksley-Land für verwirkt erklärt.«

Robin schüttelte schwer den Kopf und versuchte, alles zu begreifen. »Schenkst du den Vorwürfen Glauben, Duncan?«

»Nein. Ich habe es nie geglaubt. Nicht einmal, als sie mir die Augen ausstachen, weil ich es gesagt hatte.«

»Wer war es? Wer hat es getan?« wollte Robin wissen. Es war so viel Zorn und Haß in seiner Stimme, daß Asim unbehaglich wurde.

»Sir Guy von Gisborne«, sagte Duncan emotionslos. »Und der Sheriff sah zu.«

Robin umarmte den alten Bediensteten wieder und starrte über seine Schultern hinweg in die Dunkelheit. In seinen Augen war zuviel Zorn, um noch Platz für Tränen zu lassen.

»Dafür wird abgerechnet werden, Duncan«, sagte er leise. »Für alles. Das schwöre ich dir. Es wird abgerechnet werden.«

Feinde

Nottingham Castle ragte hoch auf und stand finster und schweigend über der Stadt wie eine wachsame, lauernde Spinne in der Mitte ihres Netzes. Die Burg war einst als Festung erbaut worden und sollte die Handelsstraßen nach Norden bewachen und beschützen. Dieser ursprüngliche Zweck war, so abweisend und finster, wie sie sich der Außenwelt zeigte, sehr deutlich erkennbar. Graue Steinmauern türmten sich hoch in die Nacht und schimmerten kalt im Mondschein. Einige wenige Lichter flakkerten in den engen Fenstern. Nottingham Castle war kein sehr komfortabler Ort zum Leben oder auch nur zum Besuchen und war es auch nie gewesen. Schon während die Burg gebaut worden war, hatte das Blut der Sachsensklaven die Steine der Fundamente getränkt, die unter der Axt ihrer Aufseher starben. Es hieß, daß die Geister der Toten an die Steine gefesselt waren und mit ihrer Stärke die Mauern für alle Ewigkeit unzerstörbar machten. Natürlich war dies nur Legende. Sie brachte gleichwohl jedem, der sie erzählte, leicht eine Tracht Prügel oder auch den Verlust eines Ohrs ein, wenn es jemand von Autorität und Macht hörte. Doch jedermann kannte sie. Die Bewohner der Stadt Nottingham wandten sich ab und schlugen das Kreuz gegen das Böse, wenn auch nur der Name der Burg im Gespräch genannt wurde. Noch mehr als die Burg selbst fürchteten sie nur den Mann, der sie bewohnte und über sie und die Stadt herrschte. Den Sheriff von Nottingham.

Einiges davon bedachte Sir Guy von Gisborne, als er den stillen, verlassenen Korridor entlangging, der zu den Privatgemächern des Sheriffs führte. Der Sheriff pflegte mit den Überbringern schlechter Botschaften nicht sehr gnädig zu verfahren. Aber es half nichts. Er mußte schließlich erfahren, daß Robin von Locksley heimgekehrt war. Der alte Lord war einst ein beliebter und geachteter Mann gewesen, und es gab noch immer viele, die den Vorwürfen, die gegen ihn erhoben worden waren, nicht glauben wollten. Wenn Robin von Locksley es unternehmen sollte, all diese um sich zu scharen und die Wahrheit herauszufinden, dann konnten leicht viele Dinge ans Licht gezerrt werden, die besser für immer im Dunkel gehalten wurden.

Er ging um die letzte Ecke und blickte der bewaffneten Wache vor der schweren Holztür entgegen. Der Wächter verbeugte sich zwar respektvoll vor ihm, machte aber keine Anstalten, seine Hellebarde zu senken und ihm den Weg freizugeben.

»Tritt beiseite, Kerl«, knurrte Gisborne ungehalten. »Ich muß zum Sheriff hinein.«

»Verzeiht mir, Sir Guy«, sagte der Wächter, immer noch respektvoll, »aber Lord Nottingham hat ausdrücklich befohlen, durch niemanden gestört zu werden.«

Gisborne versetzte ihm kurzerhand mit seiner gepanzerten Faust einen Schlag unter die Gürtellinie und schob den zusammensinkenden Mann beiseite. Er öffnete die Tür ohne anzuklopfen und trat ein. Er verzog die Nase ob des starken Parfüm-

und Räuchergeruchs im Gemach des Sheriffs. Er schloß die Tür sorgfältig hinter sich, trat näher und verbeugte sich formell. Der Sheriff von Nottingham war ein hochgewachsener, schlanker Mann Anfang Dreißig mit scharfen Gesichtszügen und kalten, dunklen Augen. Er sah auf eine brutale und rücksichtslose Weise gut aus. Das leichte Lächeln, das um seine Mundwinkel spielte, entbehrte jeglicher Wärme und erst recht jeglichen Humors. Er war stets nur in bester Seide gekleidet und trug sie mit lässiger, nur geringfügig einstudierter Eleganz. Er saß auf seinem Stuhl, als sei dieser ein Thron. Zu seinen Füßen kauerte ein halbnacktes Mädchen, dessen Schultern er gedankenverloren streichelte, während er Gisborne musterte. Das Mädchen zitterte verschreckt unter seiner Berührung, wie ein Hund, der Schläge erwartet. Der Sheriff besah sich Gisbornes ramponiertes und von der Jagd verschwitztes Äußeres von oben bis unten und hob schließlich die sorgsam gepflegte Augenbraue ein klein wenig.

»Nun, Vetter, ich hoffe, Ihr könnt dieses grobe Eindringen rechtfertigen. Ich würde Euch wirklich nicht raten, mich in meinem Vergnügen zu stören, ohne daß es sich um eine Angelegenheit von wirklich äußerster Dringlichkeit handelt. In Eurem eigenen Interesse.«

Gisborne kam gleich zur Sache. »Ich bin heute einem Mann in Pilgerkleidung begegnet.« Dem forschend stechenden Blick des Sheriffs hielt er ohne Verlegenheit stand. »Er trug mir auf, Euch zu warnen, seinen Leuten nicht zu nahe zu kommen.«

Der Sheriff blickte hinab auf das Mädchen zu seinen Füßen. Sie hatte begonnen, ihre verstreuten Kleider einzusammeln, um ihre Blöße zu bedecken, hielt aber ängstlich inne, als sie seinen Blick sah. Sie sah zögernd zu ihm auf und begann erneut zu zittern, als er sie ansprach.

»Wer hat dir gesagt, du sollst dich bedecken?« Er sprach ganz ruhig und gelassen. Das Mädchen warf seine Sachen fast panisch wieder von sich. Der Sheriff wandte sich wieder Gisborne zu. »Also ein Pilger. Hat er auch einen Namen?«

»Robin«, sagte Gisborne. »Robin von Locksley.«

Der Sheriff lächelte gelassen. »Ah, sieh da! Die Rückkehr des verlorenen Sohnes, wie? Wie dumm für ihn. Er ist nichts als ein grüner Junge, Guy. Selbst das Mädchen da könnte es mit ihm aufnehmen.«

»Der grüne Junge hat immerhin im Handumdrehen vier meiner Leute niedergemacht.«

»Dann waren Eure Leute wohl betrunken. Immerhin seid Ihr selbst, wie ich sehe, unverletzt geblieben, Vetter.«

Gisborne schoß die Zornesröte ins Gesicht, doch er war vorsichtig genug, ruhig zu bleiben. »Ich bin nur mit Mühe mit dem Leben davongekommen. Locksley hat einen Gefährten. Einen dunkelhäutigen Fremdling mit der gezeichneten Haut des Islam. Er erwies sich als tödlich vertraut mit dem Sarazenenschwert.«

In der Wand hinter dem Stuhl des Sheriffs beobachtete ein stechendes Auge, ohne daß es einer der beiden Männer bemerkt hätte, die Szene durch ein verborgenes Guckloch, und verschwand dann abrupt.

Der Sheriff seufzte schwer und schnitt Gisborne mit einer wegwerfenden Handbewegung das Wort ab. »Ja, ich zweifle ja gar nicht daran, daß Ihr ein ganzes Heer gebraucht hättet, um Euch dieser beiden Strolche zu erwehren. Verzweifelte, wildentschlossene Burschen, gut.« Er brach ab und lächelte nachdenklich. »Da hat der junge Locksley inzwischen ja wohl auch das Haus seiner Kindheit aufgesucht und noch das letzte Kokeln des Gebälks gesehen.«

Er kicherte genüßlich in sich hinein und ignorierte den sichtbar wachsenden Unmut Gisbornes. Als ein verborgenes Glöckchen ertönte, setzte er sich rasch wieder zurecht. Es hatte nur ganz kurz geläutet, aber der Sheriff war schon auf den Füßen, ehe noch sein Echo verhallt war. Er lächelte Gisborne breit an. »Zeit für die Wahrsagerin, Vetter.«

Gisborne wartete, bis der Sheriff seine Aufmerksamkeit dem Mädchen zu seinen Füßen widmete, und rollte angewidert mit den Augen. Der Sheriff nahm die Hand des Mädchens und führte sie an seinen Mund, als wolle er sie küssen. Aber ihre Augen waren weit aufgerissen, und ihr Mund bebte flehentlich. Doch sie wagte die Hand auch nicht zurückzuziehen. Der Sheriff preßte die zitternde Handfläche an seinen Mund und biß dann heftig zu. Das Mädchen schrie auf; Blut strömte ihren Arm herab. Der Sheriff ließ ihre Hand los und leckte sich ihr Blut von den Lippen.

»Heute abend, meine Liebe, will ich dir zeigen, daß Lust und Schmerz durchaus ein und dasselbe sein können.«

Er lächelte sanft, wandte sich um und verließ den Raum. Er wußte genau, das Mädchen würde immer noch dasein, wenn er wiederkam. Sie konnte ja nicht etwa fliehen. Und gewisse Lüste waren im übrigen in der Vorerwartung noch lustvoller.

Gisborne folgte dem Sheriff eine lange Wendeltreppe hinab in die unteren Verliese der Burg. Er hielt seine Laterne hoch über den Kopf; dennoch dräute die Dunkelheit um sie wie eine lebendige Bedrohung. Der Sheriff schien von dieser bedrückenden Düsternis allerdings unbeeindruckt zu sein und summte sogar vor sich hin. Gisborne grummelte verdrossen und hielt seine freie Hand nahe an seinem Schwert. Sein Vetter hatte ihn schon des öfteren hierher mitgenommen, wenn er sich übersinnliches Wissen und Rat holte. Allein wäre er im Leben nicht hier hinuntergegangen.

Er hörte Ratten und anderes Ungeziefer, das in der Dunkelheit unsichtbar blieb. Die Bewohnerin hier unten konnte ihm erst recht gestohlen bleiben. Sein Fuß glitt an einer der abgetretenen Stufen aus. Er unterdrückte nur mühsam einen Fluch.

»Sagtet Ihr etwas, Vetter?« fragte der Sheriff leichthin.

»Wenn Ihr schon eine Antwort wollt, Vetter, sage ich Euch, daß es verrückt ist, die alte Hexe über solche Dinge zu befragen.«

Der Sheriff kicherte. »Fürchtet nichts, Vetter. In der Verrücktheit liegt große Kraft.«

Gisborne antwortete nichts. Der Sheriff kicherte wieder. Sie waren am Fuß der Wendeltreppe angelangt. Der Sheriff ging voran, einen langen, schmalen Korridor entlang bis zu einer Holztür. Gisborne warf nur einen kurzen Blick auf die blasphemischen Abbildungen, die in sie geschnitzt waren, und sah dann sogleich weg. Der Sheriff holte einen schweren Messingschlüssel aus einer verborgenen Tasche seines Gewands und drehte ihn unbeholfen in dem schweren Türschloß. Dann drückte er die Tür auf. Licht fiel auf den Korridor heraus, ein seltsam fahles, ungesundes Licht. Es kostete Gisborne einige Überwindung, dem Sheriff nach drinnen zu folgen und die Tür hinter ihnen zu schließen.

Sie standen in einem langen Raum, dessen hinteres Ende ganz in den Schatten der Dunkelheit verschwand. Ein Tisch war mit alchemistischen Gerätschaften übersät, und in langen Glasphiolen und Zinnkesseln tropften und brodelten alle möglichen Flüssigkeiten. Sonst gab es keine weitere Einrichtung, nur Stroh auf dem Boden. Es stank nach Schmutz, Abfall und ätzenden Chemikalien.

Gisborne stellte seine Laterne vorsichtig neben sich auf dem Boden ab, ohne sie auszublasen. Ihr reines und natürliches Licht verschaffte ihm Trost und Ermutigung. Die einzige Beleuchtung des Raumes bestand sonst aus einem Dutzend schwarzer Kerzen und einer glühenden Kohlenpfanne.

Der Sheriff räusperte sich und sprach zu dem dunklen Schatten ganz hinten.

»Mortianna? Ich komme für den Wahrspruch.«

Seltsame Laute waren die Antwort aus dem Dunkel. Sie klangen unwirsch und unirdisch. Der Schatten schien sich zu bewegen und zu wachsen, als habe allein der ausgesprochene Name bereits Macht über sie. Dann durchschnitt ein plötzliches Gekicher die Luft, und eine runzlige, affenartige Gestalt kam aus dem Schatten herbeigetanzt, mit milchweißer Haut und ebensolchem Haar, das in der Dunkelheit fast zu leuchten schien. Sie tanzte mit einer Leichtigkeit und Grazie, die ihre verwachsene Gestalt und ihre Jahre Lügen strafte. Gisborne brach der kalte Schweiß auf der Stirn aus. Er ballte die Fäuste. Sie tanzte denselben Tanz wie damals nachts auf dem Felsen, als Locksley ihnen in die Hände gelaufen war. Doch wozu auch jetzt wieder? Sie konnte doch nichts wissen von der Rückkehr des jungen Locksley? Es war unmöglich.

Das alte Albinoweib kam vor ihnen zum Stehen und grinste sie wissend an. Ihr Alter war völlig unbestimmbar, vierzig oder hundert, beides war möglich. Ihre Haut war voller Falten und Runzeln, doch sie strahlte eine unnatürlich jugendliche Beweglichkeit aus. Die Lumpen, die sie trug, waren einmal ein modisches Kleid gewesen. Um den Hals trug sie eine knorpelige Kette aus getrockneten Hühnerbeinen.

Der Sheriff räusperte sich noch einmal und erzwang die Aufmerksamkeit ihrer blutunterlaufenen Augen.

»Du hast gerufen, Mortianna«, sagte er geduldig. »Hast du mir etwas zu sagen?«

Die Alte lächelte und huschte hinüber zum Ende des langen Tisches, schob dort achtlos, ob sie gerade benützt waren oder nicht, Zinnkrüge und Gläser beiseite, und stellte eine leere Platte darauf. Sie warf ihren zwei Besuchern einen Blick über die Schulter zu, den Kopf leicht zur Seite geneigt wie ein aufmerksamer Vogel. Der Sheriff gesellte sich zu ihr, Gisborne blieb so weit zurück, wie er es nur wagen konnte. Die Alte streckte schnell eine Hand vor und hatte im nächsten Moment ein großes Gänseei darin, scheinbar aus dem Nichts geholt. Sie rollte es in ihrer Hand herum und riß es dann mit den Fingern auseinander. Eine faule Masse aus Blut und Eiweiß platschte auf die Platte vor ihr. Gisborne wich angewidert zurück.

»Lieber Gott, Vetter...!«

»Still!« befahl der Sheriff, ohne seine Augen von der Alten zu wenden. »Sprecht diesen Namen hier nicht aus! Seht zu und lernt!«

Mortianna grinste sie beide an und schüttete den Inhalt eines kleinen Lederbeutels über die blutige Masse auf der Platte. Geschnitzte Holzrunen trieben nun darin herum. Sie schüttelte die Platte und beobachtete mit stechenden Augen, welche Muster sich ergaben. Ihr Blick wurde glasig und entrückt, und aus ihren Mundwinkeln trat Schaum, als sich ihr Worte über die Lippen zu drängen begannen. Der Sheriff beugte sich ganz nah zu ihr und bemühte sich, keines ihrer Worte zu überhören und an der Vision teilzuhaben, die sie offensichtlich in ihren leeren Augen hatte. Er hatte Mortianna schon zahllose Male besucht, und ihre Rituale waren ihm längst nicht mehr fremd. Er fürchtete sich nicht vor ihnen. Er hatte schon Schlimmeres getan als dies und würde es wieder tun, wenn es notwendig wäre. Er ließ Mortiannas verzerrtes Gesicht keine Sekunde aus den Augen und beobachtete sie mit der vollen Hingebung eines Eingeweihten. Er nahm jedes ihrer geflüsterten Worte stirnrunzelnd zur Kenntnis.

»Ich sehe den Sohn eines toten Mannes...«

»Müssen wir mit ihm rechnen?« fragte der Sheriff vorsichtig.

»Er kommt dem Löwenherz voraus.«

Der Sheriff zog eine finstere Miene. Er wechselte einen Blick mit Gisborne. »König Richard kehrt zurück von den Kreuzzügen? Das würde den Baronen das Rückgrat weich machen, wenn wir es gerade am wenigsten brauchen könnten. Kommt er schon bald, Mortianna?«

Die Alte schwenkte ihre Platte, so daß die Runen in dem verdorbenen Blut herumtanzten. »Du mußt dich sputen...«

»Aber mein Plan ist immer noch gut?«

Gisborne blickte sehr skeptisch auf die unappetitliche Masse und rümpfte die Nase. Mortianna bemerkte es und knurrte leise. Sie beugte sich über ihre Platte. Scheinbar aus dem Nichts fiel eine weitere Rune darauf. Sie schwamm abseits der anderen. Eine Totenkopfrune. Mortianna wich zurück, heulte auf und schleuderte die Platte von sich. Sie krachte scheppernd zu Boden. Sie wirbelte herum, fuhr Gisborne mit ihrer knochigen Hand an die Kehle und drückte ihn rückwärts über den Tisch.

»Wer ist das?« schrie sie. Speichel flog ihm ins Gesicht. »Wen hast du da gesehen?«

Gisborne rang nach Worten. Er konnte sich unter der Kraft ihres erregten Zugriffs kaum rühren. »Niemand! Ich habe niemanden gesehen!«

»Du lügst!« Mortianna ließ ihn los. Sie machte einen Satz nach hinten und duckte sich wie ein Tier vor dem Sprung.

»Was ist?« fragte der Sheriff. »Sag es mir.«

»Ich habe unseren Tod gesehen!« wimmerte Mortianna und tanzte wie ein Irrwisch um ihre eigene Achse, als fürchte sie einen Angriff aus jeder nur möglichen Richtung. »Da ist ein bemalter Mann! Er erscheint in meinen Träumen. Dunkel wie die Nacht ist er und beschrieben mit seltsamen und fremden Zeichen!«

Der Sheriff blickte Gisborne triumphierend an. Dieser nickte zittrig. Niemanden außer dem Sheriff selbst hatte er von Locksleys seltsamem Gefährten erzählt. Unmöglich, daß das alte Weib auch nur irgend etwas davon wissen konnte...

»Nun, Vetter, glaubst du immer noch, daß dies Verrücktheit ist?« fragte ihn der Sheriff nachsichtig. »Sie besitzt die Gabe, wie du siehst. Sie hat schon meinen Vater beraten. Und jetzt berät sie mich.«

Mortianna klammerte sich mit zitternden Händen an den Sheriff und kam ganz nahe an sein Gesicht. »Sie sind beide eine Bedrohung! Der Mann mit der Kapuze und der Bemalte! Töte sie! Töte sie beide!«

Sie umarmte ihn fast und verbarg ihr Gesicht an seiner Brust. Er streichelte sie begütigend und lächelte Gisborne zu. »Vetter, ich vertraue Euch die Aufgabe an. Beweist dem jungen Locksley, daß es ein großer Fehler war, Euch am Leben zu lassen. Sein letzter Fehler.«

Marian

Rotgoldene Sonnenstrahlen blitzten durch das Geäst der Bäume, in dem noch der Nebel hing, tauchten die Ruinen von Locksley Castle ins Licht der Morgendämmerung. Ein paar Vögel versuchten einen Morgengesang im Wald, doch sonst war die Welt still, noch im Halbschlaf und nicht bereit, sich den Pflichten des neuen Tages zu stellen.

Robin saß am Grabe seines Vaters und starrte ins Leere. Es war kein besonders großartiges Grab. Nur ein Erdhügel mit einem Holzkreuz darauf. Der Lord von Locksley hätte wahrhaftig Besseres verdient gehabt. Aber vor allem hatte er nicht diesen Tod verdient.

Er saß teilnahmslos da. Immer wieder gingen ihm die gleichen Gedanken durch den Kopf, mit denen er nicht fertig wurde. Sein Vater war tot, die Burg lag in Schutt und Asche, seine Ländereien und sein Erbe waren eingezogen. All die Gründe, die ihn in den Verliesen Jerusalems am Leben erhalten und zur Heimkehr angespornt hatten, waren Schall und Rauch. Er hielt das Locksley-Medaillon in der Hand. Er drehte es pausenlos in seiner Hand, ohne es anzusehen, als könne es ihm irgendeine Antwort geben, einen Grund zum Weiterleben.

Nicht weit entfernt standen Duncan und Asim und sprachen leise miteinander. Etwas schien ihnen Sorgen zu machen, doch Robin konnte kein Interesse dafür aufbringen, worum es in ihrem Gespräch ging. Asim wandte sich schließlich ab, um ihre wenigen Sachen zusammenzuholen. Duncan tapste auf Robin zu und tastete sich mit seinem Stock voran. Robin hörte ihn wohl kommen, doch er sah sich nicht um. Erst im letzten Moment hob er Einhalt gebietend den Arm, um Duncan nicht über das Grab stolpern zu lassen. Duncan griff dankbar nach seiner Hand.

»Er hat Euch bis zum letzten Atemzug geliebt, junger Herr«, sagte Duncan. »Habt keinen Zweifel daran. Er hat die Hoffnung niemals aufgegeben, Euch eines Tages heimkehren zu sehen.«

Robin starrte auf das rohgezimmerte Kreuz auf seines Vaters Grab und sprach mehr zu diesem als mit Duncan. »Die letzten Worte, die wir miteinander wechselten, waren im Zorn gesprochen. Er nannte die Kreuzzüge ein unsinniges Unternehmen. Und ich beschuldigte ihn, meine Mutter umgebracht zu haben.«

Duncan drückte ihm leicht die Hand, unterbrach ihn aber nicht. Sie wußten beide, daß es Dinge gab, über die nicht gesprochen werden mußte. Robin atmete tief durch.

»Ich sagte... schlimme Dinge. Ich war zornig. Ich wollte ihn verletzen. Und jetzt, da es zu spät ist, möchte ich sie zurücknehmen... Vergib mir, Vater, ich bitte dich.«

»Das tut er, junger Herr«, sagte Duncan nachdrücklich. »Doch jetzt habt Ihr genug um ihn getrauert. Jetzt ist es Zeit, an Euch selbst zu denken. Ihr müßt fliehen, junger Herr. Nach Norden, dort seid Ihr sicher. Dort habt ihr Vettern, die Euch aufnehmen werden. Hier könnt Ihr nicht bleiben. Gisborne wird sich mit Sicherheit an Euch und Eurem Gefährten rächen wollen.«

Robin nickte langsam und erhob sich. Er löste seine Hand sanft aus der Duncans. Gisbornes Name hatte ihm die Antwort gegeben, nach der er gesucht hatte. Wenn alles andere nicht half, blieb immer noch die Rache. Er starrte auf den rohen Erdhügel hinab, und die Tränen, die ihm dabei in die Augen stiegen, waren aus Zorn und Verzweiflung zugleich. Er zog sein Messer und hielt es gestreckt von sich. Die frühe Morgensonne färbte die Klinge blutrot. Haßrot. »Vater«, sprach er laut, »hiermit schwöre ich dir, daß ich nicht eher ruhen werde, als bis du gerächt bist. Ich schwöre es bei meiner Ehre und meinem Blut.«

Er schnitt sich in die Handfläche und ließ die Blutstropfen auf das frische Grab fallen. Asim war herbeigelaufen, als er Robin das Messer hatte ziehen sehen, doch nun verharrte er schweigend, als er erkannte, daß es sich um keinen Fall von Gefahr handelte. Robin blickte ihn fest an.

»In meiner Welt, Asim, hat sich alles verkehrt. Aber es ist trotzdem noch immer meine Welt. Dies hier ist nicht dein Kampf. Kehre heim.«

Asim seufzte und blickte zum Horizont. »Wenn ich dich allein lasse, mein Freund, wirst du nur umkommen.« Als er ihn wieder ansah, erblickte jeder in des anderen Augen Verlust und Leid.

Asim streckte ihm die Hand hin, und Robin ergriff und schüttelte sie. Der feste Griff ließ seine Hand erneut bluten;

das Blut tropfte zu Boden, und sie nahmen es beide als unausgesprochenen Pakt gegen Tod und Gewalt und für Gerechtigkeit, komme, was wolle. Dann schulterten sie ihre Bündel, nahmen Duncan bei den Armen und machten sich auf den Weg.

Bald danach begann es zu regnen. Der Boden wurde schlammig und saugte sich an ihren Füßen fest. Dunkle Wolken verdeckten die Sonne. Der strömende Regen durchnäßte sie bis auf die Haut. Sie sahen kaum noch einige Schritte weit. Der Wald verwandelte sich in eine düstere Schattenwelt. Sie mühten sich weiter voran durch den Sturm. Der schneidende Wind ging ihnen durch Mark und Bein. Sie waren weit von jedem Dorf oder Gehöft, nur gelegentlich kamen sie an den ausgebrannten Ruinen eines Hauses oder einer Scheune vorbei. Robin hatte bereits von den erbarmungslosen Methoden der Leute des Sheriffs gegen säumige oder unfähige Steuerzahler gehört, doch er hatte sie nicht glauben können und für Gerüchte und Übertreibungen gehalten. Aber je weiter sie nach Norden kamen, desto häufiger stießen sie auf Spuren von Zerstörung und Aufruhr, bis es ihm schließlich erschien, als befände er sich in einem eroberten und besetzten Land mit einer Bevölkerung im Belagerungszustand.

Sie hielten an einer Straßenkreuzung, um sich über ihre Richtung klarzuwerden, und starrten wortlos auf einen von einem Galgen baumelnden Gehenkten. Duncan wartete geduldig, während Robin und Asim auf den toten Mann blickten, und erschauerte unter dem Regen und der Kälte. Robin nahm seine Kapuzenkutte ab und legte sie ihm um.

»Nein, mein Lord«, wehrte der alte Mann verlegen ab. »Es geht nicht, daß ich es warm habe und Ihr friert. Das gehört sich nicht.«

Robin lächelte ein wenig. »Neue Regeln, mein Freund: Es gibt keine Regeln mehr für Waldmänner wie uns.«

Sie gingen eine Weile schweigend weiter, mit gesenkten Köpfen, um sich gegen den peitschenden Regen zu schützen, bis Asim halblaut in seiner eigenen Sprache vor sich hin schimpfte. Robin sah ihn fragend an, worauf Asim laut schniefte. »In meinem ganzen Leben habe ich noch keinen Sturm erlebt, der so lange dauert und so heftig war. Wann beginnt in diesem Land eigentlich der Sommer?«

Robin mußte trotz allem lachen. »Das hier ist der Sommer.«

Asim sah ihn tadelnd an und schüttelte langsam den Kopf. Sie zogen stumm weiter durch Regen und Wind. In der nächsten Stunde ließ das Unwetter allmählich nach, aber es blieb unfreundlich und kalt. Robins Laune besserte sich ein wenig, als er jenseits eines schmalen Waldstücks Rauch aufsteigen sah. Unwillkürlich beschleunigte er seine Schritte. Er ging den groben, gewundenen Pfad entlang voraus, bis er zu einer alten Steinmauer kam. Hinter dieser stand ein großes, gedrungenes Haus mit Strohdach. Robin nickte sich selbst langsam zu und entspannte sich ein wenig. Es war lange her, seit er zuletzt hier in Dubois Mansion gewesen war, und er war sich nicht sicher gewesen, ob er den Weg noch kannte. Hier hatte er als Kind oft gespielt, doch das war lange her, fünfzehn, zwanzig Jahre. Alles sah kleiner aus, als er es in Erinnerung hatte, aber jedenfalls war er richtig hier.

»Was ist das hier?« fragte Asim.

»Das ist Peters Elternhaus«, sagte Robin. »Ich habe ihm ein Versprechen gegeben, erinnerst du dich? Sechs Jahre oder noch länger ist es her, seit er von hier aus fortzog, um mit mir zu einem ruhmreichen Abenteuer in den Orient aufzubrechen. Und nun bin ich ohne ihn zurückgekehrt. Wir werden hier sicher Unterkunft finden.«

»Auch trockene Kleider?« fragte Asim.

»Warum nicht«, antwortete Robin. »Die Familien Dubois und Locksley sind seit Generationen befreundet.«

Er fand das Tor in der Mauer und führte sie bis zu der eindrucksvollen Haustür, an der er zuerst höflich anklopfte und eine Weile wartete, um dann mit der Faust dagegenzuschlagen. Es dauerte lange, doch dann wurde die Türluke geöffnet. In der Türöffnung erschien der Kopf der ältesten Frau, die Robin je gesehen hatte. Er lächelte ihr auf seine höflichste Weise zu.

»Keine Bettler mehr!« fuhr ihn die alte Frau aber sogleich an und schlug ihm die Türluke vor der Nase zu.

Er blieb zunächst verblüfft stehen. Dann hämmerte er erneut heftig an die Tür. Die Luke öffnete sich erneut, und das uralte Gesicht erschien noch einmal.

»Wir sind keine Bettler«, sagte Robin rasch. »Sagt der Herrin des Hauses, daß Robin Locksley an der Tür ist.«

»Geht nicht«, sagte die alte Frau. »Die Herrin ist nicht da.«

Robin lächelte verbissen und ignorierte bewußt die Blicke seines Gefährten. »Gut. Ist dann das Kind Marian zu Hause?«

»Vielleicht«, sagte die alte Frau, »oder vielleicht auch nicht.«

Sie wollte die Türluke erneut schließen, doch Robin hatte bereits seine Hand dazwischen. Sie warf sie trotzdem zu, und Robin schrie vor Schmerz über seine eingequetschten Finger auf. Die Luke wurde verschlossen. Robin steckte die schmerzende Hand unter seine Achselhöhle und tanzte ein wenig herum, bis sich Schmerz und Zorn gelegt hatten. Asim sah ihm die ganze Zeit aufmerksam zu.

»Die Gastfreundschaft in deinem Land hier«, sagte er schließlich, »scheint so warm zu sein wie euer Wetter.«

Robin warf ihm einen stummen, strafenden Blick zu und betrachtete dann wieder die verschlossene Tür. Er war durchnäßt und müde und fror und hatte gute Lust, das ganze Haus niederzubrennen. Dann wandte er sich zögernd ab. Es hatte keinen Sinn, übermäßige Aufmerksamkeit zu erregen. Er bedeutete Asim, daß sie ihren Weg unverrichteter Dinge fortsetzen konnten. Doch dann blieb er stehen und drehte sich doch noch einmal um. An der Haustür war ein Geräusch. Riegelstangen wurden zurückgeschoben. Die Tür öffnete sich einen Spalt. Nach einer kurzen Pause hörten sie ein verdrossenes Räuspern der alten Frau.

»Laßt Eure Waffen draußen.«

Sie kamen zurück. Robin begann mit einer überschwenglichen Dankesrede. Doch die Tür öffnete sich lediglich einen schmalen Spalt, aus der der knochige Finger der Alten auf ihn zeigte.

»Nur Ihr. Die anderen nicht.«

Robin wollte ärgerlich protestieren, besann sich dann aber eines Besseren. Asim und ganz besonders Duncan brauchten

Wärme und Obdach, aber mit der Alten hier war nicht gut Kirschen essen. Sie benahm sich, als sei sie der Hofhund. Und genau betrachtet, sah sie auch fast so aus. Am besten war es sicherlich, einfach abzuwarten und mit der Person, die hier maßgeblich war, zu sprechen. Vielleicht konnte er sie von ihren guten Absichten überzeugen. Er schnallte seinen Schwertgürtel ab und reichte ihn Asim, drückte Duncan aufmunternd die Hand und trat durch den schmalen Türspalt in den halbdunklen Korridor. Hinter ihm wurde die Tür sogleich wieder zugeschlagen und verriegelt. Asim draußen schüttelte stumm den Kopf und hängte sich Robins Schwertgürtel über die Schulter. Duncan zitterte vor Kälte und stampfte, um sich etwas zu wärmen, mit den Beinen auf dem schlammigen Boden.

»Die Pest über alle Mauren und Sarazenen!« schrie er plötzlich heraus. »Würden sie sich nicht so gottlos aufführen, wäre Master Robin niemals fortgezogen und hätte uns allein gelassen, und nichts von alledem wäre geschehen! In meinem ganzen Leben hat man mich nicht so behandelt!« Dann verfiel er für eine Weile in unverständliches, grummelndes Gemurmel und erinnerte sich schließlich, daß noch jemand bei ihm war. Er wandte den Kopf in Asims ungefähre Richtung und suchte nach Worten. Höfliche Konversation war nie seine Stärke gewesen. »Asim... Sagt mir, Herr, was für eine Art Name ist das eigentlich? Irisch vielleicht? Oder Walisisch?«

»Heiß!« sagte Asim. »Er ist maurisch.«

Der Ausdruck des schieren Entsetzens, der sich daraufhin über Duncans Gesicht ausbreitete, entschädigte Asim für den ganzen schlimmen Tag.

Inzwischen hatte die alte Frau Robin in die große Wohnhalle geführt, gebot ihm zu warten und nichts anzufassen und entfernte sich nicht ohne einen letzten mißtrauischen Blick die Treppe am anderen Ende der Halle hinauf in die oberen Gemächer. Robin sah sich um. Er versuchte, sich das Regenwasser aus Haaren und Kleidern zu wringen. Die große Halle wurde von dem langen Eßtisch in der Mitte und der üblichen Jagdtrophäensammlung mit Köpfen von Rehböcken und Ebern an den Wänden beherrscht. Die Jagdtrophäen hatte er schon in seiner Kindheit nicht gemocht. Er war immer überzeugt davon gewesen, daß ihre Augen ihm überallhin folgten, wenn er nicht hinsah. An der Wand gegenüber hingen die üblichen Porträts der Ahnen, die alle so aussahen, als hätten sie gerade die allerschlechteste Laune. Auch aus ihnen hatte er sich nie etwas gemacht.

Er hörte oben auf der Galerie die Bohlen knarren und blickte rasch hinauf, wer da sei. Er fühlte sich seltsam schuldig, wie ertappt. Als hätte derjenige, den er da oben hörte, seine Gedanken über alles hier genau erraten.

Eine kaum erkennbare Gestalt im Halbdunkel blickte auf ihn herab.

»Wer seid Ihr?« fragte sie. Eine Frauenstimme.

Robin schenkte ihr sein charmantestes Lächeln. »Vergebt mein Eindringen. Ich bin Robin von Locksley.«

»Ihr lügt«, sagte die Frau kalt. »Robin ist tot. Tretet ins Licht, damit ich Euer Gesicht sehen kann. Und jetzt dreht Euch um.«

Robin tat, wie ihm geheißen wurde, und lächelte nach wie

vor entschlossen. »Was soll ich nun tun? Ein paar Schritte tanzen vielleicht? Wer seid Ihr?«

»Ich bin die Jungfrau Marian«, sagte die Gestalt herablassend.

»Dann zeig dich, Kind«, sagte Robin. »Du hast nichts von mir zu befürchten. Wir kannten einander gut, als wir noch jünger waren.«

Die junge Frau trat ins Licht. Robin mußte sich beherrschen, um nicht vor Überraschung einige Schritte rückwärts zu gehen. Es mochte sein, daß er auf seinen Reisen schon einmal eine fettere und häßlichere Frau gesehen hatte. Aber erinnern konnte er sich nicht, verdammt. Das letzte solche Gesicht, das er gesehen hatte, war das eines grotesken Wasserspeiers gewesen, das ihn von einem Kathedralendach herunter angegrinst hatte.

»Marian!« sagte er gleichwohl und zwang sich eisern, weiterzulächeln, obwohl es ihm mehr als schwerfiel. »Die Jahre haben es gut mit dir gemeint. Du hast dich überhaupt nicht verändert.«

»Oh, danke«, lächelte sie. Zumindest, dachte er, sollte das wohl ein Lächeln sein. Doch als sie sich erinnerte, wer er war, verschwand ihr Lächeln. »Nachdem der König fort ist, müssen wir immer auf der Hut vor Banditen sein. Und als Verwandte des Königs müssen wir in diesen gesetzlosen Zeiten vor allem auf der Hut vor Entführern sein. Also, Ihr habt jetzt mit mir gesprochen, wie es Euer Wunsch war. Nunmehr entfernt Euch aus diesem Haus.«

»Das würde ich schon tun, meine Lady«, erklärte Robin in

ergebenem Tonfall, »wäre ich nicht durch Eid verpflichtet, mich um Euch zu kümmern.«

Sie lachte wegwerfend. »Um mich kümmern? Robin von Locksley? Der nie etwas anderes als ein verzogener Lümmel war?«

Robin spannte seine Muskeln an, als er leise Schritte hinter sich hörte, doch ehe er sich umdrehen konnte, drückte sich ihm eine Schwertspitze heftig in den Rücken. Er hob langsam die Hände zum Zeichen, daß er unbewaffnet sei, und warf einen vorsichtigen Blick über die Schulter. Er erblickte eine ganz in Schwarz gekleidete Gestalt, deren Gesicht hinter einer Kampfmaske verborgen war.

»Wie Ihr sehen könnt«, kam die Stimme von oben, »sind wir hier recht gut in der Lage, uns um uns selbst zu kümmern. Und jetzt geht.«

»Marian, warte, laß mich doch erklären –« Doch die Schwertspitze bohrte sich noch etwas nachdrücklicher in seinen Rücken. Nun reichte es ihm. Sein Tag war beschwerlich genug gewesen. Und im nächsten Moment fuhr er herum, um seinen Gegner vor sich zu haben. Ganz automatisch griff er an seine Seite, wo sein Schwert zu hängen pflegte. Er funkelte die schwarze Gestalt an.

»Gegen einen sichtlich unbewaffneten Mann bist du arg mutig, Freund. Was machst du da nur, wenn du mal wirklich Mut zeigen willst? Dich im Dunkeln anschleichen, wenn der andere tief schläft?«

Der Maskierte deutete nur wortlos mit dem Schwert zur Tür. In der gleichen Sekunde trat Robin seinem Gegenüber in die Knie. Der andere taumelte rückwärts, verlor die Balance, und Robin schlug ihm das Schwert aus der Hand. Es fiel zwischen ihnen zu Boden. Robin griff danach, doch der Maskierte stieß es mit dem Fuß zur Seite und hatte auch schon einen aus einer verborgenen Scheide gezogenen Dolch in der Hand. Robin wich schnell zurück. Die Halle hatte nur zwei Ausgänge, und der Maskierte war so günstig postiert, daß er ihm beide mühelos versperren konnte. Und er kam mit seinem vorgestreckten Dolch näher. Robin wich eilig bis zur nächsten Wand zurück. Der andere setzte ihm nach, blieb aber verblüfft stehen, als Robin herumfuhr und eine der Jagdtrophäen mit einem Geweih in den Händen hielt, die er von der Wand gerissen hatte. Sie musterten einander über deren Gabelenden hinweg. Dann stieß der Maskierte vor und versuchte die Geweihhörner abzuhauen. Sein harter Stahl fuhr auch in der Tat durch das Gehörn, als sei es Stroh.

Draußen vor dem Haus wurden Asim und Duncan aufmerksam, als sie die Kampfgeräusche vernahmen. Asim warf sich gegen die Tür. Sie erzitterte zwar unter seinem Gewicht, hielt aber mühelos stand. Asim versuchte es noch einmal, stöhnend ob der Anstrengung. Duncan sah sich mit seinen blinden Augenhöhlen um und fuchtelte mit seinem Stock.

»Zeigt mir, wo die Gefahr lauert, Asim! Ich bin bereit, mich ihr zu stellen!«

Asim aber schüttelte nur den Kopf und warf sich wieder und wieder gegen die Tür.

Drinnen in der Wohnhalle flogen Stücke des Rehbockgeweihs durch die Luft, während der Maskierte weiter auf Robin eindrang. Er ließ ihm keinen Millimeter Boden und zwang ihn zu Rückzug und Flucht, obwohl sich Robin mit der Trophäe noch so gut verteidigte, wie es ging. Aber die Geweihenden wurden unter den wilden Hieben seines Gegners immer kürzer, bis schließlich nichts mehr von ihnen übrig war. Robin schleuderte ihm die geschändete Trophäe entgegen und warf sich auf ihn. Er bekam die Dolchhand zu fassen, drehte den Maskierten herum und drückte dessen Hand an die Mauer, so daß ihm die Waffe entglitt. Sie rangen miteinander. Robin merkte schnell, daß er kräftemäßig weitaus überlegen war. Er holte zu einem Hieb mit beiden Fäusten aus, unter dem der andere zusammensank.

Robin stand einen Augenblick über ihm und rang keuchend nach Luft. Dann faßte er nach der Maske und riß sie ihm vom Gesicht. Zu seiner Verblüffung quoll langes Haar darunter hervor. Er starrte ungläubig auf die schöne Frau, die zu ihm aufblickte.

Im selben Moment stürmte Asim mit gezogenem Krummsäbel in die Halle. Robin sah sich verwundert nach ihm um. Die Frau nutzte die Gunst des Augenblicks, ihn wild in die Lenden zu treten. Robin krümmte sich zusammen und sank vor ihr auf die Knie. Aber er lächelte, wenn auch mit zusammengebissenen Zähnen.

»Hallo, Marian.«

Etwas später, als sich alle ein wenig erholt hatten, trat Robin mit Marian hinaus vor das Haus. Marian sah unverwandt den Ring an, den ihr Robin gegeben und den Peter Dubois ihm in seiner letzten Minute in jener Seitengasse vor dem Gefängnis in Jerusalem anvertraut hatte. Er sprach kein Wort, überließ sie ganz der Trauer um ihren geliebten Bruder.

Dubois Mansion war zu beiden Seiten von Bergen umgeben, und in der Ferne waren weidende Schafe an den Hängen zu erkennen.

Es hatte aufgehört zu regnen; einige erste Sonnenstrahlen wagten sich durch die Wolken. Marian sah sie nicht. Sie war wie hypnotisiert von dem Ring in ihrer Hand und mit ihren Gedanken auf einer Straße Jerusalems, die sie nie gesehen hatte.

»Und du bist ganz sicher?« fragte sie schließlich. »Es gibt keinen Zweifel, daß er tot ist?«

»Keinen«, antwortete er sanft. »Er hat bis zum letzten Augenblick tapfer gekämpft.«

Marian blickte ihn jedoch fast feindselig und zornig an. »Und wieso sollte mein Bruder wollen, daß ich ausgerechnet von dem beschützt werde, der mir als Kind sogar einmal die Haare angezündet hat?«

»Weil er wußte, daß Krieg und Gefangenschaft einen Mann ändern können.«

Marian versuchte ihm zu antworten, doch sie brachte kein Wort hervor. Robin legte ihr einen Arm um die Schulter, ließ sie jedoch sofort wieder los, als er spürte, wie sie sich unter der Berührung anspannte. Sie tupfte sich mit einem Taschentuch die Augen ab, um sich ihrer Tränen zu erwehren.

»Ich werde meiner Mutter in London dein Beileid ausrichten«, sagte sie schließlich förmlich.

»Du wärst dort bei ihr gewiß sicherer.«

»Das Leben bei Hofe interessiert mich nicht«, widersprach sie schroff. »All dieser Klatsch und dieses Jagen nach Gunstbeweisen.«

»Bist du also allein?«

»Keineswegs.« Sie deutete auf die in Lumpen gehüllten Bauern, die an der Küchentür des Hauses nach Suppe anstanden. Sie sahen allesamt verhärmt und unterernährt aus und trugen das Wenige, das sie überhaupt noch besaßen, wie Kriegsflüchtlinge auf dem Rücken bei sich. Aus den eingesunkenen Gesichtern standen die Knochen hervor, und verstörte, tiefliegende Kinderaugen blickten verständnislos in die Welt. Der Anblick erregte neuen Zorn in Marian. »Diese Zeiten haben mir die Pflicht aufgebürdet, viele Münder zu füttern. Während ihr beide, mein Bruder und du, in der Welt herumgezogen seid und die Helden gespielt habt, hat uns hier der Sheriff von Nottingham ausgeplündert.«

Sie funkelte ihn an, als sei es tasächlich seine Schuld. Doch er hielt ihrem Blick stand und beherrschte sich. »Immerhin ist dir wenigstens euer Land und euer Haus geblieben, Marian. Wie kommt das?«

»Weil ich dem Sheriff keinen Grund gebe, unseren Besitz beschlagnahmen zu lassen«, fuhr sie ihn an. »Und weil ich meinen Mund halte. Weil ich keine Schwierigkeiten mache. Was kann ich sonst schon tun? Wenn ich nicht mehr da wäre, wer würde diese Leute ernähren? Ich bin eine Cousine des Königs. Es ist meine Pflicht, diesen Menschen zu helfen, bis er zurückkommt und wieder Recht und Ordnung einkehren.«

Sie starrten einander lange an, und allmählich wich der Zorn in ihren Augen dem Schmerz und der Verzweiflung, die sie beide empfanden. Robin senkte als erster seinen Blick.

»Marian, warum hat der Sheriff meinen Vater umgebracht und unseren Besitz zerstört?«

»Weil er die Macht dazu hat, deshalb.« Marians Stimme wurde sanfter, als sie ihm eine Hand auf den Arm legte. »Du mußt keine Sekunde lang glauben, was sie deinem Vater vorgeworfen haben, Robin. Selbst wenn du ihn gehaßt hast.«

Robin lächelte traurig und ließ seinen Blick unverwandt über die grünen Hügel in der Ferne schweifen. »Als ich elf Jahre alt war und meine Mutter starb, da... liebte mein Vater eine Bäuerin. Ich haßte ihn dafür, selbst noch, nachdem es zu Ende war, und beschuldigte ihn, meine Mutter betrogen zu haben. Als ich alt genug war, schloß ich mich deshalb auch den Kreuzfahrern an und zog mit ihnen in den Orient, wo ich alles vergessen und meine Schwertkunst im Kampf für eine gerechte Sache vervollkommnen wollte. Es war eine Suche, aber ich fand nur Schrecken und Blut. Und ich mußte lernen, daß es keinen vollkommenen Menschen gibt auf dieser Welt, sondern allenfalls reine Absichten und Ideale der Vollkommenheit.«

Marian musterte ihn in seiner Verlorenheit. Das war nicht der Robin, den sie einst gekannt hatte. Sein Gesicht war jetzt von Trauer und harten Entbehrungen gezeichnet. Aber in seinen Zügen spiegelte sich auch seine Kraft.

»Was hast du jetzt vor, Robin?«

»Die Dinge wieder in Ordnung zu bringen«, sagte er, und in

seiner Stimme war nicht die Spur eines Zweifels oder Zögerns, vielmehr starke, unbeugsame Entschlossenheit.

Marian blickte hinaus zum Horizont und schien mit einemmal müde und mutlos zu sein. »Noch mehr Blutvergießen? Ich bin dieser heroischen Knabengesten müde... ich bin der Knaben überhaupt müde.« Sie sah ihn an und lächelte betrübt. »Tu nichts Unsinniges, Robin. Wir leben in gefährlichen Zeiten.«

»Dann müssen diese Zeiten eben geändert werden«, sagte Robin.

Sie fuhren beide herum, als Asim aufgeregt oben von der Außenmauer herabrief. Er blickte weit hinaus übers Land und knurrte nachdenklich vor sich hin. Robin eilte hinüber zur Mauer und kletterte ebenfalls hinauf. Als er neben Asim stand, sah er es auch. Unten im Tal wälzte sich eine dicke Staubwolke direkt auf Dubois Mansion zu. Robin runzelte die Stirn. Soviel Staub konnte nur eine ziemlich große Reitertruppe bedeuten. Und wer konnte schon annehmen, es sei ein Zufall, daß sie gerade jetzt kamen, da er hier war? Jemand mußte ihn auf ihrem Weg hierher erkannt und es dem Sheriff gemeldet haben. Er wandte sich an Asim um Rat und hielt verblüfft inne, als der Maure seine Gürteltasche öffnete und ihr zwei Glasscheiben und ein Stück Leder entnahm, das er zu einer Röhre rollte. An jedes Ende steckte er eine der Glasscheiben und hielt sich dieses einfache Fernrohr dann ans Auge.

Robin sah ihm neugierig zu. Das, was er da tat, schien wohl mit seiner Religion zu tun zu haben. Doch als ihm Asim sein Gerät reichte und ihm bedeutete, ebenfalls hindurchzusehen, nahm er es mißtrauisch, fixierte Asim streng für den Fall, daß es sich um irgendeinen unpassenden arabischen Scherz handelte, und setzte sich das Fernrohr schließlich zögerlich ans Auge. Er sah bewaffnete Reiter direkt auf sich zukommen. Er ließ das Fernrohr vor Schreck fast fallen und griff hastig nach seinem Schwert. Dabei erkannte er, daß die Reiter wieder verschwunden waren und nur wieder die Staubwolke unten im Tal ihr Kommen verriet. Da dämmerte ihm, was das Fernrohr ihm gezeigt hatte. Er lächelte überwältigt. Er deutete auf das lederne Gerät.

»Ein wundersamer Mechanismus, Asim.«

Der Maure schüttelte wieder einmal langsam den Kopf. »Wie konnte eine rückständige Rasse wie die eure jemals Jerusalem erobern?«

Robin lächelte. »Das weiß nur Gott allein.« Er blickte noch einmal durch das Fernrohr, und sein Mund wurde schmal, als er Gisborne an der Spitze des Trupps erkannte.

»Was ist los?« rief Marian ungeduldig. »Was seht ihr?«

»Die Soldaten des Sheriffs«, sagte Robin.

»Auf dem Weg hierher? Und – stellst du dir so deine Beschützerrolle vor?«

Robin und Asim sprangen von der Mauer. Sie tauschten einen schnellen Blick, dann lief Asim zu den Ställen, während Robin zurück zu Marian ging.

»Ich habe einige Leute des Sheriffs getötet«, sagte er gleichmütig. »Sie haben es verdient, und ich habe nichts Unrechtes getan, aber den Sheriff werde ich davon wohl nicht überzeugen können. Ich habe dich wohl doch in Gefahr gebracht, indem ich hierherkam.«

»Ich kann auf mich selbst aufpassen«, erwiderte Marian kühl. »Also verschwinde von hier und nimm deine Freunde mit, solange es noch möglich ist.«

Asim kam bereits wieder, mit Duncan und zwei ungesattelten Pferden. Robin verzog das Gesicht. Er haßte es, auf bloßen Pferderücken zu reiten. Doch aus dem Tal war bereits Hufgetrappel zu hören; die Reiter kamen zusehends näher. Er zögerte noch kurz und blickte von Marian zu den beiden anderen und wieder zurück.

»Ich sagte dir aber doch, ich habe meinen Eid gegeben, mich um dich zu kümmern, Marian.«

»Und ich sagte dir, ich bin der heroischen Knabengesten müde.«

Robin schüttelte entschieden den Kopf. »Ich verlasse dich nicht. Du brauchst mich.«

Marian funkelte ihn an. Er verschränkte die Arme und funkelte starrköpfig zurück. In diesem Moment wurde das Hoftor aufgestoßen; der Hof füllte sich im Nu mit Berittenen, Gisborne voran. Sie trieben die Bauern wie Hühner auseinander. Marian deutete bereits dramatisch auf Robin.

»Haltet diese Männer auf! Sie stehlen meine Pferde!«

»Verdammtes Mädchen«, murmelte Robin bewundernd und rannte zu den wartenden Pferden. Asim sprang auf das eine, zog Duncan mit hinauf zu sich und stieß dem Pferd die Fersen in die Weichen. Es rannte auf das Tor zu, während ihm das zweite instinktiv folgte. Robin rannte ebenfalls los und sprang auf, machte eine rüde Geste zu Gisborne hin und galoppierte auf das Tor zu. Einer der Soldaten vereitelte ihre Flucht, indem er das Tor zuschlug und ihnen den Weg versperrte. Robin und Asim wechselten einen schnellen Blick und stießen mit ihren Fersen zu. Die Pferde sprangen über das Tor, als täten sie dies jeden Tag, und galoppierten in vollem Tempo weiter. Im Nu schwirrten überall um sie herum Armbrustpfeile. Gisborne hatte sein Pferd bereits herumgerissen und machte sich an ihre Verfolgung. Marian stand ihm direkt im Weg. Er zügelte sein Pferd und blickte sie zornig an. Es fehlte nur noch der Schaum in seinen Mundwinkeln. »Ihr habt Waldbanditen beherbergt, Marian!«

»Das sind Diebe, sonst nichts, Idiot!« fuhr ihn Marian grob an. »Bringt meine Pferde zurück, oder der Sheriff wird von Eurer Feigheit hören!«

Gisborne lächelte kalt. Er wußte, daß sie log. Aber er wußte ebenso, daß er nichts beweisen konnte. »Da habt Ihr aber Glück gehabt, Marian, daß er Euch nicht auch Eure Tugend gestohlen hat! Immer vorausgesetzt natürlich, Ihr habt sie noch zu verlieren!« Er ließ sie stehen und rief seinen Leuten zu: »Eine Krone für den, der mir Locksleys Kopf bringt! Und vielleicht macht jetzt mal endlich jemand dieses verdammte Tor auf!«

Robin trieb sein Pferd an und dachte angestrengt nach, wo er noch Zuflucht finden könne. Hier im Tal sicherlich nirgends. Und der Weg in die Berge war zu steil und felsig für die Pferde. Direkt vor ihnen aber lag nur das Moor, Meile um Meile. Er zermarterte sich das Gehirn um einen Ausweg aus der Falle, die er sich selbst gestellt hatte. Es dauerte nicht lange, bis er zu der Einsicht kam, daß sie im Augenblick nur auf ihr Entkommen setzen konnten. Vor ihnen tauchte ein schmaler Flußlauf auf. Er klammerte sich eng an sein Pferd, das durch die schäumende Flut trabte, ohne sein Tempo zu vermindern. Ein schneller Blick hinter sich verschaffte ihm die beruhigende Gewißheit, daß Asim und Duncan mit seinem Tempo mithielten. Duncan hielt Asim fest umklammert. Fast mußte Robin lächeln, doch der Anblick erinnerte ihn auch daran, daß Asims Pferd zwei Reiter trug und mit diesem doppelten Gewicht auf Dauer nie und nimmer mithalten konnte.

Vorerst aber galoppierten sie mit donnernden Hufen. Die Landschaft raste schemenhaft an ihnen vorüber. Robin versuchte sich gelegentlich zu orientieren. Weit voraus stieg ein Berg auf, dessen Flanke halb von einem riesigen steinzeitlichen, in den Kalkstein geritzten Bild eines Pferdes bedeckt war. Ein Schauer lief ihm über den Rücken. Wenn sie wirklich waren, wo er glaubte, dann bestand doch noch eine Chance. Es war zwar nicht der Ausweg, den er sich ausgesucht hätte, und die Zuflucht, die er im Sinn hatte, mochte sich auch als schlimmer herausstellen als alles, was hinter ihnen lag, doch im Sturm war jeder Hafen willkommen... Er brachte sein Pferd zum Stehen, Asim ebenso.

»Irgendeine Chance, daß wir ihnen schon entkommen sind?« fragte Robin atemlos.

Asim setzte sein Fernrohr wieder zusammen und blickte in die Richtung, aus der sie gekommen waren. Keine halbe Meile hinter ihnen ließ Gisborne seine Leute ausschwärmen, um sie einzukesseln. Asim nahm sein Fernrohr vom Auge. Er blickte

Robin ernst an. »Sie kommen näher. Mein Pferd trägt doppelte Last, und das deine wird auch bereits lahm. Abschütteln können wir sie nicht mehr.«

»Laßt mich zurück, Master Robin«, sagte Duncan, der nach dem anstrengenden Ritt nach Atem rang. »Ich bin nur eine Behinderung auf Eurer Flucht.«

Robin ignorierte ihn einfach und deutete auf ein Waldstück am Horizont. »Eine Chance haben wir noch, Asim! Dort im Wald können wir sie abschütteln.«

»Nein, Master Robin!« Duncan drehte sein blindes Gesicht in Robins Richtung. Es war schreckverzerrt. »Sherwood ist verwunschen! Wir verlieren unsere Seelen, selbst wenn wir nur durchreiten!«

»Das«, sagte Robin achselzuckend, »ist jetzt nicht mehr so wichtig. Entweder riskieren wir es mit den Gespenstern dort, oder wir sind bald selbst welche!«

Sie galoppierten weiter, auf den Wald zu, der sich allerdings, je näher sie kamen, desto weiter zu dehnen und schier endlos zu werden schien. Robin blickte über die Schulter. Gisborne hatte seinen Leuten signalisiert, ihnen den Weg abzuschneiden. Er lächelte zufrieden, als er sah, wie sie zögerten. Auch sie hatten Angst vor dem Sherwood Forest. Sie kamen immer näher. Krumme, grotesk verwachsene Bäume standen am Waldrand und dahinter eine scheinbar undurchdringliche, dunkle und unzugängliche Wand aus Stämmen, Geäst und Unterholz. Er spürte, wie sich seine Nackenhaare aufstellten. Aber er biß die Zähne zusammen und tauchte ein in das alles umfassende Dunkel des Waldes. Asim und Duncan folgten ihm.

Gisbornes Leute zügelten ihre Pferde am Rand von Sherwood, stoben verstört und kreidebleich auseinander. Die Pferde bäumten sich auf und wieherten. Die Männer spähten mit unverhohlener Furcht auf die langen Schatten und die verwachsenen Bäume und murmelten untereinander verlegene Worte. Gisborne versuchte sie zur Räson zu bringen, aber sie wichen seinen Blicken aus.

»Was ist los mit euch, verdammt? Es sind doch nur drei!«

»Wir fürchten nicht sie«, murmelte einer der Soldaten von hinten.

Gisborne beschimpfte sie als Narren, Feiglinge und Verräter, doch selbst dies half nichts. Nicht einer war dazu zu bringen, die magische Grenze zu überschreiten und in den Sherwood Forest einzudringen. In seiner Wut brüllte Gisborne die Bäume und die tanzenden Schatten an.

»Robin mit deiner Kapuze: Robin of the Hood! Sohn des Teufelsanbeters!«

Bereits ein Stück tief im Forst hielten Robin und Asim an und lauschten zusammen mit Duncan stumm den Rufen.

»Dein Vater ist als Feigling gestorben!« brüllte Gisborne mit zu einem Grinsen verzerrtem Gesicht. »Er hat dich noch verflucht, und er hat geschrien wie ein abgestochenes Schwein!«

»Du dreckiger Lügner!« rief Robin zornentbrannt und war drauf und dran, zurückzureiten, doch Asim hielt ihn zurück.

»Ich selbst habe ihn an der Burgmauer aufgehängt!« brüllte Gisborne draußen vor dem Wald herausfordernd. »Und es wird mir ein Vergnügen sein, es mit dir genauso zu machen!«

Robin wand sich heftig aus Asims Griff, doch dieser faßte

nun seinem Pferd in die Mähne. »Du wirst keine Gerechtigkeit für deinen Vater üben können, wenn du dich bereits heute nutzlos töten läßt!« sagte er eindringlich. »Hab Geduld!«

Robin sah ihn lange an. Dann nickte er widerstrebend. Asim ließ das Pferd los, und Robin ritt ihnen voran, immer tiefer hinein in den Sherwood Forest.

Sherwood

Niemand wußte, wie alt Sherwood war. Der alte Forst bedeckte unzählige Morgen und beherrschte die Landkarte des Nordens. Zwar waren seine Grenzen bekannt und registriert, doch nur wenige hatten jemals sein tiefstes, dunkelstes Innerstes gesehen. Sherwood mochte das letzte Überbleibsel des alten, wilden England sein, noch aus der Zeit vor den Menschen und allem Menschenwerk, ein Ort, an dem sich Leben und Tod jeden Tag aufs neue die Hand schüttelten. Im Sherwood Forest gab es kein Gesetz und keine Traditionen, und wer sich von seinen Pfaden entfernte und sich in seine grüne Wildnis begab, wurde selten jemals wiedergesehen. Sherwood Forest, das war der Ort der verlorenen Seelen, der Geburtsort der Träume, die letzte Zuflucht für alle Gesetzlosen. Der Ort, an dem niemand mehr verfolgt wurde.

Robin, Asim und Duncan kamen unter den riesigen Bäumen nur langsam voran. Die Welt draußen war hinter ihnen zurückgeblieben, als sie sich in den großen grünen Traum von Sherwood hineinbegeben hatten. Der Forst war majestätisch und atemraubend, ein Inbegriff von Kraft und Macht. Hundert Fuß hohe Buchen und tausend Jahre alte Eichen bildeten einen kathedralenhohen Baldachin über ihnen und schirmten den schmalen Pfad unten wie ernste und schweigsame Wächter ab.

Von Menschenfüßen ungestörtes Moos wuchs dick auf dem Boden, und überall war der reiche erdige Geruch des lebenden Waldes. Er füllte die Luft wie der Duft bitteren Honigs.

Robin verfiel in eine Art Schwindel, als er versuchte, alles, was er sah und empfand, in sich einzusaugen. Dieser Forst war zu riesig und zu gewaltig, um ganz begriffen zu werden. Er mußte sich zusammennehmen, um wachsam zu bleiben. Vielleicht hausten in diesem dichten Grün Gespenster, vielleicht auch nicht, jedenfalls lauerte hier irgendeine unbestimmbare Gefahr. Es war immerhin bekannt, wie viele Menschen in Sherwood Forest schon spurlos verschwunden waren.

Ein kräftiger Wind wehte durch die Bäume. Geisterhafter Singsang erklang durch den ganzen Wald. Knochen klapperten, und körperlose Stimmen stöhnten und gellten. Duncan zog sich mit zitternden Händen seinen Schal über den Mund.

»Banshees«, erklärte er mit zitternder, gedämpfter Stimme. »Todesfeen. Sie fliegen einem in den Mund und saugen einem alles Blut aus, ehe man auch nur schreien könnte.«

Der Wind pfiff mit unirdischem Heulen durch die Bäume. Die Pferde blieben schnaubend stehen und verweigerten stampfend und augenrollend den Weg. Asim zog seinen Krummsäbel und sah sich wild um. Er rief Allah an, ihn vor bösen Geistern zu schützen. Duncan klammerte sich angstschlotternd an ihn. Asim fuhr hektisch nach allen Seiten herum auf der Suche nach einem Feind, der nicht auszumachen war. Ringsum erstreckte sich nur endloses grünes Dickicht. Robin legte ihm beruhigend eine Hand auf den Arm und griff ins Geäst des nächsten Baumes. Er zog eine Handvoll hohler, hölzerner Röhrchen heraus. Er zeigte Asim, daß diese hohlen Halme und Zweige überall waren und hielt sich einen an den Mund, in den er hineinblies. Ein tiefer, schaudern machender Gespensterton kam heraus, um sofort wieder zu verklingen, als Robin den Halm vom Mund nahm. »Da habt ihr eure Gespenster«, sagte er. »Das ist das ganze Geheimnis.« Er warf die Halme fort und deutete um sich. »Der Wind macht es. Kinderspielzeug. Nicht zu übersehen, wenn man die Augen aufmacht und nach natürlichen Erklärungen sucht.« Er schnitt eine Grimasse in Asims Richtung. »Du läßt dich leicht erschrecken, mein heidnischer Freund.«

Asim schnaubte verlegen, aber nicht weiter verletzt, und steckte seinen Säbel wieder ein. »Das bestätigt mir nur, was ich schon wußte. Dieser Wald hier hat Augen. Ich kann sie spüren.«

Robin nickte und schwang sich vom Pferd. Er wartete, bis auch Asim abgestiegen war, und half Duncan herunter. Dann gingen sie hintereinander weiter den schmalen Pfad entlang und führten ihre Pferde hinter sich her.

Nach einem langen Marsch durch dichtes Unterholz, das das Vorwärtskommen auf dem schmalen Weg sehr erschwerte, erreichten sie einen breiten, reißenden Fluß. Weiter oben stürzte ein Wasserfall zwischen der üppigen Vegetation von Bäumen und hängenden Ästen sprühend über einige breite Felsstufen herab. Robin stand eine Weile stumm, lauschte nur dem Rauschen des Wassers und bewunderte die Schönheit der Szenerie, die sich da unvermittelt vor ihnen aufgetan hatte. Asim zumal stand wie angewachsen vor dem Anblick derartiger Wassermengen, die hier einfach frei und ungebändigt flossen. Einen solchen Anblick gab es nirgends in seiner Heimat. Selbst der blinde Duncan schien die Majestät der Landschaft zu ahnen. Er hörte den Wasserfall und spürte einen hauchfeinen Wasserstaubschleier auf seinem Gesicht.

»Höchstens in meinen Träumen habe ich je einen solchen Ort wie diesen erblickt«, sagte Asim leise.

Robin lächelte gutmütig. »Nun, dann kannst du vielleicht auch träumen, wie wir da hinüberkommen.« Er blickte stromauf und stromab und entdeckte eine Stelle, die sich als schmale Furt eignen mochte. Er zeigte sie Asim, der zustimmend nickte und aufmerksam beobachtete, wie er sich dorthin begab und vorsichtig ins Wasser stieg. Mit Hilfe eines Stocks, den er sich am Ufer gesucht hatte, um mit ihm die Wassertiefe vor sich auszuloten, tastete sich Robin Schritt für Schritt vorwärts. Der Fluß fiel hier über eine Reihe Felsen und schuf so eine zusätzliche Stufenkaskade.

Dann sprang Robin überrascht zurück ins Flachwasser und erstarrte. Der Wald hinter Asim und Duncan hatte sich auf einmal belebt. Wilde, zerzauste Männer tauchten zu Dutzenden hinter den Bäumen auf, bewaffnet mit Knüppeln, Sensen und Heugabeln. Sie sahen mehr wie Wilde denn wie zivilisierte Menschen aus, und kalte, erbarmungslose Bedrohung hing wie eine Wolke über ihnen. Einer drückte Asim eine Speerspitze ins Kreuz, ehe er sich noch umdrehen konnte. Er blieb stocksteif stehen.

Vom anderen Ufer erhob sich eine rauhe, grobe Stimme. Sie

sang ein Nonsense-Lied. Robin fuhr im flachen Wasser herum und sah, daß auch das andere Ufer drüben voller starrender, wilder Gesichter war. Der singende Mann stand in ihrer Mitte. Er trug ein leuchtendrotes Wams, das freilich vor Schmutz und getrocknetem Schlamm nur so starrte. Als er sah, daß Robin ihn erwartungsvoll ansah, brach er sein Lied ab und zeigte ihm ein herausforderndes Grinsen.

»Fleht um Gnade, reicher Mann!«

Robin hielt seinem Blick stand. »Ich flehe keinen Menschen an.«

»Aber dies hier ist unser Fluß«, sagte der Waldmensch, »und den überquert niemand, ohne Tribut dafür zu entrichten.«

Robin sah sich ohne Hast um. Von überall her starrten ihn unfreundliche, fordernde Augenpaare an. Sie waren in unverhältnismäßiger Überzahl, aber daß sie noch verhandelten, hielt er für ein hoffnungsvolles Zeichen. Solange er sorgsam und überlegt vorging und weder Flucht noch Schwäche zeigte, war noch nichts verloren. Er blickte bewußt stolz erhobenen Hauptes wieder hinüber zu dem im roten Wams.

»Ich zahle keinen Tribut. Schon weil ich nichts weiter besitze außer meinem Gewand und meinem Schwert.«

»Ganz schön mutig, Freundchen«, sagte eine laute, joviale Stimme unter den Bäumen im Hintergrund auf der anderen Seite. Die Waldmänner dort traten sofort beiseite. Eine riesige, muskelbepackte Gestalt erschien, stellte sich ans Ufer, die Hände in die Hüften gestemmt, und musterte Robin von oben bis unten. Robin hatte Mühe, äußerlich ruhig und beherrscht zu bleiben. Der Mann war ein wahrer Hüne, mindestens sieben

Fuß groß und mit schier halb so breiten Schultern. Allein seine Statur raubte einem den Atem. Als wandle ein Stück dieses Waldes selbst auf zwei Beinen, unwiderstehlich und beherrschend. Er grinste zu Robin hinab, und auch seine Augen lächelten mit. Als er weitersprach, war es leichthin und ohne Hast.

»Ein Mann, der mit zwei Bedienten reist und behauptet, kein Geld zu haben, kann nur ein Narr sein. Oder aber ein Lügner.«

»Ein Lügner«, sagte der im roten Wams.

Robin sah zu Asim hin, ob dieser keine Anstalten treffe, ihm zu Hilfe zu kommen. Doch der Maure zog nur leicht eine Braue hoch, rührte aber sonst nicht den kleinen Finger und war ein Bild totaler Gleichgültigkeit. Robin seufzte im stillen. Nicht, daß er irgend etwas anderes erwartet hatte. Er wandte sich wieder dem Riesen am Ufer zu.

»Wer seid Ihr?« fragte er höflich.

»John Little«, sagte der Hüne in einem Ton, als müsse Robin das wissen, »Schutzherr des Waldes.«

»Schutzherr?« sagte Robin. »Seid Ihr etwa der Anführer dieses Gesindels?«

»Das bin ich. Und nennt sie nicht Gesindel. Das sind gute, anständige Leute, einer wie der andere.« Sein Blick fiel auf das Medaillon um Robins Hals, und sein Grinsen wurde noch breiter. »Und wenn Ihr durch den Sherwood Forest wollt, dann kostet Euch dies ein Goldmedaillon.«

Robin umschloß sein Familienmedaillon schützend mit der Hand. »Dieses hier ist mir heilig.«

»Uns auch, uns auch, Gefühlsduseler«, sagte John Little leichthin. »Deine Plakette da ernährt uns alle hier einen ganzen Monat lang.«

Die anderen Waldleute kicherten, feixten und stießen einander an. Das Schauspiel, wie ihr Anführer einen Pfeffersack um seine Argumente redete, gefiel ihnen.

Robin fand, daß es nun genug des Wortwechsels war. Er zog sein Schwert. Die Waldleute verfielen auf der Stelle in erwartungsvolles Schweigen. Ihre Augen funkelten heißhungrig und gierig in der Erwartung von Gewalttätigkeiten.

»Wenn du das Medaillon haben willst«, sagte Robin mit fester Stimme, »dann mußt du schon darum mit mir kämpfen.«

»Nichts lieber als das«, entgegnete John Little, immer noch grinsend. Er griff sich einen langen Holzknüppel von einem der Waldleute und trat hinaus auf die erste Stufe des Wasserfalls. Ein Junge drängte sich plötzlich durch den Pulk der Männer und blieb am Ufer stehen. Robin war überrascht, als er ihn erkannte. Es war Wulf, den er vor den Jägern Gisbornes gerettet hatte.

»Sei vorsichtig, Vater!« rief Wulf John Little zu. »Ich hab' gesehen, wie der da zwölfe von dem Sheriff seinen Leuten weggemacht hat, wie wenn sie aus Papier wären.«

»Tatsächlich?« sagte John Little und nahm in der Mitte des Felsens im Wasser Position an. »Um so mehr wird mir das hier Spaß machen.« Robin sah Wulf an und dann den Hünen vor ihm. »Ist das dein Vater?«

Wulf nickte stolz. Robin schüttelte den Kopf und stieg auf den Felsen. Er ging mit vorgestrecktem Schwert vorsichtig auf

John Little zu. Er wollte eben mit einem Ausfall loslegen, als eine Hand wie eine Pranke vorstieß, sein Schwert packte und es ihm aus der Hand wand. Robin blieb der Mund offenstehen, als John Little einen kurzen Blick auf das Schwert in seiner Hand warf und es dann achtlos nach hinten über die Schulter warf. Endlich merkte er, wie er dastand, und machte den Mund wieder zu. John warf ihm seinen Prügel zu. Robin fing ihn ganz automatisch auf. John blickte hinter sich, worauf er einen weiteren Stock von einem der Waldmänner zugeworfen bekam. Robin prüfte das Gewicht seines Prügels zweifelnd. Als er noch jünger gewesen war, hatte er einige Übungen mit Schlagstöcken gehabt. Aber das war lange her. Und ohnehin sah es nicht danach aus, als könne er es mit diesem Hünen und seiner Kraft und Schnelligkeit aufnehmen. Er mußte sich etwas einfallen lassen, wie er da herauskam. Unglücklicherweise wollte ihm aber auch nicht der kleinste Gedanke kommen.

»Gut, alter Knabe«, sagte John ganz verbindlich, »bereit, mal richtig durchgewalkt zu werden?«

Robin warf Asim einen schnellen Blick zu, doch der lächelte nur und nickte ihm aufmunternd zu. Robin richtete seine Aufmerksamkeit wieder auf John Little und beschloß, daß es an der Zeit sei, einige harsche Worte mit dem Mauren zu reden – vorausgesetzt natürlich, daß er aus dieser Angelegenheit einigermaßen heil herauskam. Er freute sich schon darauf, Asim die Hände um die Kehle zu legen. Aber während er noch darüber sinnierte, machte John Little plötzlich einen Satz nach vorne, der Robin zwang, sich augenblicklich der momentanen Situation zu widmen. Den ersten Hieb wehrte er noch gut ab, obwohl es ihm selbst sehr weh tat. Doch dann prasselten schon die Schläge von allen Seiten auf ihn ein, und alles, was er überhaupt tun konnte, war, vorerst einfach nur irgendwie standzuhalten. Zum Glück war John so daran gewöhnt, dank seiner Kraft und Schnelligkeit immer mit Leichtigkeit zu gewinnen, daß er sich wenig um Taktik und derartige Feinheiten scherte. Robin hielt sich also und wartete den geeigneten Moment ab. Dann duckte er sich plötzlich vor einem allzu selbstsicheren Hieb und stampfte John mit aller Macht auf den Fuß.

Der Hüne taumelte rückwärts und heulte auf, vor Überraschung ebenso wie vor Schmerz, und da war Robin bereits über ihm und legte alle Kraft, die er überhaupt noch hatte, in jeden seiner Schläge, die er nun austeilte. Zwei landete er in Johns Rippen, doch dann kam der Prügel seines Gegenübers in kurzem, scharfem Bogen gesaust, und er hatte nicht mehr die Zeit, ihm auszuweichen. Er flog einen Schritt zurück, und John Little war schon wieder hinter ihm und verpaßte ihm eine Serie Hiebe, daß er Sterne sah. Der Kampf wogte noch eine ganze Weile auf diese Weise hin und her, jeder Hieb und jeder Schlag wurde vom anderen mit gleicher Münze vergolten, und keiner von beiden konnte einen größeren Vorteil gewinnen oder den alles entscheidenden Hieb anbringen. John beobachtete Robin mit wachsender Neugier. Es mochte sogar eine Art erwachenden Respekts dabei sein. Der Kampf machte ihm richtig Spaß. Er lachte und kicherte vor sich hin. Dann rutschte Robin aus und mußte seine Deckung einen Moment vernachlässigen. Und John stieß ihm seinen Knüppel in den Magen. Robin krümmte sich und japste nach Luft.

»O Gottchen«, sagte der Rote laut, »dem kleinen reichen Söhnchen hat es wohl die Sprache verschlagen.«

Und die anderen fanden das ungeheuer lustig und schlugen sich brüllend auf die Schenkel. John bohrte Robin seinen Stock in die Seite, um zu prüfen, ob er auch nicht nur markierte, und stieß ihn dann schnell und heftig vom Felsen, hinunter auf die nächste Wasserfallstufe. Der plötzliche Schock des eiskalten Wassers brachte Robin wieder zu sich. Er rappelte sich hastig hoch. Er blickte kurz hinüber zu Asim, der nach wie vor nur aufmunternd lächelte. Robin unterdrückte einen ärgerlichen Fluch und wandte sich wieder John Little zu, der lässig auf seinen Stab gestützt zu ihm herabgrinste.

»Na, Freundchen, ein bißchen feucht hinter den Ohren geworden?«

Und die Waldmänner kugelten sich vor lachendem Gebrüll und wischten sich die Tränen aus den Augen. John Little sprang herab. Robin riß sich zusammen und griff ihn entschlossen sofort wieder an, indem er versuchte, das Wasser in seinen Stiefeln einfach zu ignorieren. Sie standen einander Auge in Auge gegenüber, beide schwer atmend, und gingen sofort wieder aufeinander los. Ihre beiden Prügel sausten mit solchem Tempo aufeinander, daß die Zuschauer kaum noch verfolgen konnten, was sich eigentlich abspielte. Robin gelang es, einige harte Schläge in Johns Rippen anzubringen, und sein Lohn war, daß dessen Grinsen zum erstenmal verschwand. John schwang seinen Prügel in weitem Bogen gegen ihn und legte alle Kraft, die er nur hatte, in den Schwung. Im letzten Moment duckte sich Robin jedoch, und John verlor die Balance, als sein Stock ins Leere hieb, stolperte und war für diesen Moment jedem Gegenangriff wehrlos ausgesetzt. Robin setzte sofort das Ende seines Prügels auf den Felsen und schwang sich an ihm mit einem Satz über John hinweg auf das andere Flußufer.

»Na? Da habe ich es also wohl doch zum anderen Ufer geschafft, wie, auch ohne deine Erlaubnis? Und damit habe ich gewonnen, John Little! Oder soll ich dich lieber Little John nennen?«

John sprang wutschnaubend auf, und sie gingen zum drittenmal aufeinander los, und wieder sausten ihre Prügel durch die Luft und krachten zusammen. Splitter flogen herum, und als Robins Prügel schließlich auseinanderbrach, hallte das Bersten seines Stocks als lautes Echo durch den Wald. John grinste breit und gab sich wenig Mühe, seine Erleichterung zu verbergen.

»Noch mal Zeit zum Schwimmen, reicher Mann!«

Und sein Stock kam heftig gefahren und traf Robin direkt über dem Ohr. Er taumelte rückwärts, verlor das Gleichgewicht, und noch ehe er in den Fluß fiel und in der schäumenden Gischt verschwand, war Johns Hand schon vorgeschnellt und hatte ihm das Medaillon vom Hals gerissen. Er trat vor und wartete geduldig, aber Robin kam nicht mehr zum Vorschein. Die Waldmänner säumten beide Flußufer und suchten das Wasser ab, aber nirgends war ein Anzeichen von Robin zu entdecken. John seufzte bedauernd.

»Wirklich sehr schade. War immerhin ein ganz tapferer Bursche.«

Er biß auf das Medaillon, um zu prüfen, ob es auch echtes Gold war, und hängte es sich schließlich um den Hals. In diesem Moment tauchte Robin prustend aus dem Wasser auf, packte ihn an den Fußknöcheln und riß ihn mit in den Fluß. John ruderte heftig mit den Armen und ging unter. Als er wieder hochkam, schrie er wild um sich schlagend in heller Panik:

»Hilfe! Verdammt noch mal, ich kann doch nicht schwimmen!«

Gurgelnd ging er erneut unter. Robin war über ihm und brachte Johns Kopf wieder über Wasser.

»Nun, ergibst du dich?« fragte er fröhlich.

John Little spuckte, röchelte unverständlich und versuchte sich an Robin festzuklammern, der ihm jedoch mit Leichtigkeit auswich, so daß er um sich rudernd und schlagend wieder unterging. Robin ließ ihn eine Weile zappeln, dann zog er ihm wieder den Kopf aus dem Wasser.

»Und jetzt, Little John?«

»Gut, ja!« röchelte John geschafft.

»Na also«, sagte Robin. »Und jetzt stell dich hin!«

John starrte ihn an und versuchte es. Er fand den Flußbettboden und sah, daß ihm das Wasser tatsächlich nur bis zur Brust ging. Robin ließ ihn vorsichtshalber nicht aus den Augen, doch John machte gute Miene zum bösen Spiel und begann zu lächeln.

»Da soll mich doch...«

Robin verbeugte sich förmlich vor ihm und streckte fordernd die Hand aus. »Das Medaillon, wenn ich bitten darf.«

Die Waldmänner verfielen in atemloses Schweigen. Es dauerte einen langen, quälenden Augenblick, in dem alle gespannt abwarteten, was John nun tatsächlich tun würde. Er sah Robin nachdenklich an, und als er sprach, war seine Stimme verdächtig ruhig.

»Sag mir deinen Namen.«

»Robin von Locksley.«

Als sie diesen Namen vernahmen, wurden einige der Waldmänner unruhig. Da und dort war das Wort »Teufelsanbeter« zu hören. Einige bekreuzigten sich vorsichtshalber, doch es wurden auch Stimmen zur Verteidigung und Rechtfertigung des alten Lords und seiner Reputation und seines Andenkens laut. Allein der im roten Wams blieb stumm und starrte Robin lediglich überrascht und zornig an.

»Nun gut, Locksley«, erklärte John Little schließlich, »ich sage, also Mut hast du ja, da kann man nichts sagen.«

Er streifte sich die Medaillonkette über den Kopf und reichte sie Robin, griff dann mit seinen gewaltigen Pranken zu und trug ihn lachend hinüber ans andere Ufer. Jetzt lachten die Waldmänner ebenfalls, und dieses Mal schwang kein Hohn mehr in ihren Stimmen mit. John hatte ihn akzeptiert, also taten sie es auch. Am Ufer ließ John Robin einfach fallen. Robin kam wieder zu Atem, lächelte John zu und funkelte dann Asim böse an, der inzwischen, Duncan hinter sich herführend, ebenfalls über den Fluß gekommen war.

»Vielen Dank für deine Hilfe!« sagte er und ließ den Satz vor Sarkasmus triefen.

Asim war völlig unbeeindruckt: »Die Gefahr war größer für den Verlust deines Stolzes als deines Lebens.«

»Ist es jetzt vorbei?« fragte Duncan. »Wenn ich nur noch meine Augen hätte, ich hätte dem Kerl schon die Visage poliert, das sage ich euch. Was ist, wieso lachen denn alle?«

Die Nacht war schon hereingebrochen, als sie das Lager der Waldmänner erreichten. Es bestand hauptsächlich aus einigen entwurzelten und lose zusammengestellten Baumstämmen, die da und dort mit Tüchern und roh gegerbten Häuten überdacht waren. In der Mitte knisterte ein großes Lagerfeuer, über dem sich langsam an rohen Holzspießen große Fleischstücke drehten. Die Waldmänner versammelten sich um das Feuer, tranken, aßen, debattierten und stritten, zuweilen alles gleichzeitig. Der frisch umgetaufte Little John ließ die Aufregung erst ein wenig verebben und verschaffte sich erst dann allgemeine Aufmerksamkeit, indem er lauter, vernehmlicher und eindringlicher sprach als alle anderen. Er begann die Waldmänner einen nach dem anderen vorzustellen, doch Robin verlor bald die Übersicht über die vielen Namen, die ihm nichts sagten, über die Spitznamen und die Geschichte eines jeden. Nur eines schien allen in ihrer Vergangenheit gemeinsam zu sein: schlechte Behandlung und noch schlimmeres Unglück.

Keiner von ihnen war freiwillig in den Sherwood Forest gekommen. Alle hatte die Verzweiflung hergetrieben, wo sie in der Gemeinschaft der anderen Waldmänner dann eine rauhe Art von Bruderschaft und Beistand gefunden hatten, die ihnen gänzlich neu gewesen war. Hier bildeten sie nun alle eine große Familie, die keinerlei Autorität außer ihrer eigenen anerkannte. Sie akzeptierten ganz unkompliziert die Anwesenheit von Robin, Duncan und Asim, obgleich sie dessen dunkler Haut eine Aufmerksamkeit widmeten, die jedem anderen Unbehagen bereitet hätte. Doch Asim war nun einmal, wie er war, und scherte sich nicht darum. Für die meisten dieser Waldmänner war der Orient nur ein Land der Phantasie und der Legenden, und Araber waren ihnen so unwirklich wie Geister und Dämonen. Nachdem sie aber erst einmal erfahren hatten, daß auch er wie sie auf der Flucht vor dem Gesetz war, nahmen sie ihn in ihrer Mitte auf. Mehr oder minder jedenfalls.

Allein einer wollte keinen der Neuen akzeptieren. Der Mann im roten Wams, von John Little als Will Scarlet vorgestellt, blieb abseits, brütete finster vor sich hin und beteiligte sich nicht an den Festlichkeiten. Statt dessen übte er sich an einem Baum pausenlos im Messerwerfen. Robin beschloß bei sich, daß sie gut daran taten, diesen Will Scarlet im Auge zu behalten. John Little bombardierte ihn immer noch mit Namen. Er nickte einfach zu allem, als höre er die ganze Zeit aufmerksam zu.

»Und schließlich«, sagte Little John, »ist da noch dieser Zwerg hier. Er heißt David von Doncester, aber wir nennen ihn alle nur Bull.«

Robin nickte Bull zu, der fröhlich zurückzwinkerte. Er war ein dicker, kleiner Mann, kaum fünf Fuß groß, mit breiten, muskulösen Schultern und einem mächtigen Brustkasten, der ihn aussehen ließ, als sei er genauso breit wie hoch.

»Wieso nennen sie Euch Bull?« fragte er höflich. »Weil Ihr klein seid?«

»Nay«, sagte Bull stolz. »Weil ich ihn so groß hab'.« Er begann seine Hose herunterzulassen, um es zu beweisen, doch Robin wehrte heftig mit der Hand ab.

»Vielen Dank, Bull, glaub's auch so. Spart's Euch für die Damen.«

Bull richtete seine Hose wieder; rundherum schallte trunkenes Gelächter. Krüge mit eindeutig alkoholischem, wenn auch sonst unbestimmbarem Inhalt machten die Runde. Little John erkannte Robins Neugier und griff sich einen der Krüge, um ihn Robin zu reichen.

»Met!« sagte er. »Von mir selbst gebraut. Garantier' Euch, daß Ihr im Leben nichts Besseres getrunken habt.«

Robin schnupperte vorsichtig daran, nahm dann einen kleinen Probeschluck und überlegte heftig, was er nun tun sollte, es hinunterschlucken oder doch lieber ausspucken, ehe es ihm die Zunge verschmurgelte. Am Ende entschied er sich doch lieber für den diplomatischen Weg und stürzte es mit Todesverachtung hinunter. Irgend etwas Hartes blieb dabei in seinem Mund zurück. Er spuckte es sich direkt in die hohle Hand. Es war eine tote Biene.

»Das ist aus wildem Honig gemacht«, erklärte ihm John bereitwillig. »Und natürlich bemühe ich mich um ein wenig Körper dafür.«

Das trug ihm wieder brüllendes Gelächter in der Runde ein. Robin bemerkte, nicht zum erstenmal, daß es wenig bedurfte, diese Waldmänner in ausgelassenste Heiterkeit zu versetzen. Er tat, als trinke er einen weiteren Schluck, und reichte den Krug dann rasch an seinen Nachbarn weiter. Der nahm einen herzhaften Schluck, rülpste noch heftiger dazu und gab den Krug wiederum seinem Nachbarn weiter. Das war indessen Asim. Als er sich dessen bewußt wurde, zögerte er, tat dann einfach so, als sehe er den Mauren gar nicht und wandte sich an den nächsten Waldmann. Robin ließ beide unter einem scharfen Blick erstarren.

»Was denn? Hat sich englische Gastfreundschaft in sechs Jahren so verändert? Ich habe es nie anders gekannt, als daß ein Freund von mir an jeder Tafel ebenso willkommen war wie ich selbst.«

Verlegenes Schweigen machte sich in der ganzen Runde breit. Dann beugte sich der Mann, der Asim den Krug verweigert hatte, zu Robin.

»Sire, er ist ein Wilder!«

Robin sah ihn an in seinen Lumpen, die vor Schmutz und getrocknetem Dreck starrten, um dann seinen Blick demonstrativ zu dem makellos gekleideten Asim weiterwandern zu lassen. »Sicher ist er das«, sagte er dann gelassen, »aber nicht mehr als du oder ich. Und nenn mich nicht Sire. Ich bin jetzt nichts anderes mehr als du auch.«

Der Waldmann blickte John Little hilfeheischend an. Doch dieser nickte nur achselzuckend. Der Mann wandte sich also mit gezwungenem Lächeln an Asim und bot ihm den Krug an. Asim lächelte höflich und lehnte dankend ab.

»Tut mir leid, aber ich darf nicht.«

Jetzt war es an Robin, Asim anzufunkeln. Little John war seinerseits ungehalten. »Was denn, ist dir englischer Met nicht gut genug, oder was?«

Asim verbeugte sich förmlich vor ihm. »Meine Religion verbietet mir, an derlei Vergnügungen teilzunehmen.«

Little John schniefte. »Dein persönliches Pech, Freund.« Er nahm den Krug zurück und reichte ihn Wulf, der zu seinen Füßen hockte. Robin fand, es sei wohl keine schlechte Idee, das Thema zu wechseln.

»Sag mal, John«, fragte er, »wie kommt das, daß ihr hier so viele seid, die sich verbergen?«

Little John brummte. »Der Sheriff hat uns zu Gesetzlosen erklärt. Hat einen Preis auf unseren Kopf ausgesetzt. Behauptet, wir schulden ihm Steuern. Aber man kann nichts geben, das man nicht hat. So haben wir eben zwangsläufig gegen ein Gesetz nach dem anderen verstoßen, und darum sind wir hier. Als Waldleute.«

»Und wovon lebt ihr, hier mitten im Sherwood Forest?«

»Wir wildern, hauptsächlich. Und dann noch ein wenig Diebstahl und Raub. Es reicht gerade so.«

»Und laßt es zu, daß der Sheriff sich euer Land unter den Nagel reißt und eure Familien hungern?« Er sah sie nun alle fast zornig an. »Ihr könnt euch doch hier nicht ewig verstecken! Eure sogenannten Gespenster hier halten die Soldaten des Sheriffs höchstens noch eine Weile ab.«

»Nun, und was in Dreiteufelsnamen würdet Ihr an unserer Stelle tun?« fuhr Little John hoch. »Sobald wir doch nur unsere Nasenspitze aus dem Wald rausstecken, läßt er uns abschlachten wie das blöde Vieh!«

»Dann laßt euch nicht abschlachten, sondern kämpft!« sagte Robin.

Wieder verfiel die Runde in allgemeines Schweigen. Jeder wollte sich vergewissern, ob er auch wirklich richtig gehört hatte.

»Wir? Gegen das Heer des Sheriffs?« sagte John ungläubig. »Soll das ein verdammter Scherz sein, oder was?« Er legte Robin die Hand auf die Stirn, als wolle er seine Temperatur prüfen. Doch nur vereinzeltes verlegenes Gelächter war die Reaktion seiner Leute. Er nahm die Hand wieder weg und lächelte verzeihend. »Wie's scheint, hab' ich Euren empfindlichen adeligen Kopf überanstrengt, wie?«

Da bahnte sich plötzlich Will Scarlet einen Weg durch die Waldmänner und blieb, sein Wurfmesser in der Hand, vor Robin stehen. »Und wieso kümmert es ein reiches Bürschchen, was aus einer Bande armer Waldmänner wird?«

»Nun führe dich nicht so auf«, beschied ihn Little John tadelnd. »Der Mann ist unser Gast, Will.«

Will Scarlet drehte sich um und stakste wieder davon zu seinem abgeschiedenen Platz im Dunkeln jenseits des Feuers. Little John nickte Robin begütigend zu. »Beachtet ihn nicht weiter. Unser Will ist ein recht hitzköpfiger Patron.«

»Nun ja, in bestimmter Weise hat er ja recht. Immerhin war ich der Sohn eines reichen Mannes. Ich bin es nur nicht mehr. Als ich die Leute des Sheriffs tötete, wurde ich ebenfalls zum Geächteten und Gesetzlosen. Genau wie ihr hier.«

John musterte ihn mit beredtem Lächeln. »Ihr seid ein verdrehter Kerl, Robin von Locksley, aber mutig, das muß man Euch lassen. Also trinkt jetzt, Mann, und hört auf, diesen Unsinn zu reden. Das dürfte das wenigste sein, was wir einfachen

Leute verlangen können.« Er machte eine weite Geste zum Wald hin. »Hier sind wir in Sicherheit. Hier sind wir die Könige!«

Der Morgen dämmerte mit dem Gezwitscher der Vögel und dem unaufhörlichen Platschen eines Dauerregens herauf. Asim erwachte mit einem Ruck, als ihm ständig Tropfen von einem überhängenden Ast auf die Stirn fielen. Er setzte sich auf und verwünschte die Welt im allgemeinen und das englische Klima im besonderen. Er war steif und verspannt von der Nachtkälte. Der Regen hatte seine Kleider durchnäßt. Er fragte sich allmählich, ob er noch jemals einen warmen Tag erleben würde. Er sah sich um. Im Morgendunst begann es im Lager allmählich wieder lebendig zu werden. Die Waldmänner husteten und keuchten und niesten, als sie aus ihren Schlupflöchern und Winkeln hervorkrochen wie verschlafene Tiere aus ihrem Bau.

»Die Könige«, murmelte Asim leise vor sich hin.

Er nickte Robin zu, der bereits wach war und etwas abseits gedankenverloren vor sich hin starrte. Er lächelte knapp zurück. Asim erhob sich und hielt nach einem ausreichend abgelegenen Platz für seine privaten Verrichtungen Ausschau. Robin schüttelte Duncan wach. Der alte Mann setzte sich mühsam auf. Er war zu alt für solche Strapazen wie am Abend zuvor, das wußten sie beide.

»Was ist, alter Freund«, versuchte ihn Robin munter zu machen, »etwa zuviel Met abbekommen?«

»Vergebt mir«, sagte Duncan. »Ich habe wohl verschlafen.«

»Bleib liegen und ruhe dich aus«, sagte Robin. »Nur Ruhe, und ganz allmählich! Was ist heute für ein Tag?«

»Sonntag, glaube ich.«

»Aha. Spendet man bei der Messe noch immer für die Armen?«

»Gewiß«, bestätigte Duncan. »Heutzutage ist Barmherzigkeit mehr denn je vonnöten.«

Robin starrte gedankenverloren in seine leeren Augenhöhlen. »Dann, alter Freund, muß ich dich um einen Gefallen bitten. Ich habe da etwas im Sinn...«

Nottingham

Peitschender Regen fegte über die lange Straße, hinein in die Stadt Nottingham. Der Himmel war bleigrau und versprach nur noch mehr Regen. Der kalte böige Wind war eisig. Eine einzelne Gestalt, ein Mann in einer Kutte und mit übergezogener Kapuze, kämpfte sich gegen den Regen voran. Er tappte mit einem Stock wie blind die lange Straße entlang, rutschte immer wieder aus und mühte sich durch den schweren Schlamm, den Kopf tief gesenkt gegen den schneidenden Wind. Niemand, der einem vorbeikommenden Reiter oder einem Passagier einer Kutsche besondere Aufmerksamkeit abverlangt hätte. Irgendein Bauer, der sich langsam in die Stadt schleppte, um dort bei der Sonntagsmesse um Almosen zu betteln.

Der Mann unter der Kapuze zog seine Kutte enger um sich, als er den Blick zu der vor ihm liegenden Stadt hob. Ein leichtes Lächeln spielte um seine Mundwinkel, als die Glocken der Kathedrale über das Land hinaus schallten, um die Gläubigen zum Gebet zu rufen, und zu Gericht. Er lächelte noch einmal. Gericht, jawohl. Er würde die Schuldigen zur Verantwortung ziehen, wer immer sie auch waren.

Marian Dubois zögerte vor dem Beichtstuhl in der Kathedrale. Dann öffnete sie rasch dessen Tür und trat hinein, ehe sie es sich noch einmal anders überlegen konnte. Es war dunkel im Inneren; ein angenehmes Dunkel immerhin. Hier konnte man auch Sünden beichten, die man im grellen Tageslicht niemals bekannt hätte. Marian setzte sich steif, aufrecht und mit erhobenem Kopf auf die Bank, aber ihre Augen waren dunkel und sorgenvoll. Etwas Neues war in ihr Leben getreten, etwas Fremdes und Bedrohliches, und sie wußte, daß sie sich ihm stellen und es beherrschen mußte, bevor sie selbst davon übermannt wurde.

Die Tür auf der anderen Seite des Beichtstuhls öffnete sich. Es schnürte ihr fast den Atem ab, während sie hörte, wie sich der Bischof zurechtsetzte. Sie hatte gehofft, noch mehr Zeit zu haben, ehe er kam. Zeit genug, sich die rechten Worte zu überlegen, um zu beschreiben, welche Gedanken und Gefühle sie in letzter Zeit so aufwühlten.

Das dekorativ geschnitzte Holzgitter wurde aufgeschoben. Am Ende klemmte es ein wenig, wie immer, und das vertraute Geräusch beruhigte ihre Nerven ein wenig.

»Vergib mir, Vater, denn ich habe gesündigt.«

»Welcher Art ist deine Sünde, mein Kind?«

Wie stets klang die Stimme des Bischofs überaus gelangweilt, doch ungeachtet dessen gaben ihr die vertrauten Worte auch diesmal wieder die Kraft fortzufahren.

»Ich bin einem Mann begegnet, Vater...« Sie zögerte, als sie die plötzlich erwachende Aufmerksamkeit des Bischofs spürte, zwang sich dann aber, rasch weiterzusprechen. »Ich weiß nicht, wie ich es ausdrücken soll, aber seit ich ihn sah, habe ich... Zweifel. Ist es Sünde, Zweifel zu haben?«

»Welche Art Zweifel?« fragte der Bischof.

»Ich fühle mich... irgendwie leer, Vater. Als fehlte meinem Leben vielleicht etwas. Will Gott mich damit prüfen?«

Der Bischof lächelte nachsichtig. »Das tut er jeden Tag, mein Kind. Jeden Tag.«

Der Mann unter der Kapuze blieb vor dem Stadttor stehen und bückte sich, um eine Handvoll frischen Pferdedungs aufzuheben, den er überall in die Kutte und seine übrigen Kleider rieb. Er achtete darauf, ihn möglichst gleichmäßig überall zu verteilen. Als er fertig war, sah er intensiv seine stinkende Hand an, als wisse er nicht recht, was er mit ihr anfangen sollte. Dann ließ er sie achselzuckend, wie sie war. Er hob den Blick und musterte verstohlen die Mauer zu beiden Seiten des Tors, um sich ihrer Höhe und genauen Beschaffenheit zu vergewissern und sich die Einzelheiten einzuprägen, für den Fall, daß er Nottingham in aller Eile wieder verlassen mußte. Seine Kapuze begann nach hinten zu sinken. Er faßte sie hastig und zog sie wieder tief ins Gesicht. Es wäre nicht so gut, wenn irgend jemand erkennen würde, daß Robin von Locksley nach Nottingham gekommen war. Aber mit Duncans schäbiger Kutte und dessen Blindenstock und mit seinem jetzigen penetranten Bauerngeruch nach Pferdedung, der ihm die Leute mindestens auf Armesabstand hielt, konnte er ziemlich sicher sein, nicht erkannt zu werden. Er senkte den Kopf, tat zusätzlich noch ein wenig, als sei er bucklig, und schritt auf das Tor zu, mit dem Blindenstock vor sich hertastend.

Eine lange Reihe zerlumpter, hagerer Bettler wartete dort bereits auf Einlaß. Robin stellte sich an das Ende der Schlange. Es schien sehr viel mehr Arme und Unglückselige auf der Welt zu geben, als er sich von früheren Besuchen in der Stadt erinnern konnte. Offenbar hatten sich die Zeiten tatsächlich in den Jahren, da er in der Fremde gewesen war, sehr zum Schlimmeren verändert. Er ertastete sich seinen Weg durch das Tor. Der bewaffnete Wächter dort musterte ihn mit zusammengekniffenen Augen, als er an ihm vorbeikam. Robins Herz schlug schneller. Er brachte seine Hand unauffällig ein wenig näher an sein unter der Kutte verborgenes Schwert. Der Wächter rief ihn an, stehenzubleiben. Robin zögerte nur einen kurzen Moment, ehe er dann aber einfach weiterging, als sei nichts. Als Blinder konnte er ja nicht gut wissen, wen der Wächter gemeint haben konnte.

Dann packte ihn eine Hand von hinten unsanft an der Schulter und zog ihn grob aus der Reihe heraus. Der Wächter drehte ihn herum und musterte ihn mißtrauisch. Robin duckte sich einigermaßen überzeugend unterwürfig, doch dann sank ihm das Herz, als er den Wächter aus der Nähe sah. Er hatte einen Nasenschutz vor seinem Helm und einen arg verschwollenen Mund. Es war genau der, dem er erst gestern die Armbrust ins Gesicht geworfen hatte. Einer von Gisbornes Leuten. Er seufzte im stillen. An manchen Tagen ging eben alles schief, selbst wenn man dafür bezahlte. Immerhin, der Mann hatte andererseits nicht viel Gelegenheit gehabt, ihn genau zu betrachten, ehe er den Kolben der Waffe ins Gesicht bekommen hatte. Robin starrte also entschlossen ins Leere und tat sein Bestes, den einfältigen und hilflosen Bauern zu mimen. Der

Wächter ließ ihn schließlich auch wieder los und sah sich angewidert die Spuren an seiner Hand an.

»Kenne ich dich nicht irgendwoher?« fragte er brüsk und wischte sich die Hand an seiner Hose ab. »Mein Gott, mußt du so stinken?«

»Das ist, weil ich blind bin, hoher Herr«, stammelte Robin mit hoher Stimme. »Ich falle immer wieder in den Dreck...«

Der Wächter beugte sich etwas vor, um ihn noch genauer zu betrachten, wich dann aber rasch vor dem Gestank, der von ihm ausging, wieder zurück. »Das ist ja nicht zum Aushalten... Scher dich fort. Los, weiter, sieh zu, daß du hier wegkommst.«

Robin tastete blind um sich herum und ergriff wie durch Zufall die Hand des Wächters, schüttelte sie tüchtig und tappte dann hastig weiter mit seinem Stock. Der Wächter besah sich seine Hand geradezu entsetzt und jagte Robin mit einem kräftigen Tritt in den Hintern davon.

»Danke, daß ihr mich beachtet habt, hoher Herr«, sagte Robin aufgeräumt, entfernte sich dann aber rasch in die Stadt hinein. Der Wächter war hektisch damit beschäftigt, seine Hand zu säubern, indem er sie heftig an der Mauer rieb.

Tief unten im Gewölbe von Nottingham Castle hatte das Albinoweib Mortianna den Kopf leicht zur Seite gelegt, als sie aus der Ferne die Glocken der Kathedrale vernahm. Sie keckerte kurz vor sich hin und wandte sich dann wieder ihrem eigenen Altar zu. Auf den nackten Boden war mit blauer Kreide sorgfältig ein Pentagramm, ein Drudenfuß gezeichnet, und davor stand ein großes, auf den Kopf gestelltes Kruzifix. Mit dem Blut eines schwarzen Hahns war ein Kreis um diese ketzerische Ikone gemalt. Gebratene Fleischstücke als Verhöhnung der christlichen Hostie lagen darin. In dem Drudenfuß stand eine hochgewachsene Gestalt in dem weißen Gewand der Teufelsanbeter. Sie verbeugte sich dreimal vor den unheiligen Symbolen, trat dann aus dem Pentagramm, beugte sich hinunter, nahm sich eines der angekohlten Fleischstücke, kaute hastig darauf herum und schob schließlich die Kapuze zurück.

Es war der Sheriff selbst. Die Kostümierung hatte ihn nie besonders interessiert, aber er respektierte, daß sie nun einmal ein notwendiger Teil des Rituals war. Er warf den abgenagten Knochen über die Schulter, um sich dann die Finger am Ärmel abzuwischen.

Mortianna sah ihn streng an. Der Sheriff seufzte gehorsam und suchte sich ein Taschentuch. Dann streifte er seine Robe ab, unter der er den Sonntagsstaat der Edelmänner trug. Er reichte die Robe Mortianna, zupfte sein eigenes Gewand zurecht, damit auch wirklich alles so war, wie es sein mußte, und lächelte Mortianna zu, als die Glocken der Kathedrale erneut läuteten.

»Mein anderer Gott ruft.«

Mortianna blickte finster auf ihn über die Schale hinweg, in der sie eben eine kochende, brodelnde und wallende Mixtur umrührte. Sie musterte seinen Staat und rümpfte abschätzig die Nase. Dann spuckte sie in ihre Mixtur.

»Die äußere Erscheinung ist wichtig, Mortianna«, belehrte sie der Sheriff ruhig. »Aber wo mein wahrer Glaube ist, weißt du ja.« Er blickte nachdenklich auf das entweihte Kruzifix, griff schließlich danach und stellte es richtig hin. »Obwohl ich da manchmal, um ehrlich zu sein, keinen so großen Unterschied sehen kann. Haben dir meine Eltern gesagt, warum sie mich in der Ketzerei unterwiesen haben wollten?«

»Es war ihr letzter Wunsch auf dem Sterbebett«, sagte Mortianna kurz. »Vertrau mir. Du bist genau, was deine Mutter wollte.«

Die Sonnenstrahlen fielen durch die wundervollen Glasfenster und gaben der riesigen halbdunklen Kathedrale all ihr Licht und ihre Farbe. Ihre Erbauer hatten vor allem ein eindrucksvolles Werk schaffen wollen und daher auf praktisch alles andere verzichtet, einschließlich Bequemlichkeit. Das Resultat war ein strenger und kahler Bau; nur oben an den Mauern befanden sich ein paar wirklich häßliche Wasserspeier und dazu eine Handvoll ziemlich eitel dreinblickender Heiliger. Die Bänke waren gefüllt mit Gläubigen. Der Bischof blickte von der Kanzel wohlgefällig auf sie herab; es waren vorwiegend Edle in eleganten, feinen Kleidern. Die Messe war immerhin ein wichtiges Ereignis der Gemeinde und nicht zuletzt eine Gelegenheit, zu sehen und gesehen zu werden und den neuesten Klatsch auszutauschen. Der Bischof beugte sich vor und ließ seine Hand lässig auf dem liebevoll polierten Holz der Kanzelbrüstung ruhen. Es war ein exzellentes Stück Handwerksarbeit. Er hatte es selbst ausgesucht. Zusammen mit seinem prächtigen hermelinbesetzten Meßgewand war dies wirklich ein würdiger Rahmen für ihn als Bischof. Besser gesagt, für ihn als Bischof auf dem Weg nach oben, der noch Größeres vor sich hatte. Er hob den Blick zum Himmel und setzte sein Gebet fort. Die scharrenden Füße der weniger gottergebenen Schäfchen seiner Herde ignorierte er.

»Wir erflehen Deinen Segen herab, o Herr«, betete er laut, »auf all unser Volk, ganz besonders unseren edlen Sheriff, den Lord Nottingham. Verleihe ihm die Weisheit, unsere ruhmreiche Stadt allezeit zu führen und zu beschützen...«

Der Sheriff selbst rutschte gelangweilt auf seiner Bank hin und her. Gisborne an seiner Seite döste. Soweit es Gisborne betraf, mochte es zwar seine gesellschaftliche Pflicht sein, an der Messe teilzunehmen, aber niemand konnte verlangen, daß er auch noch mit Spaß bei der Sache war. Der Sheriff ließ seinen Blick träge über die versammelte Gemeinde schweifen und hielt inne, als er Marian Dubois erkannte. Wirklich eine schöne Frau. Ein wenig störrisch und eigensinnig vielleicht. Bisher hatte sie eine Ausrede nach der anderen gefunden, um ihn auf Distanz zu halten. Aber er zweifelte keine Sekunde daran, daß sie ihm am Ende nicht widerstehen würde. Es gab niemand, der ihm am Ende widerstehen konnte. Er hatte Geld und Einfluß, eine Position, Macht, und zögerte auch nicht, sich all dem nach Bedarf zu bedienen, um zu bekommen, was er haben wollte. Und was Marian anging, so wollte er sie haben seit dem Augenblick an, da er sie zum erstenmal gesehen hatte. Und am Ende würde er auch sie haben, ganz gleich, wie sie sich drehte und wand. Vorläufig fand er noch Gefallen an der bloßen Jagd auf sie. Ein wenig Vorfreude war immer gut für den Appetit. Er versuchte Marians Blick zu finden, doch sie starrte bewußt geradeaus und ignorierte ihn. Der Sheriff seufzte ein wenig, lehnte sich in seiner Bank zurück und hörte mangels besserer Abwechslung dem Bischof zu.

»Verleihe ihm auch die Kraft, der Gerechtigkeit gegen jene Gesetzlosen zum Durchbruch zu verhelfen, welche Nottinghams Sicherheit und Gedeihen bedrohen...«

Unter strenger Bewachung drängten sich ganz hinten in der Kathedrale die Armen und Leidenden, die den Gottesdienst und die Predigt hauptsächlich deshalb erduldeten, weil sie auf die Gelegenheit warteten, die Reichen und Edlen im Anschluß an die Messe um Almosen zu bitten. Da waren die Alten und die Jungen, Greise und Säuglinge, alle gezeichnet von Leiden, Armut und Hunger, geflissentlich übersehen von denen, die gewohnt waren, sie nicht zur Kenntnis zu nehmen.

Dem Bischof gingen schließlich seine Komplimente und Platitüden aus, worauf er den Gottesdienst eilig zu Ende brachte. Die Gemeinde erhob sich, das Gemurmel allgemeiner Unterhaltung setzte ein, man plauderte allenthalben über dies und jenes, während man gemächlich die Kathedrale verließ. Die Armen drängten sich zu beiden Seiten mit ausgestreckten Händen und flehenden Blicken. Sie bettelten mit brüchigen Stimmen um Brot, um Geld, um Arznei für sich selbst oder die ihren, für die Kranken und Hinfälligen. Doch die edlen Herrschaften flanierten achtlos an ihnen vorüber, sahen und hörten nichts. Ein paar ließen sich immerhin herab, dann und wann eine Handvoll kleiner Münzen zu werfen, um das Vergnügen zu genießen, wie sich das Gesindel auf Händen und Knien darum balgte oder gar untereinander darum kämpfte. Dann schritten die Kirchenwächter jedoch rasch ein und unterbanden alles, was den Frieden und die Würde der Kathedrale stören und beeinträchtigen konnte.

Marian drückte Münzen in bittende Hände, bis ihre Börse leer war. Dann löste sie sich still aus der Menge und trat in eine Seitennische, wo Dutzende von Gebetskerzen brannten. Sie brachte jeden Sonntag alles, was sie entbehren konnte, zur Messe mit, und oft auch noch ein wenig mehr, aber nie war es genug. Jede Woche waren es mehr bittende Hände, mehr hungrige Kinder mit großen Augen und aufgedunsenen Leibern. Nur zu bald war der Tag abzusehen, da sie kein Geld mehr hatte und nichts mehr besaß, was sie spenden konnte. Wer gab ihnen dann zu essen? Sie lächelte bitter, als sie sich erinnerte, daß sie eben dies erst gestern noch zu Robin von Locksley gesagt hatte. Und sie hatte keine Antwort darauf gewußt, so wenig wie jetzt. Sie zündete mit einem Fidibus eine Kerze an und schloß die Augen zu einem stillen Gebet, das ein aus ihrem tiefstem Herzen kommender wortloser Hilferuf war. Dann aber öffnete sie sie abrupt und erschrocken wieder, als sich eine schmutzige Hand um ihren Arm schloß. Sie fuhr herum, machte sich los und blickte schockiert auf die schmutzige, zerlumpte Gestalt vor ihr. Sie wollte etwas sagen, verstummte aber, als sie die wohlbekannte Stimme erkannte, die zu ihr sprach.

»Almosen für einen Blinden«, sagte Robin leise. »Für einen, der Eure Schönheit nicht sehen kann.«

Marian sah sich rasch um, ob jemand in der Nähe ihnen unangebrachte Aufmerksamkeit widmete. Dann blickte sie Ro-

bin wieder an. Ihr Mund war schmal, aber ihre Augen funkelten. »Bist du verrückt? Was tust du hier?«
»Ich suche Antworten.«
»Ich wünsche nicht mit einem Gesetzlosen gesehen zu werden. Auf deinen Kopf ist ein Preis ausgesetzt.«
»Ach, wirklich?« sagte Robin interessiert. »Wieviel denn?«
»Hundert Goldstücke!«
»Nicht mehr? Da muß ich mich wohl mehr anstrengen, dem Sheriff Ärger zu machen. Ich bin mindestens tausend wert!«
Marian mußte fast lächeln, machte aber rasch eine Provokation daraus. »Für tausend Goldstücke würde ich dich selbst ausliefern.« Sie warf einen Blick auf den Sheriff, beugte sich dann näher zu ihm und senkte ihre Stimme zu einem leisen Murmeln. »Der Sheriff stellt ein ganzes Privatheer zusammen. Sämtliche Schmiede der ganzen Grafschaft müssen auf seiner Burg Schwerter und Rüstungen anfertigen.«
Robin blickte seinerseits hinüber zum Sheriff inmitten seiner bewaffneten Wächter und beflissenen Speichellecker. Marian wurde unbehaglich, als sie den glühenden Haß in seinem verachtungsvollen Blick erkannte. Es war, als existiere der freundliche, sie so beunruhigende Robin, der gestern bei ihr gewesen war, nicht mehr, als sei dieser von einem kalten, unbarmherzigen Krieger verdrängt worden, der so unaufhaltsam war wie der Tod selbst. Als Robin sie wieder ansah, hatte sie alle Mühe, vor diesem eisigen Blick nicht die Augen niederzuschlagen.
»Was plant er, Marian?«
»Ich weiß es nicht«, sagte sie rasch. »Aber ich habe immer

schon gewußt, daß der Ehrgeiz dieses Mannes keine Grenzen kennt.«

Robins Blick wurde sanfter, als er Marian nun wieder in die Augen sah. »Meiner auch nicht... Ich danke dir, Marian.«

Etwas zwischen ihnen bewegte sich in diesem Augenblick. Doch dann sah Marian über Robins Schulter hinweg den Sheriff näher kommen, und der Augenblick war vorüber. »Er kommt her«, murmelte sie rasch. »Geh lieber. Und ehe wir uns wieder einmal begegnen, Robin, tu mir einen Gefallen.«

»Jeden«, sagte Robin.

»Nimm vorher ein Bad!«

Sie wechselten ein rasches verstohlenes Lächeln; dann zog sich Robin die Kapuze ins Gesicht und verschwand durch eine Seitentür. Marian nahm sich zusammen und wandte sich dem Sheriff zu. Sie hoffte, daß er die Freude auf ihrem Gesicht nicht bemerkte.

Der Bischof begab sich in seine privaten Gemächer und nahm seine Mitra ab. Er rieb sich gereizt die Stirn. Das verdammte Ding juckte wie verrückt, ganz gleich, was er alles versuchte. Aber als er sich seufzend umsah, erwärmte sich sein Herz, wie immer beim Anblick seiner luxuriösen Umgebung. Das Leben war recht gut zu ihm, seit der Sheriff ihn zum Bischof von Nottingham ernannt hatte. Er warf die Mitra auf den nächstbesten Stuhl und starrte sie an. Eindrucksvoll war sie ja, aber anstrengend zu tragen. Er lächelte ein wenig. Gar nicht uninteressant von der symbolischen Seite der Sache her. Hatte etwas zu tun mit der Last der Verantwortung und wie schwer sie auf einen drückte. Kein schlechtes Thema für eine künftige Predigt. Er sah sich nach einem Blatt Papier um, um sich den Einfall zu notieren, und unterbrach sich, als er eine Bewegung hinter sich wahrnahm. Er fuhr herum, und eine kalte Faust griff ihm ans Herz, als er eine Gestalt unter einer Kapuze aus dem Schatten treten sah. Er schluckte schwer und zog sich wie hinter einen Schutzschild hinter seine Amtswürde zurück.

»Dies sind meine Privatgemächer hier, mein Sohn«, erklärte er steif. »Es gibt andere Priester für dich, die dir die Beichte abnehmen können, wenn es darum geht…«

Der Mann hob die Hände und streifte wortlos seine Kapuze ab. Der Bischof starrte in ein Gesicht, das er niemals mehr zu sehen geglaubt hatte.

Robin von Locksley verbeugte sich förmlich vor ihm.

Der Bischof lächelte herzlich. »Ich sehe einen Knaben, den ich kannte, in dem Mann vor mir. Willkommen zu Hause, Robin!«

Er streckte ihm die Hand entgegen, und nach einem kurzen Moment der Überlegung beugte sich Robin vor und küßte seinen Bischofsring.

Der Sheriff verbeugte sich förmlich vor Marian und bedeutete seiner Begleitung, zurückzubleiben, damit sie ungestört miteinander sprechen konnten. Er nahm Marians Hand und führte sie an seine Lippen. Marian lächelte knapp und entzog sie ihm, so rasch es ging. Sie wollte sich eigentlich ein wenig zur Seite begeben, um die Tür, durch welche Robin verschwunden war, zu verdecken, doch sie befürchtete, daß sie damit gerade erst die Aufmerksamkeit des Sheriffs wecken würde. Er lächelte sie warm an, doch seine Augen waren so kalt wie stets.

»Lady, Ihr glänzt wie die Sonne selbst.«

»Ich danke Euch«, sagte Marian. »Was verschafft mir die Ehre Eurer Aufwartung, mein Lord?«

»Ihr seid mit dem jungen Robin von Locksley zusammengetroffen«, sagte er und lächelte leicht angesichts ihrer unwillkürlichen Reaktion auf diesen Namen. Aber er sprach in leichtem Ton weiter. »Mein Vetter sagt mir, er habe sich einige Eurer Pferde angeeignet.«

»Ja«, antwortete Marian rasch und bemühte sich um einen Ausdruck gelangweilter Interesselosigkeit. »Eine sehr unschöne Angelegenheit.«

»Dafür, daß er Euch so etwas antat«, erklärte der Sheriff, »werde ich ihn an seinen Gliedmaßen von den Mauern meiner Burg baumeln lassen!«

Marian sah ihn ganz ruhig an. »Nichts würde ich lieber sehen, mein Lord.«

Der Sheriff kam etwas näher und legte eine besitzergreifende Hand auf ihre Schulter. »Meine Teure, wenn Ihr Euch nur entschließen wolltet, Euren Haushalt hinter die schützenden Mauern meiner Stadt zu verlegen, könnte ich mich ganz persönlich aller Eurer Bedürfnisse annehmen.«

Marian hielt seinem Blick ruhig stand und ignorierte seine Hand auf ihr, als sei sie gar nicht vorhanden. »Ich danke Euch, Lord Nottingham. Aber vorerst gedenke ich noch auf dem Wohnsitz meiner Familie und ihrer Vorfahren zu bleiben. Ich fühle mich dort sicherer.«

Das Lächeln des Sheriffs blieb unverändert, nur sein Blick war nun plötzlich gefährlich kalt und direkt. Er nahm seine Hand von ihr, als habe er das schon immer beabsichtigt, und zog einen juwelenbesetzten Dolch aus seinem Gewand. »Dann tut mir, seid so gut, die Ehre und nehmt dies hier als ein Zeichen meiner nie endenden Ergebenheit und Sorge für Eure Sicherheit.«

Der Dolch war ein Kunstwerk und sicher ein kleines Vermögen wert, aber Marian nahm ihn an, als sei er ein Küchenmesser. Die Tür hinter ihr schien Robins Versteck fast herauszuschreien, und der Drang, hinzusehen, ob wirklich alles in Ordnung sei, war fast übermächtig. Doch irgendwie gelang ihr ein höfliches Lächeln für den Sheriff, während sie das Geschenk in ihren Gürtel steckte.

»Mein Vetter König Richard wird tief bewegt sein, wenn er von Eurer Sorge um mein Wohlergehen hört.«

»Leider«, sagte der Sheriff, »hat König Richard viele Feinde, in der Fremde wie zu Hause. Ich fürchte sehr um seine sichere Rückkehr.«

»Seid unbesorgt, lieber Sheriff«, entgegnete Marian aufs freundlichste, »er wird heimkehren. Und sobald dies geschehen ist, wird er die belohnen, die ihm treu ergeben blieben, und alle Verräter bestrafen.«

Der Sheriff lächelte steif, verbeugte sich wieder formell und schritt an ihr vorbei zur Tür, die zu den privaten Gemächern des Bischofs führte.

Robin hörte dem Bischof aufmerksam zu. Sein Blick war kalt und unnachgiebig, wie sehr der Bischof sich auch wiederholt bemühte, ihn zu beschwichtigen. Selbst in seinen schmutzstarrenden Lumpen blieb Robin jeder Zoll ein stolzer Lord von Locksley. Der Bischof berichtete ihm, so dezent er es vermochte, von der Entehrung und dem Tod des vorigen Lords, doch mit zunehmender Dauer des Gesprächs machte ihn Robins kaltes Schweigen immer nervöser. Er begann sich unruhig im Raum umzusehen, als hoffe er irgendwo eine Eingebung zu finden. Den undurchdringlichen Blick Robins zu ertragen, fiel ihm zunehmend schwerer. Als es schließlich um das Geständnis von Robins Vater, ein Teufelsanbeter zu sein, ging, brach er entnervt ab. Er wußte nicht mehr weiter.

»Wie konntet ihr so etwas überhaupt von ihm glauben?« fragte Robin. »Wer, wenn nicht Ihr, wußte, wie ergeben er der Kirche war?«

Der Bischof blickte ihn ernst an. »Ich habe Eurem Vater dreimal eben diese Frage gestellt. Weil mich seine Antwort so sehr schockierte. Auch ich konnte es nicht glauben. Doch er schwor, er müsse Gott mit einem unbelasteten Gewissen gegenübertreten, und bekannte alles. Diese Zeiten belasten mich durchaus sehr, mein Sohn. Die Macht der alten Religion ist eine schreckliche Versuchung, wenn Dürre, Hungersnot und Krieg das Land so plagen.«

Robin nickte langsam und betrübt, als sei dies alle Bekräftigung, die er benötigte.

»Ihr lügt!« sagte er dann ganz ruhig.

Der Bischof gab keine Antwort.

Robin wandte sich ab, als bereite ihm allein der Gedanke, den Bischof zu berühren, schon Übelkeit, doch der Ausdruck in seinem Gesicht war schlimmer als jeder wirkliche Schlag. Er ging zur Tür und öffnete sie – und sah sich Auge in Auge mit dem Sheriff von Nottingham, der eben eintreten wollte.

Einen Moment lang starrten sie einander nur verblüfft an. Dann blickte der Sheriff an der seltsamen Gestalt vorbei in das schwitzende, schuldbewußte und panische Gesicht des Bischofs. Als er seine Augen wieder auf den zerlumpten, übelriechenden Mann vor sich richtete, mußte ihm niemand mehr sagen, um wen es sich handelte.

Er öffnete den Mund, um nach seinen Wächtern zu rufen, doch Robin hatte bereits einen Dolch aus seiner Kutte gezogen. Der Sheriff stolperte rückwärts, aber die Klinge hatte ihm bereits einen langen Schnitt ins Gesicht gezogen. Er stürzte und griff sich an die Wunde. Zwischen seinen Fingern war Blut. Er begann zu schreien, und Robin stürzte sich noch einmal auf ihn. Der Bischof wich beim Anblick des Dolches ängstlich zurück. Sein Gesicht war kreidebleich.

»O Himmel, um Eurer Seele willen, vergießt nicht noch mehr Blut in diesem Haus Gottes!«

Robin sah ihn verächtlich an und hastete zu der Tür an der anderen Seite des Raumes. Zu spät! Die Wachen stürmten bereits herein. Robin hielt inne und sah sich wild um. Die Wachen kamen von allen Seiten auf ihn zu. Es gab keine Fluchtmöglichkeit mehr. Sein panisch suchender Blick fand das Seil, an dem der gewaltige Lüster des Raumes von der Decke hing. Er brauchte nur Augenblicke, bis er es gegriffen und die Halterung mit einem einzigen Streich seines Dolches durchtrennt hatte. Der auf die Wächter herabsausende Lüster zog ihn als Gegengewicht am anderen Seilende nach oben außer Gefahr. Er schwang sich gewandt auf das Sims eines hohen Fensters, zerschmetterte die Glasscheiben und war dabei, nach draußen zu springen, als ihn der Sheriff beim Namen rief. Er blieb stehen und blickte zurück. Der Sheriff sah wild zu ihm herauf. Er preßte sich ein Stück Stoff an die verletzte Wange und war vor Schmerz und Zorn fast außer sich.

»Locksley, dafür schneide ich Euch persönlich das Herz aus dem Leib!«

Robin sah ihn gelassen an. »Nur zu!«

Er lächelte noch einmal herausfordernd und warf sich dann aus dem Fenster. In der nächsten Sekunde schwirrten Pfeile an die Mauer, wo er eben noch gestanden hatte.

Einer der Roßknechte draußen vor der Kathedrale, der das Pferd des Sheriffs hielt, hatte an diesem ziemlich langweiligen Morgen ein plötzliches religiöses Erlebnis. Ein zerlumpter heiliger Mann erschien wie aus dem Nichts vom Himmel, landete auf des Sheriffs Pferd und entriß ihm dessen Zügel. Dann jagte er im Galopp davon, während der Roßknecht ihm mit offenem Mund nachstarrte.

Robin jagte auf das Stadttor zu und ritt alles nieder, was sich ihm in den Weg stellte. Er sauste über den geschäftigen Markt, und die Ware aus mehreren Ständen flog ihm um die Ohren. Hinter ihm erhoben sich Flüche und Verwünschungen, und auch einige Pfeile von ein paar geistesgegenwärtigeren Wächtern kamen geflogen. Er griff sich von einem Wagen im Vorbeireiten einen prall gefüllten Sack und warf damit die Wachen am Stadttor nieder. Dann war er zum Tor hinaus und preßte dem Pferd die Fersen in die Seiten, damit es noch schneller lief. Jetzt kamen die Pfeile von überall her, doch keiner nahe genug, um ihm etwas anhaben zu können.

So verließ er die Stadt Nottingham in einer Wolke von Staub. Das Echo seines Gelächters klang noch lange nach.

Diebe

Tief im Sherwood Forest kamen die Waldmänner herbeigeeilt und versammelten sich um ihn, als Robin sein gestohlenes Pferd vor ihnen zügelte. Erschöpft, aber triumphierend grinste er in ihre erstaunten Gesichter hinab. Asim rief nach Wasser für ihn, und Robin nickte ihm dankbar zu. Als ein Krug Wasser gereicht wurde, versorgte Asim zuerst das keuchende, dampfende Pferd. Robin sah ihn streng an.

»Warum bist du fort, ohne mir etwas zu sagen?« fragte Asim unbeeindruckt. »Wie soll ich dich beschützen, wenn ich nicht einmal weiß, wo du bist?«

»Bis jetzt hast du sowieso kaum einen Finger zu meinem Schutz gerührt«, widersprach ihm Robin.

»Ich möchte zumindest die Möglichkeit haben«, sagte Asim achselzuckend.

Nachdem Robin sich vom Pferd geschwungen hatte, bewunderten die Waldmänner das edle Pferd, auf dem er gekommen war, und zeigten sich beeindruckt von seinem reichen und wappengezierten Sattelzeug. Will Scarlet bahnte sich seinen Weg durch die Menge und besah es sich von nahem, um sich dann zornig an Robin zu wenden.

»Das ist das Pferd des Sheriffs«, erklärte er sachlich, und alle verfielen in Schweigen. Sie sahen Robin mit furchtsamen, vorwurfsvollen Augen an, und selbst Little John warf ihm einen finsteren Blick zu.

»Großartig! Ausgerechnet das verdammte Pferd des verdammten Sheriffs von Nottingham mußtet Ihr stehlen, wie? Warum habt Ihr ihm nicht auch gleich ein Brieflein hinterlassen? Seid doch so gütig, lieber Sheriff, und kommt zu mir in den Sherwood Forest und schlagt dort alles kurz und klein, einschließlich denen, die mir dort zufällig gerade Gesellschaft leisten! Oh! Das wird er nicht auf sich beruhen lassen! Allein sein Stolz kann es nicht zulassen! Ihr habt in einem verdammten Wespennest herumgestochert!«

Robin lächelte gelassen und ganz ohne jegliche Beunruhigung. »Nun, wenn der Sheriff also, wie du sagst, ein Insekt ist, dann habe ich ihm jedenfalls heute morgen einen tüchtigen Schlag mit der Klatsche versetzt. Und damit meine ich nicht nur, daß er sein Pferd los ist. Ich habe ihm ein Erinnerungszeichen ins Gesicht gekratzt, das er bis ins Grab behalten wird. Ihr sorgt euch entschieden zuviel um ihn. Wie hoch sein Amt auch ist, letzten Endes ist er nur ein Mensch wie wir alle.«

»Ja, aber einer mit einem Heer!« grollte Scarlet.

»Zahlenmäßige Überlegenheit ist nicht alles«, sagte Robin. »Das habe ich im Heiligen Land gelernt. Wenn wir gut organisiert sind und zusammenstehen, können wir ihn schlagen.«

Little John sah ihn mit zusammengekniffenen Augen an. »Was heißt das: *wir*? Wollt Ihr Euch uns anschließen?«

»Nein«, sagte Robin. »Ich werde euer Anführer sein.«

Und er begann den schweren Sack, den er auf seinem Fluchtritt aus Nottingham mitgenommen hatte, vom Pferd zu schnallen und leerte ihn aus. Große Schinken, ganze gebratene Hühnchen und schwere Käselaibe kugelten vor den erstaunten Augen der Waldmänner heraus. Sie fielen hungrig über das unerwartete Festmahl her, und im allgemeinen Durcheinander waren immer wieder überschwengliche Worte des Lobes für Robin zu hören. Auch Little John lachte und klopfte ihm auf die Schulter. Nur Will Scarlet stand wieder einmal mit verschränkten Armen abseits und weigerte sich verdrossen, auch nur einen Blick auf all die Köstlichkeiten zu werfen. Statt dessen starrte er Robin unverwandt an. In seinen Augen stand nichts als blanker Haß.

In seinen Privaträumen in Nottingham Castle saß der Sheriff steif in seinem Sessel und zitterte mehr vor Wut als vor Schmerz, während sein persönlicher Barbier und Bader sich daran machte, die Wunde auf seiner Wange zu nähen. Gisborne stand bei ihm und wartete auf Befehle; außerdem betrachtete er seine Anwesenheit als moralische Unterstützung. Er beobachtete aufmerksam, wie der Barbier seine derb aussehende Nadel in eine Kerzenflamme hielt. Gisborne war im Herzen ein Mann einfacher Freuden. Der Sheriff funkelte ihn an.

»Ich will, daß dieser Bandit geschnappt wird, Gisborne! Und es ist mir vollkommen egal, wie viele Bauern er auf seiner Seite hat. Wir hungern sie einfach aus. Schlachtet ihr Vieh ab... Nein... noch besser, nehmt es ihnen weg! So glauben sie, daß sie es wiederbekommen, wenn sie sich kooperativ verhalten. Ich will, daß sich Locksleys Leute untereinander um die Gelegenheit prügeln, ihn auszuliefern.«

Gisborne nickte nachdenklich. »Vielleicht sollten wir ihm

einen Spitznamen verpassen, Vetter. Irgendeinen Namen, der den Bauern den Angstschweiß auf die Stirn treibt. Locksley der Tödliche, Rächer Robin, Robin Hood...«

»Nennt ihn, wie Ihr wollt, aber findet ihn! Ich will diesen Banditen bis zum nächsten Vollmond tot sehen, noch ehe die Barone wiederkommen und sehen, wie er uns zum Narren hält!« Er musterte den Barbier übellaunig. »Näh schon, verdammt! Und tu deine Arbeit gut, rate ich dir, oder ich lasse dir deine eigenen Finger zusammennähen!«

Er biß die Zähne zusammen, als er die Nadel seiner blutenden Wange näher kommen sah. Gisborne beugte sich vor, um alles gut zu sehen.

In den folgenden Tagen schwärmten die Leute des Sheriffs überallhin aus, um dem Gesetz Nachdruck zu verschaffen. Und wer auch nur leise etwas einzuwenden wagte, wurde schlimm zugerichtet, und manchem erging es gar noch übler. Keine Stadt, kein Dorf und kein Einödhof wurde verschont. Häuser wurden bis auf die Grundmauern niedergebrannt, um Widerspenstige zu bestrafen oder ein Exempel für jene zu statuieren, die es sich etwa einfallen lassen mochten, Waren oder Gold zu verstecken. In der ganzen Grafschaft verdunkelte überall Rauch den Himmel, und das Blut von Schuldigen und Unschuldigen tränkte die zertrampelte Erde. Sir Guy von Gisborne führte die Razzien persönlich an und fand sie überaus unterhaltsam.

Doch selbst er empfand am Ende der zweiten Woche kaum mehr als tiefe Langeweile. Er sah nun nur noch ungeduldig vom Pferd aus zu, wie seine Leute ein kleines Dorf am Rande des Waldes von Sherwood plünderten und brandschatzten, und trommelte mit den Fingern auf den Sattelknauf. Es war kaum Nachmittag, und schon lagen sie zwei Stunden hinter ihrem Zeitplan. Seine Soldaten schlugen sich mit Brachialgewalt ihren Weg in die einfachen Hütten und schleppten aus ihnen heraus, was sie nur tragen konnten. Das meiste ging an den Sheriff, einiges an Gisborne, und den Rest durften sie sich untereinander teilen. Gisborne wußte, daß seine Männer durch die Aussicht auf Beute angespornt wurden. Außerdem hörte er die Bauern auch gerne jammern, flehen und schreien.

Frauen und Kinder rannten kreischend davon, als die Soldaten sie aus ihren Häusern trieben. Die Männer des Dorfes standen dabei und sahen stumm und reglos zu. Sie waren zu verängstigt und wußten außerdem, daß sie zu sehr in hoffnungsloser Unterzahl waren, um auch nur daran denken zu können, sich zur Wehr zu setzen. Das Vieh brüllte und schrie, als die Soldaten es zusammentrieben und auf Wagen verluden, um es abzutransportieren. Einer der Bauern trat plötzlich vor. Vielleicht war er tapferer als die anderen, vielleicht übermannte ihn auch einfach nur der Zorn angesichts der rücksichtslosen Übermacht. Er sah verbittert zu Gisborne hinauf und ballte wutentbrannt und hilflos die Fäuste.

»Das könnt Ihr doch nicht tun, Sire! Ihr liefert uns dem Hungertod aus! Zuerst hat uns schon die Dürre die Ernte vernichtet, und jetzt nehmt ihr uns noch weg, was uns an Vieh und Nahrung geblieben ist!«

»Für einen Hungernden bist du immer noch bemerkenswert

fett!« sagte Gisborne. »Vielleicht versorgt dich ja jemand mit Essen? Ein Mann mit einer Kapuze vielleicht?« Er sah sich mit arroganter Miene unter den Dörflern um, die mit niedergeschlagenen Gesichtern hinter dem sprechenden Bauern standen, und runzelte plötzlich die Stirn, als er ein bekanntes Gesicht sah. Die Frau mochte unter ihrem Schmutz ganz hübsch sein, aber die harte Arbeit und ihr noch härteres Leben hatten ihr längst alle Sanftheit und Weichheit genommen. Sie sah ihn scharf an und hielt ein kleines Kind eng an sich gepreßt, als er sie ansprach. »Wo ist dein Mann, Fanny? John Little?«

Sie hielt seinem Blick mit eiserner Miene stand und machte sich nicht einmal die Mühe, ihren Haß zu verbergen. »Er ist gestorben. Letzten Winter.«

»Ach ja?« sagte Gisborne. »Nach dem, was wir hörten, ist er aber sehr lebendig und verbirgt sich mit den Sherwood-Banditen im Wald.«

»Das muß dann wohl sein Geist gewesen sein«, sagte Fanny.

Gisborne trieb sein Pferd direkt an sie und das Kind heran. Doch sie wich keinen Fußbreit zurück. Er trat plötzlich nach ihr. Sie fiel hart zu Boden, und ihr Kind weinte, doch niemand kam ihr zu Hilfe. Niemand wagte es. Gisborne und seine Soldaten lachten. Fanny erhob sich langsam und spuckte vor Gisborne auf den Boden. Der Bauer, der vorhin gesprochen hatte, sagte wieder etwas, obgleich ihm die Stimme zitterte, als er Gisbornes kalten Blick auf sich gerichtet sah.

»Gott segne Euch, Sire, aber laßt uns wenigstens das Schwein! Es ist trächtig. Sein Wurf könnte uns durch den schlimmsten Winter bringen.«

»Jetzt nicht mehr«, antwortete Gisborne. »Wenn ich du wäre, Bauer, würde ich lieber darum beten, daß wir Robin Hood ausgeliefert bekommen, noch bevor der Winter kommt.«

Er wendete sein Pferd, lachte und ritt seinen Soldaten voran zum Dorf hinaus. Hinter ihnen ächzte der vollbeladene Wagen, in dem es quiekte und blökte und gackerte. Die meisten Bauern sahen Gisborne haßerfüllt nach, aber so manch zorniger Blick richtete sich auch unmißverständlich auf Fanny.

Eine lange Reihe Flüchtlinge trottete müde in das Lager der Waldmänner tief im Sherwood Forest. Sie trugen ihre wenige Habe mit sich auf dem Rücken. Alle, Männer, Frauen und Kinder gleichermaßen, waren gezeichnet vom Hunger und überlanger schlechter Behandlung. Sie waren wie so viele vor ihnen in den Wald gekommen, weil ihnen nichts mehr geblieben war, wo sie sonst hätten hingehen können.

Auch Fanny Little war unter ihnen. Der junge Wulf lief ihr freudestrahlend zur Begrüßung entgegen.

Robin und Asim saßen zusammen auf einem großen Baumstumpf und sahen den Neuankömmlingen stumm entgegen. Robin war klar gewesen, daß weitere Flüchtlinge kommen würden, ja, seine Pläne bauten sogar darauf auf. Dennoch hätte er nie mit einer solchen Anzahl von Menschen gerechnet. Er besah sich seinen nagelneuen Eibenholz-Bogen, aber das Bild des langen Flüchtlingszugs konnte er damit nicht aus seinem Kopf verdrängen. Es hatte keinen Sinn, sich darüber hinwegzutäuschen: alles in allem war ihrer aller Not und Leid zumindest zum Teil seine Schuld.

Er versuchte sich auf seine nächste Aufgabe zu konzentrieren und spannte sorgfältig eine Sehne auf seinen Bogen.

Die Flüchtlinge ließen sich müde am Lagerfeuer zu Boden sinken und erzählten ihre Geschichte. Es war immer die gleiche traurige, schon allzuoft gehörte Geschichte, die auch alle anderen erzählt hatten, die bereits vor ihnen zu den Waldmännern geflohen waren. Einige der Neuankömmlinge baten schüchtern um etwas zu essen und zu trinken, andere blieben einfach reglos und stumm sitzen, wo sie hingesunken waren, zu müde, um weiterzugehen und zu müde selbst für Tränen und Klagen oder die einfachsten Lebenszeichen. Einige fragten auch nach Robin Hood, und Will Scarlet war es, der ihn ihnen zeigte. Ein alter Bauer ging zornig auf Robin zu und öffnete sein Gewand, um ihm die noch nicht verheilten Wunden zu zeigen, die er erlitten hatte, als er vor kurzem geschlagen worden war. Eine Frau hielt Robin ihr hungerndes Kind hin, dessen Augen tief in den Höhlen lagen. Nun kamen immer mehr der Flüchtlinge mit leidenden und wutstarrenden Gesichtern näher. Asim sah Robin beunruhigt an.

»Wenn du Ruhm gesucht hast, mein Freund, dann hast du jetzt ja wohl, was du dir gewünscht hast.«

Will Scarlet bahnte sich seinen Weg durch die Menge und blieb vor Robin stehen. »All dies Elend, Locksley, habt Ihr uns gebracht!«

»Es ist des Sheriffs Werk, Will«, widersprach ihm Robin ruhig und geduldig. »Er versucht Zwietracht unter uns zu säen.«

»Zwietracht herrscht bereits, reiches Söhnchen«, sagte Will Scarlet laut. »Ich habe gerade heute gehört, daß der Sheriff den

Kopfpreis auf dich auf tausend Goldstücke erhöht hat.« Er blickte sich um und schätzte die Stimmung der zuhörenden Waldmänner und Flüchtlinge ab. »Ich sage, liefern wir ihn aus! Gebt ihn dem Sheriff!«

Es gab zustimmendes Gemurmel vor allem von den Flüchtlingen, wenn auch nicht von allen. Robin schüttelte langsam den Kopf und musterte dann Will Scarlet, als sei er ein etwas zurückgebliebener und besonders begriffsstutziger Schüler. »Will! Glaubst du denn im Ernst, der Sheriff gibt euch alles wieder, wenn nur ich erst von der Bildfläche verschwunden bin?«

»Jedenfalls bekommen wir die Belohnung!« sagte Will Scarlet. »Und die Amnestie. Und wir könnten wieder als freie Menschen leben.«

»Einen nach dem anderen wird er euch an den Galgen hängen, das wird er tun!« stellte Robin knapp fest. »Keiner erhebt sich gegen den Sheriff und kommt danach lebend davon. Als wenn ihr das nicht alle wüßtet.«

In kaltem, tödlichem Schweigen sahen sich Robin und Will Scarlet an. Flüchtlinge und Waldmänner blickten unsicher zwischen den beiden Kontrahenten hin und her. Mit verächtlicher Miene musterte Will Scarlet sein Gegenüber.

»Und was will das reiche Söhnchen mit uns anfangen? Sollen wir für ihn bewaffnete und berittene Truppen mit Steinen und bloßen Händen bekämpfen?«

»Und wenn es sein muß, Will, mit der Waffe, die du nicht genannt hast. Mit Mut.«

Will Scarlets Gesicht wurde so rot wie sein Wams. Er starrte

Robin sprachlos an. Am Ende aber war er derjenige, der den Blick als erster senkte. Robin prüfte noch einmal die Spannung seiner Bogensehne, stand dann ruhig auf, wandte sich ab und ging davon. Als Will Scarlet einen Dolch zog und damit ausholte, rief der junge Wulf eine Warnung. Robin fuhr herum, zielte und schoß einen Pfeil in einer einzigen blitzschnellen Bewegung, der Will Scarlet genau durch die Hand fuhr. Er wand sich mit schmerzverzerrtem Gesicht, ohne sich indes helfen lassen zu wollen. Beeindrucktes Gemurmel wogte durch die Menge. Robin nickte Wulf dankend zu und wandte sich dann an die Leute.

»Ihr wollt also ein Ende von allem? Ihr wollt nach Hause? Gut, aber dann müssen wir aufhören, untereinander zu streiten und der Tatsache ins Auge sehen, daß unser Wunsch etwas kostet. Man gebärt kein Kind ohne Schmerzen, und man erntet nicht ohne Schweiß. Ich für mein Teil würde lieber sterben, als mich den Rest meines Lebens zu verstecken. Der Sheriff nennt uns Gesetzlose. Aber ich sage, wir sind freie Männer. Und ein freier Mann, der sein Haus verteidigt, ist stärker als zehn angeheuerte Söldner.«

Er blickte kurz zu Asim hinüber. »Das haben mich die Kreuzzüge gelehrt. Wenn ihr in euren Herzen wirklich daran glaubt, frei zu sein, dann besteht kein Zweifel daran, daß wir auch gewinnen können!«

»Den Wald kann man nicht essen!« rief ihm einer der Bauern entgegen. »Wir haben doch nichts. Der Sheriff hat unser ganzes Vieh holen lassen.«

»Und sie haben auch die Waffen«, rief ein anderer.

»Und unser ganzes Geld!« ergänzte ein Dritter. »Keinen Farthing haben uns die Leute des Sheriffs gelassen!«

»Dann, bei Gott, holen wir uns alles wieder!« rief Robin. »Alles, und noch mehr!«

Die Zeit verstrich, und der Sommer wich dem Herbst. Im Sherwood Forest verfärbten sich die Blätter golden und kupfern, und der dicke Moosteppich auf dem Boden verschluckte jedes Geräusch derer, die auf den schmalen Pfaden unter den Bäumen gingen. Kühle Augen im Schatten beobachteten alles, lautlose Gestalten erschienen wie aus dem Nichts vor verblüfften Reisenden und verschwanden wieder, als wären sie nie gewesen.

Der Sheriff aber setzte sein Wüten fort. Selbst die Kirche bot keinen Schutz mehr vor seinen Nachstellungen. Dann aber kam ein Tag, an dem die Leute des Sheriffs auf unliebsame Weise überrascht wurden.

»Ich bitte Euch, Sire«, flehte ein alter, eisgrauer Priester, »diese Sachen gehören dem Herrn.«

»Jetzt gehören sie meinem Herrn, dem Lord Sheriff«, gab einer der Soldaten höhnisch zurück.

Da kam plötzlich aus den Bäumen ein Laut wie von heulenden Banshees. Alle blickten nach oben. Ein pfeifender, singender Pfeilregen schwirrte herab, bohrte sich vor den Stiefeln der Soldaten in den Boden, und wie aus dem Nichts stand lächelnd Robin vor ihnen, einen Köcher voller weißer Pfeile auf dem Rücken und einen Langbogen in der Hand.

»Wenn ihr nicht sogleich eurem Schöpfer begegnen wollt«,

sagte er und deutete mit seinem Bogen auf sie, »dann gebt ihr ihm jetzt lieber rasch zurück, was ihm gehört.«

Die Soldaten sahen einander nervös an. Doch bevor ihr Anführer noch etwas sagen konnte, zischte ein Pfeil dicht an seinem Ohr vorbei. Im Gebüsch standen die Waldmänner, halb verdeckt. Der Anführer der Soldaten schluckte und wich einen Schritt zurück. Die anderen warfen ihre Waffen und ihre Beute weg.

»Na also«, sagte Robin. »Und jetzt geht und sagt dem Sheriff, daß er alles, was er den Leuten antut, zehnfach von mir zurückbekommen wird.«

Niemand widersprach ihm.

An einem Tag Ende September, als die Sonne kaum noch mehr als eine fahle, niedrighängende Scheibe am Himmel war, ritt Baron Hardcastle nervös durch den Wald. Seine Augen fuhren von Schatten zu Schatten, und sein Herz raste bei jedem unerwarteten Geräusch. Nicht zum erstenmal wünschte er, er hätte lieber eine andere Route genommen, oder sich zumindest der Begleitung einer bewaffneten Eskorte zu seinem Schutz versichert, statt sich lediglich auf seinen beiden üblichen Leibwächter zu verlassen. Sie waren zwar gute Männer und loyal angesichts des ordentlichen Lohns, den er ihnen gewährte, doch wenn auch nur die Hälfte all der Geschichten, die man sich von Robin Hood und seinen wilden Männern im Wald erzählte, stimmten... Er schluckte schwer und faßte den Entschluß, sich nicht von seinen Gedanken verrückt machen zu lassen.

Er wischte sich das schweißnasse Gesicht mit einem Tuch ab und versuchte durch das dunkle Gebüsch am Wegesrand zu starren. Ach, er machte sich nur überflüssige Sorgen. All diese Märchen von den Waldmännern im Sherwood Forest wurden doch nur von den Bauern erfunden, wenn sie sich abends in ihren schmutzigen Katen zusammendrängten. Lächerlich, auch nur einen Gedanken daran zu verschwenden, daß die unteren Schichten es wagten, sich gegen ihre rechtmäßigen Herren und Meister aufzulehnen und zu erheben. Sie kannten ihren Platz in der Welt. Und bei Gott, wer ihn nicht kannte, der wurde alsbald einen Kopf kürzer gemacht. Jawohl, genauso war es. Er lächelte und überlegte sich bereits eine eindrucksvolle kleine Ansprache, die er nach seiner Ankunft lässig halten konnte; darüber, wie furchtlos er den berüchtigten Sherwood Forest durchquert hatte, wie er...

Doch da schien der Wald lebendig zu werden. Wie aus dem Boden gewachsen, standen rechts und links des Weges Gestalten, die sich mit Laub und Zweigen getarnt und ihre Gesichter kunstvoll grün und braun bemalt hatten. Der Baron sah sich um, und Panik überfiel ihn, als er erkannte, daß auch hinter ihm Waldmänner standen und ihm jede Rückzugsmöglichkeit abschnitten.

Alle hatten ihre Bogen schußbereit gespannt, alle mit der gleichen gelassenen Art, die verriet, daß sie sehr geübt im Umgang mit ihren Waffen waren, und in ihrem kalten Lächeln und ihren noch kälteren Blicken war auch nicht ein Hauch von Erbarmen. Der Baron sah hilfesuchend auf seine beiden Leibwächter, doch die hatten bereits die Hände erhoben und sich ergeben. Er selbst hätte gerne das gleiche getan, doch er hatte Angst, daß sie die kleinste Bewegung mit einem Pfeilhagel quittieren würden.

Von oben aus dem Geäst eines Baumes kam eine gutgelaunte Stimme. Er blickte verblüfft hinauf.

»Ein heißer Tag heute, mein Freund. Viel zu warm, Euer Pferd mit einem so schweren Beutel zu belasten.«

Robin Hood lächelte zu ihm herab. Der Baron setzte zu einer Art stotterndem Protest an, sah dann aber wieder alle die auf ihn gerichteten Pfeile und ließ es doch lieber bleiben. Er band widerstrebend die schwere Börse von seinem Gürtel, wog die pralle Last von Gold und Silber kurz in seiner Hand und warf sie schließlich zu Robin hinauf, der sie mühelos und elegant mit einer Hand auffing und sich mit einer übertriebenen Verbeugung bedankte.

»Vielen Dank für diese großzügige Spende zugunsten unserer Sache, mein Freund. Diese Börse wird viele hungrige Münder speisen und so manches kalte Herz erwärmen.«

Der Baron funkelte ihn an. »Der Sheriff wird davon hören!«

»Das hoffe ich doch!« entgegnete Robin. »Und bei der Gelegenheit könnt Ihr ihm auch gleich von mir ausrichten, daß der gegenwärtig auf mich ausgesetzte Kopfpreis ein Hohn ist. Er ist nicht annähernd hoch genug.«

Und so vergingen die Wochen. Kein reicher Mann, ob Adliger oder Kaufmann, konnte den Sherwood Forest durchqueren, ohne einen gesalzenen Wegezoll dafür entrichten zu müssen. Bewaffnete Begleiter vermochten gegen unerwartete Pfeile aus der Deckung des dichten Waldes nichts auszurichten, und jeder Versuch der Verfolgung endete in hilfloser Verirrung im dichten Unterholz, wo einer nach dem anderen von einem unsichtbaren Feind erledigt wurde. Geld, das den Armen abgepreßt worden war, fand seinen Weg zurück zu ihnen, und zum erstenmal seit langer Zeit konnten die Dörfer und Weiler der Grafschaft Nottingham den Winter wieder einmal mit etwas mehr als nur knurrenden Mägen und leeren Herzen erwarten. Die Waldmänner fingen bei gewagten Überfällen Vieh ein und trieben es fort, um es denen zu bringen, die es am dringendsten brauchten. Der Name Robin Hood verbreitete sich im gesamten Norden wie ein Lauffeuer, und je heftiger der Sheriff eben dieses Feuer auszutreten versuchte, desto heller loderte es auf.

Die Waldmänner übten intensiv unter Robins und Asims Anleitung. Sie schossen unentwegt mit Pfeilen auf Soldatenpuppen, um ihre Zielsicherheit zu verbessern. Sie trainierten mit Schwert und Axt und Messer und verbrachten viel Zeit mit der harten Arbeit an ihren neuen Unterkünften im Wald. Sie bauten Hängebrücken aus Seilen als Verbindungswege zwischen ihren Hütten in den Baumkronen. Ihre Jäger brachten täglich frisches Wild, darunter oft Tiere, auf deren Jagd einst mancher Mann sein ganzes Leben verwandt hatte. Und kaum jemand wagte es, den Wilderern in den Forst von Sherwood zu folgen.

Viele Adelige reisten nur noch in gepanzerten Kutschen durch den Wald und vertrauten auf dicke Eichen- und Stahlverkleidungen zu ihrem Schutz. Robin antwortete darauf seinerseits rasch mit neuen Methoden, diese Kutschen zum Anhalten zu zwingen. Seine Leute arbeiteten mit verborgenen Eisenhaken und Ketten, die überraschend hochschnellten und den Wagen die Räderachsen abrissen. Waren sie so erst einmal gestoppt, konnten die Insassen mit einem Minimum an Aufwand und einem Maximum an Effizienz ihrer Habe entledigt werden.

Robin führte diese Überfälle oft selbst an, nicht, weil er Zweifel an der Wirksamkeit seiner Methoden gehabt hätte, sondern weil er sich an den Gesichtern der Adeligen weiden wollte. Bei einer solchen Gelegenheit fand er sich Auge in Auge mit einem wutschnaubenden Baron mittleren Alters und einer anmutigen jungen Lady, die seine Tochter hätte sein können. Robin half ihr zuvorkommend aus der Kutsche, lächelte charmant und zog ihr ohne weitere Umstände einen großen Diamantring vom Finger. Die Dame schmollte enttäuscht. Robin verbeugte sich galant.

»Lady, eine Dame von Eurer erlesenen Schönheit bedarf solcher Dekoration überhaupt nicht.«

Er küßte ihr die Hand, und sie seufzte tief und schenkte ihm einen vielsagenden Augenaufschlag. Der Baron fauchte ihn an.

»Ihr solltet Euch schämen, Euch meiner Gattin auf solche Weise zu nähern!«

Robin zog eine Augenbraue hoch. »Wenn diese junge Dame Eure Gattin ist, dann solltet eher Ihr Euch schämen!«

Und er verschwand mit seinen Leuten und dem Geld und allen Sachen des Barons im Wald, während dieser noch aufgebracht um eine passende Antwort rang. Seine Frau blickte den Waldmännern hinterher.

»Wer war denn dieser Mann?« murmelte sie träumerisch.

»Ein Dieb!« fuhr er sie an.

»Aber ein König der Diebe«, sagte sie versonnen und konnte ihre Augen immer noch nicht von der Stelle losreißen, wo er im Wald verschwunden war.

Als sich immer mehr Waren und Gold im Sherwood Forest ansammelten, begannen die Waldmänner sich allmählich immer freier und selbstbewußter in den Dörfern und Weilern der Umgebung zu bewegen und ihre Beute an die Bedürftigsten zu verteilen. Sie ernteten dafür soviel Dankbarkeit, daß die Leute sie genausowenig mehr verraten hätten wie Mitglieder ihrer eigenen Familien. Bull fuhr mit seinem Wagen von einem Ort zum anderen, und Wulf und Fanny halfen ihm, die Lebensmittel, Decken und Kleider abzuladen und zu verteilen. Alle drei trugen offen sichtbar Waffen. Die Dorfbewohner begrüßten sie stets mit lautem Hallo und riefen Gottes Segen auf Robin Hood, den König der Diebe, herab.

An den Bäumen rund um Sherwood hingen Steckbriefe mit der Bekanntmachung, daß tausend Goldstücke auf Robin Hoods Kopf ausgesetzt seien. Doch sie vergilbten und zerfledderten, und niemand ging auf das Angebot ein.

Gisborne führte ständig neue Patrouillen in den Sherwood Forest. Er nahm die besten Kundschafter mit, die er bekommen konnte. Aber keiner fand auch nur eine Spur von Robin und seinen Waldmännern. Dabei war es nicht schwer, Fährten zu entdecken. Doch sie endeten alle im Nichts. Sie hörten einfach plötzlich auf, als hätten die, von denen sie stammten, sich in Luft aufgelöst. Dann rollten die Soldaten mit den Augen, bekreuzigten sich und flüsterten untereinander von dunkler Magie und unergründlichen Geheimnissen in den uralten Tiefen von Sherwood. Keiner kam je auf die Idee, nach oben zu blicken. Dort hätten sie das Tarnwerk von Laub und Geäst erkennen können, das ein ganzes Netz von Hängebrücken, Seilen und Schlafplattformen verbarg, in dem die Waldmänner saßen und jede Bewegung unten mit wachsamen Augen verfolgten.

Wieder saß der Sheriff in seinen Privaträumen auf Nottingham Castle in seinem großen Stuhl und hörte müde zu, wie sein erster Schreiber ihm die neueste lange Liste aller Überfälle und Räubereien vorlas. Und wieder sah er das stechende Auge nicht, das ihn durch das geheime Guckloch beobachtete. Er beachtete nicht einmal die neueste Gruppe zitternder junger Frauen, die seine Wächter herbeigeschleppt hatte. Von ihrer Angst abgesehen, waren sie eine hübscher als die andere, doch der Sheriff hatte im Augenblick kein rechtes Auge für sie, sondern konzentrierte sich ganz auf seinen Schreiber, der unter dem stechenden, kalten Blick seines Herrn immer nervöser wurde. Der Schreiber räusperte sich, bevor er unsicher weiterlas.

»Wir haben Grund zu der Annahme, mein Lord, daß dieser Robin Hood inzwischen fast eine Million Goldstücke oder Waren in diesem Wert geraubt hat, und das in den letzten drei Monaten. Vermutlich sogar noch mehr.«

Der Sheriff bedeutete brüsk einer der jungen Frauen, sich vor ihm zu drehen. Eingeschüchtert kam sie seiner Aufforderung nach. Er betrachtete sie kalt und fuhr sich geistesabwesend über die Narbe an seiner Wange. Dann heftete er seinen Blick wieder auf den Schreiber, und er sagte kalt und mit sehr gefährlichem Unterton in der Stimme:

»Nun gut. Dann werden wir das auf ihn ausgesetzte Kopfgeld eben noch einmal erhöhen. Schreibt es auf fünfundzwanzigtausend Kronen aus!«

»Vergebt mir, mein Lord«, versuchte der Schreiber einzuwenden, »aber ich glaube, es spielt gar keine Rolle mehr, wieviel Ihr aussetzt.«

Der Sheriff beugte sich in seinem Stuhl vor und durchbohrte den Schreiber nahezu mit seinem Blick. »So, wirklich? Und warum, werter und geschätzter Schreiber?«

»Weil, mein Lord...«, sagte der Schreiber nervös, »...weil die Armen, seht Ihr, sie... Nun, er gibt ihnen ja das meiste von dem, was er raubt. Und deshalb ... lieben sie ihn.«

Der Sheriff lehnte sich zurück. Seine Stirn verdüsterte sich zusehends. Der Schreiber schätzte unauffällig ab, wie weit es bis zur Tür war.

Der Sheriff schlug mit der Faust auf die Armlehne seines Stuhls. »Was denn? Robin Hood raubt mir die Taschen aus und zwingt mich, hart gegen die Armen vorzugehen, und die lieben ihn dafür auch noch? Sie wagen ihn zu lieben statt mich, ihren rechtmäßigen Herrn? Das reicht! Von jetzt an gibt es keine Wohltaten mehr aus meiner Schatulle! Alle Feiertage werden gestrichen, ab sofort. Keine barmherzigen Hinrichtungen mehr! Und die Küchenabfälle gehen auch nicht mehr an die Aussätzigen und Waisen! Erinnert mich daran, einige neue Wohltätigkeitszahlungen vorzunehmen, damit ich diese dann ebenfalls abschaffen kann!«

Er stand abrupt auf und ging ruhelos und zornig hin und her. Der Schreiber beeilte sich, nahe an seiner Seite zu bleiben, während er die Anordnungen des Sheriffs hastig niederkritzelte, so schnell er konnte.

»Alles, was ich jetzt noch höre«, schimpfte der Sheriff mit einem gefährlichen Glanz in den Augen, »sind Klagen und Beschwerden. Der Etat schrumpft, und von früh bis spät bettelt mich alle Welt an. Steuererleichterungen. Berittener Schutz für die Fahrt durch den Sherwood Forest. Und dann haben diese Leute auch noch die Stirn, mir zu erklären, sie könnten leider keine Steuern entrichten, weil ihnen die Waldmänner doch alles geraubt hätten! Wenn wirklich so viele Wertsachen in Sherwood verschwunden wären, wie sie alle vorbringen, müßte die Grafschaft inzwischen bankrott sein! Und wenn ihnen schon alles geraubt wird, warum können sie dann nicht gefälligst diesem Sherwood Forest fernbleiben?«

»Weil nun einmal der kürzeste Weg von Nottingham nach London durch ihn führt«, sagte der Schreiber ganz automatisch. Als der Sheriff herumfuhr und ihn stechend anstarrte, wünschte er, daß er die Antwort für sich behalten hätte.

»Es ist der einzige Weg nach London, Schwachkopf! Der einzige Weg, auf dem unsere lieben Barone zu unserem Möchtegern-König John und seinem Hof gelangen!« Er brach ab, als ihm eine der wartenden jungen Frauen auffiel. Er musterte sie kurz und nickte dann heftig. »Du da. In mein Bett. Heute nacht.«

Der Schreiber räusperte sich wieder nervös, worauf der Sheriff ihm wieder seine Aufmerksamkeit schenkte. Der Schreiber suchte hektisch nach einer Formulierung, die ihn nicht in noch größere Schwierigkeiten brachte. »Sir Guys Patrouillen haben also nichts erbracht, mein Lord?«

»Ach, Sir Guy würde doch nicht einmal seinen eigenen Hintern im Dunkeln finden, ohne beide Hände dazu zu brauchen!« fauchte der Sheriff. »Wenn man ihm glaubt, gibt es im ganzen Forst keine Spur von einem Lager der Waldmänner. Die Kapuzenviper schlängelt sich einfach nur in den Wald und verschwindet dort spurlos!«

Sein ruheloser Blick blieb an einer Büste von ihm selbst hängen, die auf einem Tisch stand. Jemand hatte eine Wangennarbe in sie gekratzt. Der Sheriff lief dunkelrot an und ballte die Fäuste. Vor Wut versagte ihm die Stimme. Der Schreiber nützte die günstige Gelegenheit und streckte ihm hinter seinem Rücken trotzig die Zunge heraus.

Später an diesem Tag zog der Sheriff unten in Mortiannas Verlies seine Teufelsanbeterrobe mit viel weniger Enthusiasmus als sonst an. Sie beobachtete ihn scharf von ihrem blasphemischen Teufelsaltar aus, von dem bereits das Blut von dreizehn Opfertieren rann.

»Du hast Ärger?«

Der Sheriff zuckte nur gereizt mit den Schultern. Mortianna kam zu ihm und legte ihm ihre kalte Hand auf die Stirn, um zu prüfen, ob er Fieber habe. Er verzog leicht das Gesicht unter der unangenehm klammen Berührung, besaß aber Vernunft genug, nichts zu sagen. Die Alte mochte runzlig und steinalt sein, aber es bestand kein Zweifel, daß sie Macht besaß und stark war. Und er brauchte ihre Stärke und war bereit, viel dafür zu geben. Später blieb ihm immer noch Zeit für einiges andere... Später. Er riß sich zusammen, um dem bohrenden Blick der Alten standzuhalten.

Er griff sich die neunschwänzige Katze, die Mortianna ihm bereitgelegt hatte, und schlug mit ihr einige Male lustlos durch die Luft. Er war mit den Gedanken woanders. »In zehn Tagen kommen die Barone, und Robin Hood hat mittlerweile alles geraubt, was ich gebraucht hätte, um sie günstig zu stimmen. Ich bin von Narren und Versagern umgeben, denen meine Verpflichtungen völlig gleichgültig sind! Sag mir die Wahrheit, Mortianna: Ist ein Verräter unter meinen Leuten?«

Die Alte zeigte einen langen scharfen Fingernagel und zog ihn sich selbst über den knochigen Arm. Bewegungslos betrachtete sie die auf den schmutzigen Fußboden fallenden Blutstropfen. Nach einer Weile kniete sie sich hin, spuckte auf die kleine Blutlache, die sich gebildet hatte, und studierte sie. Der Sheriff beugte sich ebenfalls herab, um zu sehen, was sie in dem Blut erblickte. Die Alte wiegte sich langsam in den Hüften hin und her.

»Hole dir die Bestien, die deinen Gott mit dir teilen!«

Der Sheriff runzelte die Stirn. Mortianna sagte oft dunkle Sätze, doch in letzter Zeit war ihr noch schwerer zu folgen als sonst.

»Was für Bestien?« fragte er unsicher. »Tiere?«

»Nein. Die Dunklen aus dem Norden.«

»Die Kelten?«

»Zwing ihre Kraft ins Joch und mach sie dir zu eigen!«

Der Sheriff nickte langsam. Die Wilden im Norden waren bekannt für ihre ungezügelte Grausamkeit und ihre Bereitschaft, für Gold alles zu tun. Es half auch, daß sie dieselben dunklen Mächte anbeteten wie er selbst.

Mortianna starrte ihn reglos an. Ihr Blick war voller unlösbarer Geheimnisse.

»Setze deinen eigenen Abkömmling auf den Thron.«

»Ein Kind von mir auf dem Thron Englands?« fragte der Sheriff ungläubig. »Aber wie denn?«

»Verbinde dich mit königlichem Blut.«

»Gewiß doch, natürlich«, sagte der Sheriff ironisch. »Und mit wem genau?«

Mortianna blickte weg von ihm. »Das ist noch nicht offenbar.«

Der Sheriff brummte ungnädig, wenn auch nicht ganz überrascht.

Mortianna zog spielerisch ein Stöckchen durch das Blut und den Speichel. »Eine Zunge beleidigt dich.«

»Wessen Zunge?«

»Die Zunge dessen, der alles aufschreibt.«

»Mein Schreiber?« Der Sheriff war nachdenklich. »Ich hätte es mir denken können. Vertraue nie einem, der liest und schreibt. Er wagt es also, seine Zunge gegen mich zu richten?«

Mortianna nickte und lächelte kalt. »Schneide sie ihm heraus.«

Anfänge

Eine schmale Straße schlängelte sich durch den Sherwood Forest und suchte sich ihren Weg unter der gigantischen Kathedrale der Bäume.

Nur gelegentlich einmal fand ein Lichtstrahl durch das Blätterdach und erhellte das Halbdunkel des Waldes. Kein Vogel war zu hören. Sir Guy von Gisborne sah sich ständig sichernd um, während er seinem Trupp den rauhen Weg entlang vorausritt. Die gähnende Stille des Waldes raubte ihm den letzten Nerv. Es war nicht normal. Kein Vogel, kein Insekt, nichts. Er feuchtete sich nervös die trockenen Lippen an. Die Waldmänner waren zweifellos da; irgendwo. Er sah sie nicht, aber er spürte sie. Er fühlte ihre Blicke fast körperlich in seinem Rücken. Und seinen Leuten ging es genauso. Ihr Gesang und Geplauder war immer mehr verstummt, je tiefer es in den Wald von Sherwood hineinging. Inzwischen ritten sie alle mit der Hand am Schwertgriff. Gisborne sah zurück in die Richtung, aus der sie gekommen waren, und ein erheblicher Teil seines Selbstvertrauens kehrte zurück. Die Waldmänner mochten ja andere Steuereintreiber schon überfallen haben, aber diesmal würden die Gelder sicher an ihren Bestimmungsort gelangen.

Sie hatten den Wagen mit den Steuern in ihrer Mitte. Er war eine gepanzerte Kiste auf Rädern, groß genug, um alles eingetriebene Steuergeld aufzunehmen und dazu noch die Wachmannschaft, ein halbes Dutzend Armbrustschützen. Die einzige Tür war mit Stangen und Schlössern versperrt, und die einzigen Öffnungen waren die schmalen Schießschartenschlitze an den Seiten. Doch selbst dieser Anblick vermochte Gisbornes Stimmung nicht so recht zu heben. Dieser Wagen sah ja großartig, sogar uneinnehmbar aus, aber er war ganz eindeutig eher eine Demonstration von Verzweiflung als von Einfallsreichtum, gebaut in aller Eile und nur weil alles andere bisher versagt hatte. Weil alle anderen Steuereintreiber bisher ausgeplündert worden waren. Von Robin Hood und seinen Waldmännern.

Der Sheriff verließ sich darauf, daß wenigstens dieser Wagen jetzt durchkam. Daran hatte er Gisborne gegenüber nicht den geringsten Zweifel gelassen. Auch daran nicht, daß Gisborne die gesamte Verantwortung für die Sicherheit des Transports trug. Wenn das Unternehmen fehlschlug und wenn ihm auch nur ein einziges Goldstück abhanden käme, dann sollte er, Vetter hin, Vetter her, sich lieber wünschen, daß sich seine Eltern niemals begegnet wären.

Er wischte sich das schweißnasse Gesicht mit einem Tuch ab. Es war warm, und sein schweres Kettenhemd brachte auch alles andere als Kühlung. Er führte sein Pferd vom Weg ab, hielt es an und nahm einen Schluck aus seiner Wasserflasche. Die Kompanie zog langsam an ihm vorbei. Der Wagen knarrte in der Stille, und sein Gewicht hinterließ tiefe Radspuren auf dem Waldweg. Die Pferde mußten sich schwer in die Geschirre stemmen, um ihn überhaupt voranzubringen.

Am Ende der Kolonne fuhr noch ein Karren hinterher, der mit Bierfässern beladen war und von einem einzigen, gelangweilt dreinblickenden Pferd gezogen und von einem fetten, rotgesichtigen Klosterbruder gelenkt wurde. Mit einer feisten Hand hielt er die Zügel, in der anderen hatte er einen Krug, den er in regelmäßigen Abständen in ein offenes Faß tauchte. Gisborne lächelte grimmig. Bei dem Tempo, mit dem das Bier in diesem Mönch verschwand, konnte die Abtei froh sein, wenn sie noch die Hälfte dessen bekam, was sie bezahlt hatte. Der Klosterbruder hatte bisher mit lauter, kehliger Stimme fromme Lieder gesungen, dazwischen aber auch immer wieder nicht so ganz fromme Trinklieder. Gisborne wünschte sich zunehmend, er würde endlich mit dem Gegröle aufhören. Sein Sangeslärm übertönte alles und damit auch etwaige verräterische Geräusche im Unterholz.

Er versuchte erneut durch das undurchdringliche Waldesdunkel zu spähen. Was auch immer geschehen mochte, dieses Mal brachte er das Gold durch. Es war längst keine Frage der reinen Pflicht mehr, sondern eine persönliche Angelegenheit. Robin Hood hatte ihn zum Narren gehalten, und dafür hatten er und all diese Waldmänner persönlich zu büßen.

Urplötzlich und ohne jede Vorwarnung flogen Pfeile um sie herum. Einer traf einen Soldaten genau über dem Rand seiner Rüstung in die Kehle. Er sank nach vorn und fiel vom Pferd. Ein anderer Pfeil fuhr in eines der Fässer hinten neben dem Klosterbruder, der aufschrie und seinen Bierkrug fallen ließ. Einer von der Nachhut hinter dem Bierwagen sackte in seinem Sattel zusammen. Blut sickerte ihm über das Gesicht aus seiner

Augenhöhle, durch die sich ein Pfeil gebohrt hatte. Die Luft wurde noch pfeilhaltiger, während Gisborne sein Schwert zog, sein Pferd vorwärtstrieb und seinen Leuten zurief, auf keinen Fall stehenzubleiben. Es bestand immer noch die Chance, dem Hinterhalt der Waldmänner zu entkommen. Doch der schwere Wagen rollte bereits, so schnell es nur ging, und Gisborne sank der Mut, als er sah, daß dies einfach viel zu langsam war. Weitere zwei Leute fielen in Sekundenschnelle von ihren Pferden, die übrigen waren der Panik nahe.

Gisborne sah sich wild um und erblickte schließlich vier am Rand des Weges stehende Waldmänner. Mit ihren grünen Kleidern und grün bemalten Gesichtern hoben sie sich, solange sie sich nicht bewegten, kaum von ihrer Umgebung ab. Doch jetzt schossen sie Pfeile, so schnell sie nur zielen und abziehen konnten.

Gisborne deutete auf sie und schrie seine Leute an, die sofort auf die Waldmänner zugaloppierten. Doch diese waren im nächsten Moment im dichten Unterholz verschwunden, wo sie in ihre vorbereiteten Erdgräben sprangen und sich eine mit Erde, Gras und Laub bedeckte Matte über die Köpfe zogen. Die Soldaten suchten langsam das Unterholz ab und schlugen blindlings mit ihren Schwertern um sich. Wenn man sie fragte, hatte der Forst die vier Waldmänner buchstäblich verschluckt.

Der Klosterbruder sah eine Chance zu entkommen, während die Gesetzlosen und die Soldaten noch miteinander beschäftigt waren, und peitschte auf sein Pferd ein. Doch es war nicht genug Platz, sich durch das Kampfgetümmel und an dem schweren Steuergeldwagen vorbeizumanövrieren. Er verfluchte diesen in den höchsten Tönen mit sehr unfeinen Worten und starrte dann mit offenem Mund Robin und Asim an, die aus dem Geäst oben direkt auf das Dach des Schatzwagens herabgesprungen kamen, Kutscher und Wache vom Bock stießen, sich die Zügel griffen und den Wagen vom Weg herunterfuhren. Die Armbrustschützen im Inneren des Wagens hinter ihren Schießschartenschlitzen taten ihr Bestes, konnten aber keinen der beiden neuen Fuhrleute mit ihren Geschossen erreichen. Der Mönch erkannte rasch, daß er noch eine zweite Chance hatte, und griff wieder nach seinen eigenen Zügeln. Aber in diesem Moment erzitterte der Bierwagen unter einem so gewaltigen Aufprall, daß es den feisten Klosterbruder von seinem Bock warf. Er taumelte und schlug sich den Kopf an einem seiner Bierfässer an, womit er keinen weiteren Anteil mehr am Geschehen nehmen konnte. Little John grinste breit und lenkte auch den Bierwagen vom Weg neben den anderen. Gleich darauf verschwanden beide Wagen im Waldesdunkel. Bisher verborgen gebliebene Waldmänner richteten unmittelbar hinter ihnen Tarnwände auf, und nichts war mehr zu sehen.

Gisborne kam aus dem Unterholz zurück und fand den Weg verlassen, von einigen reiterlosen Pferden und seinen eigenen toten Leuten abgesehen. Er blickte sich ungläubig und außer sich überall um, aber der Wald lag teilnahmslos, still und schweigend da. Nicht ein Vogel war zu hören. Gisborne schluckte schwer. Der Sheriff würde wenig entzückt sein.

Gar nicht so weit entfernt brachte Robin den Steuergeldwagen auf einer kleinen Lichtung an einem langsam fließenden Wasserlauf zum Stehen. Er reichte Asim die Zügel und stieg auf das Dach des Wagens, wo er heftig aufstampfte, um die Aufmerksamkeit der Insassen zu gewinnen, die zwar noch eine Weile durcheinanderbrüllten und wüste Drohungen ausstießen, dann aber doch allmählich ruhiger wurden.

»Gebt eure Waffen heraus«, sagte Robin lauter. »Und ihr habt mein Wort, daß ihr frei seid.«

Eine Pause entstand, dann stieß plötzlich eine Schwertspitze hart durch das Wagendach und verfehlte Robin nur knapp. Er schüttelte betrübt den Kopf.

»So etwas habe ich befürchtet. Manchen Leuten ist einfach nicht zu helfen.«

Er gab Asim ein Zeichen, der den Wagen die flache Böschung zum Wasser hinab lenkte. Sie warteten zusammen noch bis zum letzten Moment und sprangen erst ab, als der Wagen in das Wasser rollte und dort im dicken Schlamm des Fußbodens steckenblieb, wo er sich dann langsam zur Seite neigte. Durch die schmalen Schießschartenschlitze lief Wasser, und von drinnen drangen panische Schreie und drängende Bitten heraus, daß man sich das Angebot, sich zu ergeben, noch einmal überlegt habe. Einer steckte ein weißes Tuch durch einen der Schlitze und winkte heftig damit. Robin nickte den zuschauenden Waldmännern zu und bedeutete ihnen, die Wachsoldaten aus dem Wagen zu holen. Das Wasser war zwar nicht tief genug, um sie wirklich in Lebensgefahr zu bringen, aber es gab keinen Anlaß, ihnen das ausdrücklich mitzuteilen.

Etwas später, als sie entwaffnet, ebenso entkleidet und entsprechend verlacht waren, wurden sie zusammengefesselt. Robin sah mit Genugtuung zu, wie seine Leute die schweren eisernen Geldkassetten aus dem im Wasser liegenden Wagen ausluden und am Ufer stapelten. Little John griff sich eine der Kassetten und schlug ihr Schloß auf. Als er den Deckel öffnete, wurde es ringsum ganz still. Alle versammelten sich um ihn. Die Kiste war bis obenhin voll mit blitzenden Goldmünzen, und sie war nicht eben klein. Alle starrten auf das Gold und dann auf die anderen, noch ungeöffneten Kassetten. Sie brachen in lauten Jubel aus, schlugen einander auf die Schultern und betrachteten den Schatz mit erstaunten Mienen und großen Augen.

Robin starrte nachdenklich auf die offene Kassette. Little John griff sich eine Handvoll Goldstücke und drehte und wendete sie fast andächtig zwischen seinen Fingern.

»Da soll mich doch gleich...«, sagte er sinnend und leise. »Nie im Leben hätte ich gedacht, daß es auf der Welt so viel Gold geben könnte.«

»Dieser Schatz ist zu einem bestimmten Zweck zusammengerafft worden«, sagte Robin langsam. »Und ich denke, es ist in unserem eigenen Interesse, daß wir herausfinden, wofür.«

Er wurde durch Geschrei und Unruhe am Bierwagen unterbrochen. Der Klosterbruder war völlig unter einem Haufen Waldmänner begraben. Doch er wehrte sich noch immer mit aller Kraft. Zwei Mann lagen bereits stöhnend im Gras, und eben sank noch ein dritter nieder, der sich schmerzverzerrt zwischen die Beine faßte. Robin nickte beeindruckt.

»Genug jetzt!« rief er laut hinüber. »Laßt ihn los! So behandelt man keinen Mann, der die Kutte trägt! Außerdem sind wir nicht so viele, daß wir uns Ausfälle durch Raufereien leisten könnten!«

Er mußte eigenhändig eingreifen und einige mit Gewalt wegzerren. Die anderen hatten allerdings nichts dagegen, daß ihrem Kampf per Befehl Einhalt geboten wurde; auf diese Weise brauchten sie sich keine andere Ausrede einfallen zu lassen. Sie blieben um den Klosterbruder herum in respektvollem Halbkreis. Ein paar Waldmänner keuchten, und einige mußten von ihren Kameraden gestützt werden. Der Mönch hatte sich hochgerappelt und stand mit dem Rücken zu seinem Bierwagen. Er sah entschieden mitgenommen aus, aber ebenso entschieden ungebeugt. Er funkelte die Waldmänner abschätzig an und nickte dann Robin kurz zu.

»Der Herr segne Euch, lieber Sir. Diese Sünder da hatten die Absicht, diese Getränkespende hier, die für die Mönche von St. Catherine's bestimmt ist, zu stehlen.«

Er deutete mit einer unbestimmten Geste auf seine Bierfässer. Er war ein Mann von durchschnittlicher Größe, aber deutlich überdurchschnittlichem Taillenumfang. Sein Gesicht war hochrot, und auch seine Nase war rot von geplatzten Äderchen. Seine schäbige Mönchskutte schien hauptsächlich von den vielen neueren und älteren Bierflecken zusammengehalten zu werden. Sein großes rundes Gesicht beherrschten ein breiter Mund, um den ein struppiger Bart stand, und beunruhigend direkte Augen.

Little John grinste ihn an. »Scheint mir aber doch, Ehrwürden Klosterbruder, daß das meiste von Eurer Getränkespende sowieso schon den Weg in Euren fetten Bauch gefunden hat!«

Der Mönch ignorierte ihn souverän und kletterte wieder auf den Kutschbock seines Wagens. Doch da trat Robin rasch vor und griff ihm in die Zügel.

»Augenblick, mein ehrwürdiger Freund. Ihr reist nicht gerade mit dem besten Schutz, wenn Ihr Euch die Soldaten des Sheriffs von Nottingham dafür ausgesucht habt.«

»Aye«, sagte Bull. »Da soll er auch zahlen, wie alle anderen. Seinesgleichen zählt nicht zu den Armen.«

Laute Zustimmung wurde kundgetan, nicht zuletzt von denen, die eben noch mit dem Mönch gekämpft hatten und noch immer um Atem rangen.

Robin sah den Klosterbruder unschuldig an. »Da hört Ihr's, mein Freund. Der liebe Gott hat doch sicherlich nichts dagegen, wenn Ihr uns ein paar Eurer Fässer überlaßt?«

Der Mönch holte tief Luft und bekreuzigte sich mit übertriebener Dramatik. »Der Herr stehe mir bei, Sir. Da hatte ich Euch und Eure Männer doch für ganz normale gemeine Diebe gehalten. Wenn Ihr also wünscht, vom edlen Gerstensaft des Herrn einen Teil abzubekommen...« – und damit griff er wie nebenbei unter seinen Sitz und hatte im nächsten Augenblick einen Prügel in der Hand, den er Robin um die Ohren schlug – »...dann müßt Ihr mich schon schön darum bitten!«

Robin taumelte zurück und ließ die Zügel fallen. Im gleichen Moment hatte der Mönch sie bereits in der Hand und trieb sein Pferd an, das sich ohne Eile in Bewegung setzte. Der ehrwürdige Klosterbruder tauchte seinen Krug in das offene

Faß, nahm einen gewaltigen Schluck Bier und prostete Robin spöttisch zu.

»Gebt es zu, Robin Hood«, rief er ihm lachend über die Schulter zu, »daß Bruder Tuck besser, frömmer und tapferer ist als Ihr!« Ein tiefhängender Ast erwischte ihn mitten im Gesicht. Er purzelte vom Bock auf den Boden und auf seinen Bierkrug, der unter ihm zerbrach. Das Pferd sah sich um, erkannte, daß kein Anlaß mehr bestand, weiterzuziehen, und blieb also stehen, um sich am fetten Gras des Waldbodens gütlich zu tun. Bruder Tuck rappelte sich stöhnend hoch und schüttelte betrübt den Kopf, als er sah, was mit seinem Bierkrug geschehen war.

»Der Herr hat's gegeben, der Herr hat's genommen. Unerforschlich sind die Wege des Herrn.«

Immer noch leicht benommen, kam Robin auf ihn zugestolpert. Sie standen einander einen Augenblick gegenüber und rieben sich beide den Kopf.

»Nun, ergebt Ihr Euch jetzt?« fragte Robin schließlich.

»Lieber brate ich in der Hölle!« schnaubte Tuck hochmütig.

Und im nächsten Augenblick hatte er Robin die Beine weggetreten und warf sich auf ihn wie ein wildgewordener Wal. Robin konnte sich indessen noch im letzten Moment zur Seite rollen. Tuck krachte auf den harten Boden, daß ihm die Luft wegblieb.

Etwas später bot sich den Waldmännern ein denkwürdiges Schauspiel: daß Bruder Tuck nämlich in das Geschirr seines Bierwagens gespannt wurde und diesen selbst mit eigener Kraft und im Schweiße seines Angesichts ziehen mußte. Er brummte und stöhnte laut, und der Schweiß lief ihm in Strömen vom Gesicht, doch der Wagen bewegte sich mit gleichmäßigem Tempo. Robin sah, daß unter allem Fett auch wirkliche Muskeln waren, während er auf dem Bock saß und den Mönch mit Zügeln lenkte. Er dirigierte ihn bis in die Mitte des Lagers, wo Frauen und Kinder gelaufen kamen, um ihre heimkehrenden Männer und Väter zu begrüßen. Fast ebensoviel Interesse aber galt den Geldkassetten an den Sätteln. Die Kinder bejubelten obendrein die gefangenen Soldaten und tanzten lachend um den schwer atmenden Klosterbruder Tuck herum, als ihm Robin endlich erlaubte, stehenzubleiben und sich auszuruhen. Tuck stöhnte unverdrossen weiter und hielt sich den Rücken, als er sich aufrichtete und streckte.

»Gott, ich danke dir für diese Lektion in Demütigung. Dafür muß ich eines Tages wirklich etwas für dich tun.«

»Dazu habt Ihr jetzt gleich Gelegenheit«, sagt Robin, während er sich leicht vom Bock schwang und neben ihm zu stehen kam. »Hier sind die Armen und Notleidenden versammelt, die Demütigen der Erde, die nichts kennen als Elend und Mißhandlung ihr ganzes hartes Leben lang. Ich habe sie hierhergebracht, um ihnen ein Leben in Frieden zu ermöglichen und ihnen die Chance zu geben, sich ein neues Leben aufzubauen, nachdem ihnen die Leute des Sheriffs alles genommen haben. Wir könnten einen aufrichtigen Gottesmann, der Priesterdienste bei uns versieht, gut gebrauchen. Wir mögen ein etwas ungewöhnlicher Haufen sein, aber was das angeht, so seid Ihr sicherlich auch ein etwas ungewöhnlicher Mönch. Nun, was meint Ihr?«

Ringsherum wurde es still, und Tuck musterte jedes einzelne Gesicht, jedes einzelne Augenpaar, das auf ihn gerichtet war. Wie mörderische Wilde, von denen so viel die Rede war, sahen sie nicht eben aus. Was er statt dessen sah, waren Armut, Hunger und unverkennbare Zeichen von Mißhandlung. Männer, denen eine Hand fehlte, oder die Ohren. Frauen mit Striemen von Peitschen. Ein junges Mädchen mit verkrüppelten Beinen. Ein junger Mann, dem ein Auge ausgebrannt worden war. Die Kinder versammelten sich mit großen Augen und erwartungsvollem Lächeln um ihn, und als er die Spuren von Mißhandlungen auf ihren kleinen Leibern sah, senkte er die Lider. Er faltete die Hände zu einem kurzen stillen Gebet. Mehr als einmal hatte er für seine eigenen Leute gebetet. Man mußte wohl, erkannte er, ein wenig vorsichtig damit sein, wen man so in seine Gebete einschloß.

Er blickte auf und lächelte Robin an. »Die Wege des Herrn sind sonderbar«, sagte er ruhig. »Ich nehme an.«

Robin lachte, schlug ihm auf die Schulter und begann ihm das Wagengeschirr abzunehmen. »Ihr werdet Eure Entscheidung nicht bereuen, guter Mönch.«

»Das mag sein«, sagte Tuck. »Aber Ihr vielleicht.«

Die Nacht war bereits hereingebrochen, als Gisborne zögernd Nottingham Castle betrat. Er begab sich sogleich zum Sheriff. Er wußte, daß es nur um so schlimmer werden würde, je länger er mit seinem Bericht wartete. Er fand ihn schließlich beim Waffenschmied, dem er bei der Arbeit zusah. Er hatte die Rüstkammer zu seiner persönlichen Waffenschmiede gemacht, und seitdem wurde hier ohne Unterbrechung Tag und Nacht gearbeitet. Die Handwerker arbeiteten in Schichten für mehr Lohn, als sie sich je erträumen konnten, und das Feuer in der Schmiede brannte Tag und Nacht. Schon waren Schwerter und Rüstungen für ein größeres Heer, als Gisborne sich je vorzustellen gewagt hätte, fertig und bereit.

Er kam langsam durch Rauch und Funkenregen und entdeckte den Sheriff, wie er eben eigenhändig ein Schwert aus dem Härtungsfeuer zog. Die Klinge glühte weiß, als er sie prüfend schwang. Gisborne näherte sich ihm verlegen, doch noch wandte der Sheriff ihm den Rücken zu und sah ihn nicht.

»Ich bringe schlechte Nachrichten, Vetter«, sagte Gisborne ruhig. »Wir sind im Sherwood Forest in einen Hinterhalt geraten.«

Der Sheriff prüfte das Schwert mit einem Hieb auf den nächsten Amboß, daß die Funken flogen. »Spanischer Stahl, Vetter«, sagte er. »Viel härter als unsere Klingen. Irgendwelche Verluste?«

»Sehr viele. Genau gesagt, alle.«

»Und wieder einmal seid Ihr der einzige Überlebende, Vetter? Höchst interessant. Und das Gold?«

»Ist... verschwunden. Einfach vom Wald verschluckt.«

Jetzt erst wandte sich der Sheriff ganz um und sah ihn an. Er lächelte freundlich, nur seine Augen lächelten nicht mit. »Robin Hood?« fragte er.

»Waldmänner, alle ganz in Grün. Ich sah sie selbst.«

»Robin Hood also«, nickte der Sheriff bedächtig und nachdenklich. »Sagt, Vetter, wußtet Ihr, daß einst in alten Zeiten, als wir die Kunst des Stahlhärtens noch nicht kannten, ein Schwert dadurch gehärtet wurde, daß man es einem Sklaven in den Leib stieß? Es hat etwas mit der plötzlichen Temperaturveränderung zu tun. Wie man so hört, soll dies im Orient noch heute üblich sein. Natürlich haben wir hier heute wissenschaftlichere Methoden.«

Er legte Gisborne eine vertrauensvolle Hand auf die Schulter. »Mein lieber Vetter, wir müssen stark sein. Wir können es nicht zulassen, daß uns diese Waldmänner zum Narren halten.«

Sein Lächeln wurde noch etwas breiter, und er stieß Gisborne das glühende Schwert in den Leib und drehte es herum. Rauch und Dampf zischten aus der Wunde, während Gisborne mit offenem Mund lautlos niedersank und ein Schwall von Blut aus seinem Leib spritzte. Der Sheriff zog die Klinge wieder heraus. Gisborne fiel nach vorne in sein eigenes Blut, wo er still liegenblieb. Der Sheriff blickte auf ihn nieder und lächelte noch immer.

»Ich kann es nicht zulassen, daß einer meiner führenden Offiziere so kläglich versagt.« Er hielt das Schwert hoch und betrachtete es prüfend. »Gute Klinge. Hervorragender Stahl. Womöglich waren die alten Methoden doch die besten.«

Sehr früh am nächsten Morgen ritten zwei unter Kutten und Kapuzen verborgene Gestalten langsam auf einem laubbedeckten Pfad am Rande des Sherwood Forest entlang. Das gleichmäßige Getrappel der Hufe ihrer Pferde klang laut und deutlich durch die Morgenstille. Unsichtbar im Unterholz neben dem Weg folgten ihnen auf gleicher Höhe zwei andere Gestalten in Sherwood-Grün. Es waren Bull und Much, der Sohn des Müllers. Sie waren auf der Jagd gewesen, aber als sie auf die beiden Reiter stießen, zwei so verlockende Opfer, wollten sie lieber ihnen auf der Spur bleiben. Much war hoch aufgeschossen und schmächtig und nicht eben der hellste Kopf unter Robins Leuten. Aber wahrscheinlich kam er deshalb so gut mit Bull aus. Sie eilten den beiden Reitern ein Stück voraus und duckten sich hinter einer Biegung des Weges. Bull rückte ganz nahe zu Much heran und flüsterte ihm aufgeregt zu: »Du nimmst den links, und ich den rechts.«

»Gut«, sagte Much. »Welcher ist der linke?«

Bull schüttelte resigniert den Kopf und zeigte ihm seine rechte Faust, die er ihm dicht vor die Augen hielt. »Das da ist links, Schafskopf. Womit du ißt. Und rechts ist die andere, mit der du dir den Hintern kratzt. Weißt du eigentlich überhaupt nichts?«

»Klar habe ich es gewußt«, entgegnete Much hitzig. »Ich wollte dich nur prüfen.«

Bull hatte keine Zeit mehr für eine Antwort und gebot ihm Schweigen, als die beiden Reiter erschienen. Als sie vor ihnen waren, sprangen sie aus der Deckung und verstellten ihnen den Weg. Die Reiter zogen verblüfft die Zügel an, als die beiden Pfeile in ihre Bogen legten.

»Halt!« sagte Bull mit großer Geste. Das Pferd vor ihm scheute und stieg hoch. Die Kapuze seines Reiters fiel zurück. Es war eine Reiterin, eine schöne junge Frau. Nun warf auch der andere Reiter seine Kapuze ab, und zum Vorschein kam ein zweites Frauengesicht, wenn auch ein entschieden häßlicheres.

Bull grinste Much zu. »Was Tolles hast du da nicht.«

Much ignorierte das demonstrativ und stieß ein Knurren aus, das er selbst als furchterregend erachtete. »Eine kleine Spende, die Damen, wenn es beliebt.«

Die schöne junge Frau blickte verächtlich auf ihn nieder und mißachtete seine schußbereite Haltung. »Spende? Und wofür, wenn ich fragen darf?«

»Für die sichere Durchquerung des Sherwood Forest«, sagte Much. »Schrecklich unsichere Gegend hier. Alles mögliche kann passieren.«

»Ich bin Marian Dubois«, sagte sie eisig. »Sagt dir der Name nichts?«

Much sah Bull an, der aber ebenfalls achselzuckend verneinte. »Hier in Sherwood, Lady, sind alle gleich. Alle entrichten Wegezoll.«

»Nun gut«, sagte Marian mit gefährlich ruhiger Stimme, die jeden, der sie kannte, zum Zurückweichen veranlaßt hätte, »wenn ihr unbedingt eine Spende haben wollt, dann holt sie euch.«

Sie griff in ihr Gewand, als wolle sie ihre Börse hervorholen. Much ließ seinen Bogen sinken und kam begierig näher. Wie der Blitz packte sie ihn an den Haaren, drehte ihn herum und setzte ihm den Dolch, den ihr der Sheriff geschenkt hatte, an die Kehle. Inzwischen hatte Sarah, ihre Begleiterin, mit ihrer Stiefelspitze zugestoßen und den verblüfften Bull direkt auf die Nase getroffen. Er ließ seinen Bogen fallen, hielt sich seinen Riechkolben und tanzte vor Schmerz. Er blutete heftig und starrte mit großen, vorwurfsvollen Augen zu Sarah hinauf. Much, der genau spürte, wie der Dolch in die Haut seiner Kehle schnitt, zog es vor, regungslos zu verharren und keinen Ton von sich zu geben, um Marian Dubois nicht noch zu weiteren Handlungen zu provozieren.

Diese war auch recht ungehalten. »Du widerliche kleine Ratte!« fauchte sie ihn an. »Wie kannst du es wagen, uns zu belästigen!«

»Mach' nur meine Arbeit, Lady«, sagte Much und versuchte gewinnend zu lächeln.

»Ach, wirklich?« sagte Marian. »Und wer ist dein Herr, für den du diese Arbeit tust?«

»Robin Hood«, sagte Much mit soviel Würde, wie er wagte.

Marian blickte ihn lange nachdenklich an, und Much gefror fast das Blut in den Adern. Nach seiner Erfahrung dachten Leute, die einen auf diese Art ansahen, nur darüber nach, wie sie einem neue Schwierigkeiten machen konnten.

Doch dann sagte sie hoheitsvoll und mit kaltem Lächeln: »Bring mich zu diesem Robin Hood. Ich habe ihm ein paar Dinge mitzuteilen.«

Etwas später führten Bull und Much, der Sohn des Müllers, Marian und Sarah bis zum Rand einer üppig bewachsenen Schlucht nicht weit vom Lager der Waldmänner. Beide hatten sie verzweifelt versucht, Marian davon zu überzeugen, mit ihnen ins Lager zu kommen, doch sie hatte hartnäckig darauf bestanden, nur zu Robin direkt gebracht zu werden. Bull hatte sich seiner blutenden Nase erinnert und Much seiner angeritzten Kehle, und achselzuckend hatten sie Marians Begehr Folge geleistet.

Bull blieb am Abhang der Schlucht stehen und bedeutete Marian, nach unten zu sehen. Der Anblick, der sich ihr bot, war atemraubend. Ein hoher Wasserfall stürzte donnernd von einer Felsenklippe in ein Sammelbecken weit unten, das nicht ganz sichtbar war. Eingefaßt von der Schlucht, erschienen ihr der Wasserfall und das Sammelbecken wie ein völlig unberührtes Stück Natur, das diese vor den Aggressionen und Begierden der Menschen verbarg. Und dort unten im kalten dunklen Wasser badete ein Mann.

Robin Hood.

Nackt und allein in der ursprünglichen Landschaft, nicht gewahr, daß er beobachtet wurde, schien er mehr ein Wildtier zu sein als ein Mensch. Seine Muskeln waren kräftig und traten deutlich sichtbar hervor, und kein überflüssiges Gramm Fett weichte die kräftigen Linien seines Körpers auf. Sein Rücken war mit schlimmen Narben von Peitschen, Messern und heißen Eisen übersät. Auch auf der Brust und auf Armen und Beinen hatte er Narben. Daß er solche Wunden überlebt hatte, sagte über seine körperliche Stärke mindestens ebensoviel wie über seine seelische Kraft aus. Sie ertrug den Anblick eines derart mißhandelten Körpers nicht länger. Zum erstenmal begriff sie ein wenig von den schrecklichen Geheimnissen seiner Vergangenheit, durch die aus dem Knaben von einst, den sie gekannt hatte, der Mann dort unten geworden war.

Sie trat unwillkürlich einen Schritt zurück, als Robin ganz

unbefangen aus dem Wasser stieg und zu seinen Kleidern ging, die ordentlich zusammengefaltet auf einem Felsen abseits der Sprühgischt des Wasserfalls lagen. Sarah blickte züchtig zur Seite, doch Marian hing wie hypnotisiert an dem Anblick dieser selbstbewußten, in sich ruhenden Stärke und der Anmut seiner Bewegungen. Bull und Much grinsten anzüglich, nachdem sie gemerkt zu haben glaubten, woher der Wind wehte, hielten sich aber ansonsten stumm und reglos zurück. Erst als Robin wieder in mehr oder minder züchtigem Zustand war, räusperte sich Bull und rief nach unten in die Schlucht hinab:

»Robin! Hier ist Besuch!«

Robin blickte zu ihnen hinauf, schirmte die Augen mit der flachen Hand gegen die Sonne ab. Dann lächelte er breit, als er Marian erkannte. Er winkte ihr zu und kam dann sicher und gewandt rasch heraufgeklettert. Als er heftig atmend vor Marian stand, verspürte sie ein nicht unangenehmes Herzklopfen, und als sich ihre Augen begegneten, war sie sogar ein wenig verwirrt und vergaß ihre knappe und souveräne Rede, die sie sich auf dem Weg zurechtgelegt hatte.

»Was machst du denn hier?« stieß sie schließlich hervor.

Robins Lächeln wurde noch breiter. »Ich hör' mir den Rat einer Lady an.«

Im Lager der Waldmänner begann sich allmählich aus dem Chaos ein richtiges Dorf zu formen. Die Männer arbeiteten an Häusern und Verteidigungsanlagen, die Frauen bauten Kamine und Waschöfen, und dazwischen liefen überall Kinder herum. In regelmäßigen Abständen kamen Trupps aus dem Wald mit

Wild und Feuerholz zurück. In ihren grünen Kleidern sahen die muskulösen Gestalten mit den grün bemalten Gesichtern selbst wie ein Teil des Waldes aus. Wohin sie auch blickte, sah Marian rege beschäftigte Menschen. Bruder Tuck saß würdig mitten im Lager auf einem Baumstumpf, vor sich einen offenen Sack Korn und um sich herum zu seinen Füßen eine eifrige Menge Schüler.

»Dies hier«, sagte er soeben, »ist Korn.« Er nahm eine Handvoll aus dem Sack und ließ die Körner langsam zurückrieseln. »Jeder Narr kann es beißen, so wie es ist. Doch unser Herr hat es für eine göttlichere Art Verzehr ausersehen. Meine Freunde, ehren wir unseren Schöpfer, indem wir die edle Kunst des Bierbrauens damit praktizieren...«

Am anderen Ende der Lichtung übten sich Männer im Bogenschießen. Ihre Pfeile bohrten sich in Zielscheiben, die in groben Umrissen Menschenform hatten. Little John schoß gerade einen Pfeil mitten ins Schwarze und lachte laut darüber, stolz auf seinen Schuß. Er blickte wohlgefällig auf Wulf hinab, der wie immer unzertrennlich an der Seite seines Vaters stand.

»So, mein Lieber, nun laß uns mal sehen, wie genau du den Kerl triffst.«

Wulf zielte sorgsam und ohne Eile. Als er den Pfeil abschoß, fuhr er genau durch den seines Vaters und spaltete ihn entzwei. Little John brachte einen Moment lang den Mund nicht mehr zu. Dann röhrte er begeistert los und schlug seinem tüchtigen Sohn anerkennend die Pranke auf die Schulter. Er rief die umstehenden Waldmänner herbei, um ihnen diesen fabelhaften Schuß seines Sohnes zu zeigen, und war so stolz auf ihn, als sie sich alle um Wulf drängten, als habe er selbst diesen Prachtschuß getan. Alle waren voll des Lobes für Vater und Sohn und klopften Wulf so oft und kräftig auf die Schulter, bis ihm fast schwindlig war.

»Ein guter Schuß, Wulf«, lobte auch Robin von seinem Platz aus, wo er zusammen mit Marian ebenfalls zugesehen hatte. »Aber kannst du auch so gut zielen, wenn du einmal mitten im Getümmel nicht soviel Zeit und Ruhe hast? Könntest du es da auch, wenn es sein müßte?«

Er bedeutete ihm, es noch einmal zu versuchen. Wulf legte selbstbewußt einen neuen Pfeil ein. Er zielte schußbereit mit einem Auge. Robin beugte sich an seiner Seite etwas vor und blies ihm plötzlich ins Ohr. Wulf fuhr überrascht herum. Sein Pfeil flog weit am Zielkreis vorbei und traf gerade noch die Figur selbst. Little John schnaubte ungehalten und funkelte Robin vorwurfsvoll an.

»Und Ihr, könntet Ihr es denn?«

Robin lächelte Marian zu, trat vor und legte einen Pfeil auf seinen Bogen. Er spannte ihn. Little John stieß unvermittelt einen Schrei aus und klatschte in die Hände. Robin aber stand wie ein Fels, hielt den Bogen gespannt und blieb auf das Ziel konzentriert. Doch nun beugte sich Marian ganz unerwartet vor und blies ihm ihrerseits ins Ohr. Und Robin fuhr seinerseits herum und ließ den Pfeil sausen, und dieser flog nicht nur am Zielkreis vorbei, sondern traf nicht einmal den Baum, an dem die Zielscheibenfigur lehnte. Little John und die zuschauenden Waldmänner brüllten vor Lachen und stießen einander bedeutungsvoll an. Robin warf Marian einen vorwurfsvollen

Blick zu, aber auch sie lachte nur laut. Er versuchte, ernst zu bleiben, als würdiger Anführer seiner Leute, doch dann mußte er selbst breit und etwas verlegen grinsen.

Er führte Marian fort zu einer massiven alten Eiche am Rande der Lichtung. Hoch oben in ihrem weiten Geäst war eine einfache Hütte, zu der in den Baum gehauene grobe Stufen hinaufführten. Marian blickte sie zweifelnd an. Robin aber lächelte aufmunternd, und sie hob ihre Röcke und stieg mehr oder minder anmutig hinauf. Robin folgte ihr und wiegte bewundernd den Kopf. Die Stufen endeten auf einer geräumigen Plattform, wo sie kurz stehenblieben, bis Marian ein wenig durchgeatmet hatte. Sie besah sich das kleine Baumhaus und war nicht übermäßig beeindruckt.

»Geh hinein und sieh dich um«, sagte Robin. »Ich bin sicher, du findest den Aufstieg dann der Mühe wert.«

Sie ging trotzdem betont unbeeindruckt hinein, ein wenig so, als täte sie es lediglich unter Protest und rein aus Gefälligkeit. Im Inneren herrschte ein trübes Halbdunkel, aber es roch angenehm nach frisch behauenem Holz. Auf dem Boden befand sich ein halbes Dutzend Geldkassetten. Robin kam lässig hinter ihr herbei und öffnete sie eine nach der anderen. Marian bekam große Augen und rang entgegen ihrer Absicht angesichts der unglaublichen Menge Goldes vor sich wortlos nach Atem.

»Der Sheriff raubt es von den Armen zusammen«, sagte Robin. »Wir rauben es ihm wieder und geben es den Bedürftigen zurück.«

Marian schüttelte langsam und immer noch sprachlos den

Kopf. »Das viele Gold...« stammelte sie endlich. »Was hat das zu bedeuten?«

»Der Sheriff«, erklärte ihr Robin, »preßt all dieses Gold den Leuten ab, um damit die Feinde König Richards zu kaufen, damit sie sich gegen ihn erheben. Nicht alle Adeligen haben von selbst seine Partei ergriffen, aber denen, die schwankten, half das Gold dann um so schneller auf die Sprünge.«

Marian runzelte die Stirn. »Aber der Sheriff würde doch niemals wirklich den Thron des Königs in Frage stellen, oder?«

»Der König ist nicht in England«, sagte Robin. »Er könnte ihn leicht in seiner Abwesenheit verlieren.«

Marian starrte wieder auf das Gold und dann auf Robin. Er lächelte amüsiert. »Du dachtest wohl, ich behielte das alles für mich selbst, wie?«

Marian errötete verlegen. Peinlich berührt, daß er wieder einmal ihre Gedanken erraten hatte, griff sie in ihr Gewand und brachte den juwelenbesetzten Dolch des Sheriffs zum Vorschein.

»Hier. Als Spende für deine Sache.«

Robin starrte auf den fein gearbeiteten Dolchgriff und auf Marians zarte Hand. Ihre Finger zitterten kaum merklich. Er nahm den Dolch. Dabei berührten sich ihre Hände einen kurzen Moment lang, ehe Marian ihre Finger hastig zurückzog. Robin nahm sich das Locksley-Medaillon vom Hals.

»Ein so kostbares Geschenk verdient ein Gegengeschenk.«

»Nein, nein«, wehrte Marian ab. »Der Dolch bedeutet mir nichts. Ich meine...« Sie brach ab, weil ihr klar war, daß sie jetzt nicht die richtigen Worte finden würde. »Ich muß gehen.«

Sie eilte zur Tür und ließ Robin mit Dolch und Medaillon in den Händen stehen. Er errötete heftig und wünschte, er hätte die Situation klüger genützt. Erst wollte er den Dolch zornig in die nächste Goldkassette werfen, doch dann besann er sich und steckte ihn statt dessen in sein Gewand. Es gefiel ihm, ihn dort zu wissen und zu spüren, als habe er nun einen Teil Marians für immer nahe bei sich. Er runzelte die Stirn angesichts dieses Gedankens, hängte sich dann aber achselzuckend wieder sein Medaillon um, schloß die Deckel der Goldkassetten und folgte Marian nach draußen.

Auf der Plattform sah er, daß Marian bereits wieder den Baum hinabstieg. Sein Blick ging über die ganze Baumfestung hin, die sie hier gebaut hatten, über all die Hütten in den Kronen der Bäume und die Verbindungsbrücken und -plattformen. Es war ein gutes Gefühl zu wissen, was die Waldmänner und er hier geleistet hatten. Er lächelte, warf die Notstrickleiter nach unten und kletterte Marian rasch hinterher. Er hatte sie bald eingeholt und blieb den Rest des Abstiegs neben ihr. Sie sah kurz zu ihm herüber, dann aber bewußt weg, als sie das Wort ergriff und sich dabei Mühe gab, möglichst gelassen zu klingen.

»Glaubst du denn im Ernst, der Sheriff ließe dir das alles einfach durchgehen?«

»Zuerst einmal muß er mich finden«, sagte Robin leichthin. »Wir haben hier eine Grundregel. Wer den Weg zu unserem Lager einmal gesehen hat, darf nicht mehr fort. Das Leben zu vieler Menschen steht auf dem Spiel, um irgendwelche Ausnahmen zu gestatten.«

Sie kamen gemeinsam unten an. Marian wandte sich ihm lächelnd zu. »Ich weiß. Bull hat es mir gesagt. Genau deshalb haben Sarah und ich ja darauf bestanden, daß sie uns mit verbundenen Augen herbrachten.«

»Oh«, sagte Robin. Kurz blieb ihm der Mund offenstehen, doch dann hellte sich sein Gesicht wieder auf. »Nun, vielleicht möchtest du zum Essen bleiben?«

Marian lächelte. »Vielleicht.«

Die Nacht brach herein, und über das ganze Lager verbreitete sich Bratenduft, als die Waldmänner zu feiern begannen. Auf die Frage, was sie denn feierten, hätten sie ein halbes Dutzend Antworten gewußt, doch der eigentliche Grund war einfach, daß sie ihre Freiheit und den neuen Sinn ihres Lebens feierten, den Robin ihnen gegeben hatte. Die Musikanten spielten etwas, wozu man ebenso singen wie tanzen konnte, und wenn auch mehr Begeisterung als Können dabei war, so kümmerte dies niemand. Feurige Tänzer, unter ihnen auch Much und Sarah, wirbelten im Widerschein des Feuers herum.

Asim betrachtete sich die Tänzer schweigend. Er saß ein wenig abseits von den anderen. In seinen orientalischen Ohren klang diese Musik grob und ungeschlacht, doch die Gefühle der tanzenden Paare und den Ausdruck ihrer Gesichter konnte er durchaus nachempfinden. Nicht zum erstenmal wurde ihm schmerzhaft bewußt, wie weit er von seiner Heimat und denen, die er geliebt hatte, entfernt war. Eines der Kinder näherte sich ihm mit unverhohlen neugierigen Augen. Asim lächelte ihm zu. Es war die jüngste Tochter Little Johns.

»Hat dich der liebe Gott angemalt?« fragte das kleine Mädchen.

»Das wird es wohl sein«, antwortete Asim sanft. »Allah liebt es vielfältig.«

Er brach ab, als Bruder Tuck plötzlich heftig schimpfend aus der Dunkelheit auftauchte, seine Hand schwer auf die Schulter des Kindes legte und es mit kaltem Blick auf Asim fortzog. »Verdirb nicht die Ohren dieses unschuldigen Kindes mit deinen heidnischen Worten, oder du bekommst es mit mir zu tun! Du weißt nichts von unserem Gott!«

Asim sah ihn unverwandt an. »Ist mein Abraham nicht auch der deine?«

Tuck schnarrte ihn hochmütig an. »Versuche nicht, mich mit Tricks von des Teufels Zunge zu verwirren! Komm, Kind!«

Und er zerrte Little Johns kleine Tochter hinter sich her zum Lager zurück. Asim blickte ihm wortlos nach, aber es war keine Reaktion in seinem Gesicht zu erkennen, weder Zorn noch Betrübnis. Jedenfalls war niemand nahe genug bei ihm, um etwas dergleichen erkennen zu können.

Dann hörte die Musik abrupt auf. Die Musiker pausierten, um ihre trockenen Kehlen anzufeuchten, ehe sie weitermachten. Einer war bereits so angefeuchtet, daß er gerade noch aufrecht sitzen konnte. Neben ihm saß Duncan, der seinen augenlosen Kopf im Takt der Musik gewiegt und sich mit den Musikern den einen oder anderen Krug geteilt hatte. Für einen Blinden hielt er sich gut, jedenfalls bis er aufzustehen versuchte und seine Beine ihm nicht mehr gehorchten. Er fiel wieder zurück und begann laut zu schimpfen, daß ihm jemand ein Bein gestellt habe. In seiner Würde verletzt, schmollte er eine Weile vor sich hin, fand aber seine gute Laune wieder, als ihm einer der Musiker einen neuen Krug reichte.

Will Scarlet kam plötzlich in den Schein des Feuers getaumelt. Er hielt eine Laute vor sich, als sei sie eine Waffe, und ringsum im ganzen Lager erhob sich Protestgeschrei. Er ignorierte es souverän, nahm eine bedeutungsvolle Pose ein und begann seine Laute auf eine Art zu schlagen, als fürchte er, daß sie sich wehren würde.

Er verkündete mit großer Gebärde: »Ein Lied über... die Liebe!«

> *Sie war so jung und schön und prall,*
> *daß ich mein Herz ihr gab.*
> *Doch alles brachte sie zu Fall,*
> *die Hexe grub mir gar mein Grab.*
>
> *Denn was sie schien, das war sie nicht,*
> *und da, mein Freund, gib acht.*
> *Lügen und ein schön' Gesicht,*
> *damit wirst du verlacht.*

Als er fertig war, blieb er eine Weile herausfordernd vor Robin stehen, der Seite an Seite mit Marian saß. Ihre Arme berührten einander fast. Sie sahen dem Fest zu. Marian blickte Will lange nach, bis er schließlich wieder in der Dunkelheit auf der anderen Seite der Lichtung verschwand.

»Ein seltsamer Bursche«, murmelte sie stirnrunzelnd. »Was hat er gegen dich?«

Robin sagte achselzuckend: »Es ist nicht das erste Mal, daß er so etwas tut.«

Doch Marian merkte sehr wohl, daß ihm dies keineswegs ganz so gleichgültig war, wie er tat. Sie musterte ihn lange. Dann legte sie, fast gegen ihren eigenen Willen, ihre Hand auf seinen Rücken und sagte leise:

»Erzähl mir von diesen Narben.«

»Warum? Nur die Erinnerung an sie schmerzt noch.«

Marian aber wich seinem Blick nicht aus. »Weil ich gerne wissen möchte, wie ein einstmals arroganter junger Edelmann dazu kommt, an einem einfachen Leben und am Salz der Erde Genüge zu finden.«

Robin blickte langsam über das weite Lager der Waldmänner hin, beobachtete, wie die Menschen feierten und wußte, daß sich sein Stolz auf sie in seinem Gesicht widerspiegelte.

»Ich habe Ritter in voller Rüstung angesichts der ersten Anzeichen einer Schlacht in offene Panik ausbrechen sehen. Und ich habe gesehen, wie der niedrigste Knappe sich einen Speer aus dem eigenen Körper zog, um ein sterbendes Pferd zu verteidigen. Erlebnisse dieser Art verändern einen Menschen. Außerdem, wer sagt denn, daß ich an dem hier Genüge fände? Es ist nicht so, als hätte ich keine Pläne für meine eigene Zukunft.«

»Oh?« sagte Marian. »Größere Pläne?«

»Nein, für ein einfacheres Leben. Ein Heim, eine Familie... Liebe.«

Marian lachte leise. »Männer sprechen immer nur dann von Liebe, wenn sie ihren Absichten und Zielen dient. Tut sie das nicht, ist sie mit einem Mal eine Last für sie.« Sie blickte ihn forschend an, und obwohl ihre Stimme gleichmütig klang, waren ihre Augen doch sehr ernst. »Robin Hood, der König der Diebe... Ist er überhaupt zur Liebe fähig?«

Mit einem Mal hatte Robin einen Kloß im Hals. Der flakkernde goldene Widerschein des Feuers zitterte wie flüchtige Gedanken über ihr Gesicht, und er begriff, daß sie ihm nie schöner erschienen war als jetzt im Augenblick. Er streckte eine Hand aus und strich ihr eine Haarlocke aus der Stirn.

»Er ist bereit, sich prüfen zu lassen, Lady.«

Er rückte noch näher zu ihr, und sie bewegte sich nicht. Ihr Gesicht näherte sich dem seinen, und er konnte ihren Atem auf ihren Lippen spüren.

Doch in diesem Augenblick zerriß ein angstvoller Schrei den Zauber. Marian sah weg. Robin verwünschte den Augenblick. Wulf kam tränenüberströmt zu seinem Vater gerannt.

»Komm schnell! Mutter stirbt!«

In Little Johns enger Hütte wand sich Fanny in Agonie auf ihrem rauhen Bett aus Lumpen und Decken. Sie war im achten Monat schwanger. Bei ihr saß Bruder Tuck und spendete ihr Trost, so gut er konnte. Er sah Little John ausdruckslos an, als er gefolgt von Robin und Marian hereingestürmt kam.

»Das Kind kommt zu früh«, sagte er ruhig und versuchte, sich seine Besorgnis nicht anmerken zu lassen. »Ich fürchte, es gibt Komplikationen.«

Fanny schrie auf, als die Wehen erneut heftig einsetzten. Little John war rasch bei ihr und nahm ihre Hand.

»Ruhig, mein Mädchen«, sagte er, »es wird alles gut.«

Fanny aber schüttelte den Kopf. Sie war erschöpft und litt Schmerzen. Ihr Gesicht war schweißnaß. »Diesmal ist es nicht wie sonst, John. O Gott, es tut so weh!«

Jetzt kniete sich auch Marian neben sie und legte ihr sanft die Hand auf die Stirn. Sie war sehr heiß, und das machte ihr Sorgen. Doch auch sie bemühte sich, gelassen und beruhigend zu wirken. »Nur Mut, Mutter.«

In der Tür erschien nun auch Asim. Robin bedeutete ihm mit lebhaften Gesten, einzutreten. Tuck zeigte zwar Anzeichen von Unmut, aber er blieb angesichts der Autorität Robins, wenn auch widerwillig, ruhig. Robin lächelte Little John aufmunternd zu. »Mein Freund hier hat Kenntnisse in der Medizin und Heilkunst.«

Asim bedeutete allen, vom Bett zurückzutreten und kniete neben Fanny nieder. Tuck grummelte sofort wieder und achtete auf jede seiner Bewegungen. Asim ignorierte ihn einfach. Er lächelte Fanny ermutigend an und zog die über ihr liegende Decke zurück. Auf ihrer bloßen Brust und ihren Schultern saßen ein Dutzend schwarze, schleimige Würmer.

Asim knurrte böse. »Bei Allah, Blutegel! Ihr Barbaren, wollt ihr sie ganz umbringen?«

Er begann die Egel von ihrer Haut zu lösen. Dünne Blutgerinnsel liefen aus den winzigen Bißwunden, aus denen die Egel gesaugt hatten. Tuck aber packte ihn und versuchte ihn wegzuzerren.

»Laß sie dort, Wilder! Rühr sie nicht an!«

Asim schüttelte ihn mit genug Kraftaufwand von sich ab, daß der Klosterbruder zurücktaumelte, und entfernte auch die letzten Blutegel, warf sie zu Boden und zertrat sie. »Blut ist wie Luft. Wenn sie zuviel verliert, sterben sie beide, das Kind und sie.«

Little John sah Robin hilfesuchend an, der nachdrücklich nickte und nur hoffte, daß Asim wirklich das Richtige tat. Asim untersuchte Fannys Bauch mit sanften Händen und sah sie dann mitleidig an. »Euer Baby hat sich nicht gedreht. Ohne Hilfe kann es nicht zur Welt kommen.«

Fanny faßte nach Little Johns Hand, doch er war wie gelähmt vor Angst und Verwirrung. Tuck kam wieder herbei und redete beschwörend mit vor Erregung zitternder Stimme auf Robin ein.

»Ihr könnt diesem Mann nicht vertrauen! Er entstammt der Teufelsbrut und ist zu uns geschickt worden, um uns zu verderben! Hört nicht auf ihn! Er wird sie töten!«

»Sie wird ganz sicher sterben«, sagte Asim ruhig und sachlich, »wenn ihr nicht auf mich hört! Und das Kind ebenfalls!«

Fanny schrie unter einer neuen Wehe auf. Little John suchte erneut flehend Rat bei Robin, der ihm fest die Hand auf die Schulter legte.

»Der gute Mönch, John, hat bereits alles getan, was er tun konnte. Laß es den Mauren doch einmal versuchen. Ich vertraue ihm.«

Little John sah Fanny fragend an, und sie nickte sofort heftig, unfähig zu sprechen. John schluckte schwer. »Also gut.«

»Dann tragt ihr die Verantwortung für ihren Tod!« erregte sich Bruder Tuck. »Ich habe euch gewarnt! Mein Gewissen ist rein!«

Little John griff nach Tucks Kutte und zog ihn eng zu sich heran, bis sie einander fast mit der Nasenspitze berührten. »Halt jetzt den Mund, Tuck. Halt einfach nur deinen gottverdammten Mund!«

Damit ließ er ihn los. Tuck stürmte aus der Hütte. Niemand beachtete ihn weiter. Asim wandte sich ruhig und geschäftsmäßig an Marian.

»Bringt mir eine Nadel, Faden, Wasser, ein scharfes Häutemesser und Aschenglut. Rasch.«

Marian nickte und eilte davon. John sah Asim in heller Angst an. Robin nahm ihn sanft am Arm und überredete ihn gütlich, draußen zu warten. Er schloß die Tür hinter ihm und bedeutete Asim, zu ihm zu kommen. Sie steckten die Köpfe zusammen und sprachen eine Weile leise miteinander.

»Wieso ein Häutemesser?« fragte Robin. »Was zum Teufel hast du vor?«

Asim sah ihn durchdringend an. »Das Kind muß mit dem Messer herausgeholt werden. Es ist die einzige Möglichkeit.«

Robin schüttelte langsam den Kopf. »Ich habe davon schon gehört, aber es nie gesehen. Hast du es schon einmal gemacht?«

»Ich habe es oft gesehen. Bei Pferden.«

»Bei Pferden?« Robin erhob unwillkürlich seine Stimme, doch er beherrschte sich wieder, bevor er Fanny in Unruhe versetzte. »Asim, ist dir klar, daß Little John dich umbringen wird, wenn Kind und Mutter sterben? Und ich könnte nichts tun, um dich davor zu schützen.«

»Das weiß ich schon«, sagte Asim. »Aber es muß getan werden, sonst sterben sie beide sowieso.« Er blickte sich hastig um, als Marian wiederkam. Sie hatte alles, was er verlangt hatte. Asim legte die Sachen nacheinander neben sich und nickte schließlich beifällig. »Robin, halte die Frau fest.«

Er erhitzte das Messer in der roten Aschenglut, während Marian Fanny ein Stück Holz zwischen die Zähne schob, damit sie darauf beißen konnte. Asim wartete, so lange es ging, und holte das Messer dann aus der Glut. Es glühte mattrot. Robin faßte Fanny fest an den Schultern, und Marian hielt ihren Kopf.

»Das tut jetzt weh, Lady«, sagte Asim sanft. »Aber es geht vorbei, und Ihr werdet es vergessen. Seid Ihr bereit?«

Fanny nickte rasch und schloß fest die Augen, als Asim näher kam.

Draußen vor der Hütte lief Little John nervös auf und ab. Wulf wich wie sein Schatten nicht von seiner Seite. Einige Familien hatten sich in der Nähe stumm niedergelassen, um John durch ihre Anwesenheit Mut zu machen. Aus der Hütte drangen Gestöhn und Rufe, die sich plötzlich zu wilden Schreien steigerten. Little John blieb wie angewurzelt stehen.

»Hörst du jetzt endlich auf mich?« drang Bruder Tuck erneut auf ihn ein. »Der Barbar bringt sie um!«

Little John ging unsicher auf seine Hütte zu. Wulf versuchte ihn zurückzuhalten. Dann hörten die Schreie plötzlich auf und wurden von einer anderen Art von Schreien abgelöst. Den krähenden ersten Schreien eines neugeborenen Babys.

Drinnen in der Hütte murmelte Asim pausenlos auf arabisch vor sich hin, während er Fanny versorgte, die schließlich ohnmächtig geworden war. Robin reichte Marian das blutverschmierte strampelnde Kind. Sie wickelte es rasch in Decken. Ihre Blicke trafen sich über dem schreienden Bündel, und in diesem Augenblick schwebte etwas zwischen ihnen, das mehr war als nur das gemeinsame Erlebnis einer Geburt. Dann sah Marian gleich wieder zur Seite und wiegte das weinende Kind. Robin ging zurück zu Asim, der immer noch über die Ohnmächtige gebeugt war.

»Ist sie tot?« fragte er ruhig.

»Nein, nur ohnmächtig vor Schmerz und Schock. Sie wird es überleben. Sie ist stark. Bei Allah, ja, sie ist stark.« Er sah zu ihm auf und lächelte. »Stark wie eine maurische Frau. Da, sieh, sie bewegt sich schon wieder.«

Marian legte Fanny vorsichtig ihr Kind auf die Brust, und es war das erste, was sie erblickte, als sie die Augen wieder öffnete. Marian lächelte ihnen beiden zu.

»Euer Sohn, Lady.«

Little John ging mit seinem Baby voller Stolz im ganzen Lager herum, um es allen zu zeigen. Daß er nicht tanzte, war alles. Alle jubelten, und er freute sich und war so stolz, als hätte er die ganze Arbeit allein vollbracht. Bruder Tuck saß immer noch reglos vor Johns Hütte. Er hatte sich die ganze Zeit nicht von der Stelle bewegt. Als Asim erschöpft und blutverschmiert aus der Hütte kam, sprang Tuck auf und kam mit ernstem Gesicht auf ihn zu. Asim blieb stehen und erwartete ihn. Stille trat ein, und aller Augen richteten sich auf sie. Robin sah im Hintergrund angespannt zu und hielt sich bereit, im Fall des Falles einzugreifen. Tuck blieb vor Asim stehen; so standen sie sich gegenüber und sahen einander eine ganze Weile lang nur stumm an.

»Heute an diesem Tag«, sagte Tuck schließlich, »hat mir Gott eine ordentliche Lektion erteilt.« Er streckte Asim die Hand hin. Asim sah sie an. Tuck zog sie nicht zurück. »Bitte. Es wäre mir eine Ehre.«

Nun nickte Asim und nahm die Hand des Mönchs. Und Tuck lachte aus vollem Herzen und zog den verblüfften Araber zu einer herzhaften Umarmung an seine Brust.

»Komm mit, mein Barbarenfreund«, rief er, als er ihn wieder losließ, »wir machen jetzt zusammen ein Faß auf, du und ich, und ich werde tun, was ich nur kann, um deine Heidenseele zu erretten!«

»Ach«, wandte Asim rasch ein, »meine Religion erlaubt es nicht, daß...«

»Papperlalapp!« rief Tuck. »Bruder, dieses Getränk hat unser Gott gebraut, verstehst du?« Er blickte sehr ernst. »Und du wirst doch nicht wagen, sein Werk zu beleidigen?«

Asim lächelte. »Nun ja, wenn Ihr es so ausdrückt...«

Alle riefen und applaudierten, als Tuck und Asim sich auf den Weg zum heiligen Bier machten. Die Musiker begannen noch wilder zu spielen als zuvor, und auch der Tanz begann wieder.

Marian stand am Rand des großen Feuers und sah zu. Sie war noch immer voller Blut. Jemand räusperte sich diskret und höflich hinter ihr. Als sie sich mit einem wissenden Lächeln umdrehte, weil sie Robin erwartete, sah sie sich indessen zu ihrer Überraschung Will Scarlet gegenüber, der verlegen vor ihr stand. Seit seinem wenig erfolgreichen Versuch als Troubadour hatte er sich hergerichtet und sah tatsächlich ganz ordentlich aus. Er war groß und dunkelhaarig, ein gutaussehender Mann, der Robin in mancher Hinsicht gar nicht unähnlich war. Er bot ihr auf eine Art, die man fast schon charmant nennen konnte, eine Blume an.

»Wenn Ihr gestattet, Lady, dürfte ich Euch um diesen Tanz bitten?«

Marian lächelte ihn an und suchte krampfhaft nach einem Weg, höflich abzulehnen, als sie hinter ihm bereits Robin auftauchen sah. Sie war erleichtert. Will Scarlet bemerkte es und drehte sich rasch um. Als er Robin erkannte, erstarrte er. In seinem Gesicht regte sich etwas Gefährliches. In Marian spannte sich alles an.

Doch Robin lächelte nur leichthin. »Die Dame ist schon vergeben, Will.«

Marian lächelte Will Scarlet noch einmal bedauernd zu. Er nickte langsam und mit nachdenklichem Blick, als hätte er das alles ohnehin gar nicht anders erwartet. Er wandte sich ab und ging in die Dunkelheit davon, ignorierte Robin, hielt aber seine Blume noch immer in der Hand. Sie sahen ihm kurz nach, um dann die Welt ringsum zu vergessen. Marian strich Robin eine Blutspur von der Wange. Dann trafen sich ihre Blicke, und ihr Atem wurde heftiger. Und dann lachte Robin auf einmal, hob Marian hoch und sprang mit ihr mitten unter die Tänzer, und nun war es nicht mehr nötig, noch irgend etwas zu sagen.

Langsam stieg die Dämmerung aus den über dem Flußufer hängenden frühen Morgennebeln auf. Der Tag war noch still, aber er trug die Erwartung kommender Dinge in sich. Schwäne glitten majestätisch vorüber, erschienen und verschwanden im Nebel wie Geister. Ein einfaches Floß wartete am Ufer mit einem alten, in dicke Gewänder eingehüllten Fährmann. Sarah führte die Pferde auf das Floß, während Robin Marian die Uferböschung heruntergeleitete. Marian betrachtete das Floß prüfend und sah dann Robin fragend an.

»Wieso muß es damit sein?«

»Damit du den Weg zurück nicht findest«, sagte Robin. »Oder gezwungen werden kannst, ihn anderen zu verraten.« Er faßte wieder in ihr Gesicht, um ihr erneut die eine widerspenstige Haarlocke, die ihr stets in die Stirn fiel, zurückzustreichen. »Es war schön, dich zu sehen, Marian.«

Sie lächelte. »Es war schön, gesehen zu werden.«

Sie hätten sich wohl noch mehr zu sagen gehabt, doch hinter ihnen kam das Geräusch von Bull, der Duncan und Robins weißes Pferd zum Ufer herabführte, und der Moment war vorüber. Duncan sah verwirrt und noch unglücklicher als sonst aus.

Robin ergriff Marians Hand.

»Ich habe zwei Bitten an dich.«

»Nur zwei?« lächelte Marian schelmisch. »Nun gut, lieber Sir, nennt mir die erste.«

»Nimm Duncan mit zu dir«, sagte Robin. »Ich fürchte für

seine Gesundheit und seine Sicherheit angesichts dessen, was uns hier bevorstehen mag. Gib ihm zu essen und halte ihn warm. Meine Familie steht tief in seiner Schuld.«

Duncan griff blind nach Robins Arm, als Bull ihn zum Floß führte. »Master Robin, Ihr wünscht, daß ich Euch verlasse?«

»Mein alter Freund«, sagte Robin sanft, »ich brauche dich, um Lady Marian nach Hause zu geleiten. Ich fürchte um ihre Sicherheit in diesen unruhigen Zeiten.«

Duncan entspannte sich ein wenig und nickte verständnisvoll. »Aber selbstverständlich, Master Robin.«

Bull führte ihn weiter zum Floß. Marian sah Robin fragend an. »Und die zweite Bitte?«

Robin war nun sehr ernst. »Du bist die Cousine des Königs. Du kannst ihn über die Pläne des Sheriffs benachrichtigen. Dir würde er glauben.«

Marian blickte ihn genauso ernst an. »Wenn ich etwas dergleichen täte und der Sheriff davon erfahren würde, könnte ich alles verlieren, was ich besitze. Es gibt Menschen, die von mir abhängig sind.«

»Willst du es für den König tun?«

»Nein. Aber für dich.«

Sie küßte ihn rasch und wandte sich dann schnell ab, um zum Floß zu gehen, wo sich Sarah bereits ihre Augenbinde zurechtrückte. Duncan lächelte freudig erregt, als er Marian hörte, wie sie neben ihn trat.

»Er liebt Euch, Mylady«, sagte er ganz ruhig. Er spürte ihre Überraschung und lächelte wieder. »Ich mag blind sein, aber manche Dinge kann ich nach wie vor sehen.«

Marian sah zum Ufer hin und hielt ihre Augenbinde noch in der Hand, als der Fährmann das Floß sanft vom Ufer abstieß.

Robin stand dort und sah ihnen nach. Ihre Blicke fanden sich, und sie ließen sich nicht mehr los, bis der Frühnebel sie getrennt hatte.

Verrat

Marian wartete ungeduldig auf den Bischof. Sie lief in seinem Amtszimmer hin und her und warf jedesmal, wenn draußen ein Geräusch hörbar wurde, erwartungsvolle Blicke zur Tür. Sie atmete tief durch, um sich zu beruhigen, und hielt den Brief, den sie geschrieben hatte, an die Brust gepreßt, als habe sie Angst, jemand könne plötzlich zur Tür hereinstürmen und ihn ihr entreißen. Schließlich zwang sie sich, nicht mehr hin und her zu laufen und setzte sich auf einen der geradezu sündhaft bequemen Stühle. Es würde wenig nützen, wenn der Bischof sah, wie nervös sie war. Er könnte anfangen, sich Gedanken über den Inhalt des Briefes zu machen. Schlimm genug, daß sie, um dem König eine Botschaft zu schicken, ihr Leben riskierte. Und wenn sie damit auch noch das Leben irgendeines Unschuldigen gefährdete, würde sie sich das niemals vergeben.

Um sich abzulenken, sah sie sich in dem großen Arbeitszimmer um und entdeckte, daß sie es mit neuen Augen betrachtete. Es gab eigentlich nichts Ungewöhnliches in diesem Raum, nur die üblichen Einrichtungsgegenstände und die dicken Teppiche, die den Boden von einer Wand bis zur anderen bedeckten. Einfach die Gegenstände, die man in dem Haus eines Mannes von adeliger Geburt erwartete; von einem Mann von Vermögen und Einfluß.

Sie erinnerte sich daran, wie die Waldleute im Sherwood Forest lebten, und an ihre Erzählungen von ihrem einfachen armen Leben unter der Knute des Sheriffs. Jetzt sah sie angesichts der Teppiche und teuren Möbel nur noch, wie viele Nahrungsmittel und andere notwendige Dinge des täglichen Lebens für sie und andere Bedürftige damit hätten gekauft werden können. Allein der Tisch kostete sicher soviel wie der Lebensunterhalt einer ganzen armen Familie für ein ganzes Jahr. Der Kristalldekanter und der Wein darin könnten eine Familie für den Winter kleiden...

Unbehaglich riß sie sich von der Richtung los, in die ihre Gedanken sie da führten. Aber hatten die Reichen wirklich das Recht zu prassen, während die Armen hungerten?

Die Tür ging auf und machte ihrem Sinnieren ein Ende.

Fast dankbar für die Unterbrechung, erhob sie sich beim Eintreten des Bischofs, kniete vor ihm nieder, küßte seinen Ring und überreichte ihm ihren Brief. Der Bischof nahm ihn und zog andeutungsweise eine Braue hoch, als er sah, daß er bereits mit rotem Wachs und dem Siegel der Familie Dubois verschlossen war. Er sah Marian fragend an, aber sie hielt seinem Blick stand.

»Dies ist eine persönliche Angelegenheit, mein Lord, aber eine von vitaler Wichtigkeit. Er muß heute noch abgehen, und ich wüßte niemanden sonst, dem ich so vertrauen könnte wie Euch.«

»Ich verstehe, meine Tochter«, sagte der Bischof. Er drehte den Brief immer wieder in seiner beringten Hand, als suche er nach einem Anzeichen für seinen Inhalt. Dann lächelte er ihr aufmunternd zu. »Ich werde den Brief meinem vertrauenswürdigsten Kurier mitgeben. Er wartet bereits draußen.«

Er rief durch die offene Tür. Der Kurier trat ein und verbeugte sich tief und förmlich vor dem Bischof und Marian. Er sah professionell, aber anonym aus, wie alle seiner Art. Als jemand, der früher oder später irgendwann auch einmal eine schlechte Nachricht zu überbringen haben würde, machte es sich bezahlt, nicht übermäßig wahrgenommen zu werden. Der Bischof übergab ihm den Brief. Er steckte ihn, ohne ihn weiter anzusehen, in seine Ledertasche. Marian trat zu ihm und musterte ihn ernst.

»Reist sofort damit nach Frankreich. Übergebt den Brief allein dem König persönlich, niemandem sonst. Ist das nicht möglich, müßt Ihr ihn vernichten.«

Der Kurier verbeugte sich noch einmal stumm und völlig ausdruckslos vor ihr. Marians Mund wurde schmal. »Und noch etwas. Meine Hausdame Sarah wird Euch begleiten.«

Der Kurier sah leicht erstaunt zum Bischof hin, der seinerseits etwas verwundert die Augenbrauen hochzog. »Meine Liebe, ob das klug ist? Ich kann für ihre Sicherheit nicht garantieren. Die Reise ist ganz und gar nicht ungefährlich.«

»Ich bin Euch dankbar für Eure Sorge«, sagte Marian, »aber Sarah ist eine ausgezeichnete Reiterin und kann sehr gut auf sich aufpassen. Ich muß ausdrücklich darauf bestehen, daß sie Euren Kurier begleitet.«

Der Bischof runzelte bei dem Wort ›ausdrücklich‹ erneut die Stirn, nickte und lächelte aber schließlich. »Also gut, wie Ihr wünscht, meine Tochter.«

Sarah und der Kurier verließen die Residenz des Bischofs schon in der nächsten Stunde. Marian sah ihnen nach, bis sie in der Ferne verschwunden waren. Was sie nicht sehen konnte, war, daß der Kurier nach einiger Zeit unvermittelt sein Pferd zügelte und anhielt. Sarah fragte ihn, was denn mit ihm sei. Der Kurier erklärte ihr, sein Pferd habe sich wohl ein Bein vertreten. Als Sarah sich hinunterbeugte, um sich das Bein näher zu betrachten, versetzte er ihr einen heftigen Schlag ins Genick. Sie fiel bewußtlos in den Schlamm am Wegesrand und blieb reglos liegen. Der Kurier lächelte knapp und ritt den Weg zurück, den er gekommen war.

In den Privatgemächern des Sheriffs auf Nottingham Castle standen sechs seiner besonders ausgewählten Barone im Halbkreis um einen langen, mit einem Tuch bedeckten Tisch herum. Unter dem Tuch war etwas verborgen, das nicht erkennbar war. Sowohl der Sheriff wie die Barone trugen die Robe der Teufelsanbeter, einige mit größerer Selbstverständlichkeit als andere. Sie sangen ein rauhes, dissonantes Lied, das bei weitem älter war als selbst die Sprache, in der sie es sangen. Hätten sie geahnt, wen und was dieses Lied ursprünglich besungen hatte, hätten sie sich möglicherweise doch ein anderes für ihr Ritual ausgesucht. Doch für sie war dieses Teufelsanbeterzeremoniell wenig mehr als ein Mittel zur Macht, und den Sheriff selbst kümmerte dergleichen am allerwenigsten.

Schließlich waren sie mit dem Gesang und dessen Gelöbnissen zu Blut und Blasphemie zu Ende, und der Sheriff trat zu ihnen, um jedem einzelnen eine kleine goldene Schatulle zu überreichen. Einer nach dem anderen öffnete das Geschenk, um dann den Sheriff anzublicken. Baron Forester drehte seine Schatulle einfach um, so daß einige hundert Goldstücke klingend auf den Steinboden fielen. Er ließ seinen Blick dabei keine Sekunde vom Sheriff und sagte kein Wort, bis der Klang auch der letzten Münze verhallt war. Er hatte in vielen Schlachten gekämpft und besaß die Fähigkeit, wie ein echter Soldat in stillem, beherrschten Zorn zu schweigen.

»Was«, sagte er schließlich, »soll das bedeuten?«

»Eine Anzahlung«, sagte der Sheriff.

Nun schnaubte auch Baron Whitehead verächtlich. »Ihr habt uns Wagenladungen Gold versprochen. Sind Eure anderen Versprechungen ebensowenig vertrauenswürdig?«

Der Sheriff sah ihn einen Moment lang an, als wolle er sich das breite, rosige Gesicht des Barons besonders einprägen, wandte sich dann wieder von ihm ab und zog das Tuch vom Tisch. Es enthüllte ein dreidimensionales Modell von England, Wales und Schottland, eingefaßt in ein großes Pentragramm.

»Es gibt größere Dinge als Gold«, sagte der Sheriff. »Ich biete Euch mehr Land und Macht an, als ihr Euch jemals habt träumen lassen. Wenn ich in England regiere, wird diese Insel unter uns sieben hier aufgeteilt werden. Ich biete Euch ganz Wales, Cornwall mit all seinem Zinn und Silber und Schottland, um dort wie Könige zu herrschen. Was ist damit verglichen schon Gold?«

Die Barone sahen einander an. Baron Leicester knurrte laut und zog ein wenig überzeugtes, finsteres Gesicht. »Ihr wollt uns für diesen Verrat rekrutieren und schafft es nicht einmal, Euer Gold durch Euren eigenen Wald zu transportieren.« Er blickte beifallheischend von einem der Barone zum anderen. »Meine Lords, warum sollten wir Leib und Leben für einen Mann riskieren, der nicht einmal mit einem gemeinen Banditen fertig wird, der ihm das eigene hübsche Gesicht zernarbt hat?«

Diese Bemerkung brachte alle zum Lächeln. Einige kicherten sogar hörbar. Der Sheriff fuhr sich unwillkürlich mit der Hand an die Wange. Doch er behielt seine Beherrschung.

»Kein schlechtes Argument, mein Lord, zugegeben. Wie kann ich ganz England beherrschen, wenn ich meine eigene Grafschaft nicht unter Kontrolle habe? Die Antwort darauf aber ist einfach. Für besondere Probleme muß man sich besondere Leute holen. Ordred, du kannst jetzt hereinkommen.«

Die Tür öffnete sich, und die Barone sahen sich überrascht um. Eine riesige Gestalt füllte den ganzen Türrahmen und mußte sogar den Kopf senken, um nicht oben anzustoßen. Der Fußboden schien unter den schweren Schritten dieses Hünen zu zittern. Die Barone rangen sichtlich nach Luft. Sie rückten unwillkürlich enger zusammen, als der Mann auf sie zukam und vor ihnen stehenblieb, ein Koloß von Mensch in schwarzer Rüstung. Sein Helm hatte andeutungsweise die Form eines Drachenkopfes. Er hob das Visier, und ein flaches, breites, primitives Gesicht kam darunter zum Vorschein, beherrscht von tiefen Stammesnarben auf den Wangen und von kalten, wilden, stechenden Augen.

»Großer Gott!« stammelte Whitehead schließlich und vergaß völlig, wo er war. »Ein Kelte! Wollt Ihr uns tatsächlich mit diesen Wilden verbünden?«

»Und warum nicht?« antwortete der Sheriff. »Wen besser könnte man den Gesetzlosen entgegenstellen? Ordred und seine Leute sind bereit, mir mein Gold wiederzubringen. Und dazu die Köpfe derer, die es mir geraubt haben.«

Baron Forester betrachtete sich den hünenhaften Kelten und versuchte mit sichtbarer Anstrengung, unbeeindruckt zu wirken, wie es einem alten Soldaten geziemte.

»Wozu sind diese... Söldner fähig, das unsere eigenen Leute nicht vermöchten?«

Der Sheriff sah den keltischen Häuptling an, der daraufhin ohne Eile zum offenen Feuer hinüberging, das gegen die Herbstkühle, die bereits durch alle Ritzen der Burg zog, entfacht worden war. Er griff hinein, holte eines der brennenden Scheite mit der bloßen Hand heraus und hielt es den Baronen entgegen. Die beiden, die ihm am nächsten standen, wichen unwillkürlich einen Schritt zurück, um danach so unbeteiligt dreinzublicken, als hätten sie eben dies nicht getan. Ordred nahm nun das brennende Holz in die andere Hand und hielt es auch dort gut fünf Sekunden lang, ohne mit der Wimper zu zucken, ehe er das immer noch brennende Scheit wieder ins Feuer zurücklegte. Von seiner Hand dampfte es, doch er zeigte nicht das geringste Anzeichen von Schmerz. Stille hatte sich über den Raum gesenkt, das Baron Leicester jetzt bewußt mit einem abschätzigen Schnauben brach.

»Wie wollt Ihr diese Wilden denn entlöhnen, Nottingham, da Ihr doch kein Gold habt?«

Der Sheriff lächelte überlegen, locker und unbeeindruckt. »Noch ein ganz gutes Argument, mein Freund. Ihr scheint sehr talentiert zu sein, die Schwachstellen meiner Pläne zu erkennen. Was ich tun werde? O ja, das weiß ich sehr gut.«

Er griff wie nebenbei hinter sich und nahm ein reichgeschmücktes Schwert von der Wand, schwang es plötzlich heftig in weitem Bogen und hieb es Leicester mit voller Wucht in den Hals. Die Wucht des Schlages warf den Baron an die Wand, aus seiner tiefen Wunde schoß ein Blutstrahl. Er starrte den Sheriff in ungläubigem Entsetzen an und griff mit beiden Händen nach seiner Wunde, als könne er sie so irgendwie schließen. Doch das Blut sprudelte nur zwischen seinen Fingern hervor. Der Sheriff lächelte ihn kühl an und hielt das Schwert für einen zweiten Streich bereit. Der Baron sackte zusammen. Der Sheriff führte seinen zweiten Streich mit voller Wucht. Er hieb dem Baron den Kopf von den Schultern, der im hohen Bogen durch den Raum flog und auf dem Modell Englands auf dem Tisch landete und die aufgebauten Hügel und Flüsse mit seinem Blut rot färbte. Die anderen Barone wichen unter entsetzten Aufschreien zurück und erstarrten im Schock, als Leicesters Kopf sie mit glasigen Augen anblickte. Einige wandten sich zur Flucht, doch der Kelte stand bereits an der Tür und versperrte ihnen den Weg. Wie ängstliche Kinder starrten sie sich ratlos an, bis sie sich endlich zögernd wieder einigermaßen gefaßt hatten, um sich dem Sheriff zuzuwenden, der, auf sein Schwert gelehnt, gelassen lächelte und nicht einmal heftiger atmete als gewöhnlich. Er hatte Blut im Gesicht, machte aber keine Anstalten, es abzuwischen.

»Ich habe stets die direkte Methode bevorzugt, mit Problemen fertig zu werden«, erklärte er überlegen. »Einschließlich Robin Hood. Hat dazu sonst noch jemand etwas vorzubringen?«

Die Barone verneinten stumm.

»Schön«, sagte der Sheriff. »Ich freue mich sehr, die Gelegenheit zu dieser kleinen Unterhaltung mit den Herren gehabt zu haben. Wünscht vielleicht noch jemand irgendwelche Erklärungen abzugeben, bevor wir auseinandergehen?«

Die Barone blickten einander noch einmal an, und schließlich räusperte Forester sich nervös. »Auch wenn Ordred und seine Leute das Gold zurückbringen und mit den Waldleuten aufräumen, müßt Ihr immer erst noch königlich heiraten, bevor wir offen handeln können.«

Baron Whitehead nickte eifrig. »Erst dann werdet Ihr legitimen Anspruch auf den Thron erheben können, und erst dann werden die meisten der einflußreichen Männer zu uns stoßen, die bis dahin weder durch Gold noch durch Versprechungen zu gewinnen sind.«

Der Sheriff von Nottingham lächelte auch dazu souverän. »Keine Sorge, meine Freunde. Auch was dies betrifft, habe ich bereits meine Pläne.«

Marian Dubois fuhr aus unruhigem Schlaf hoch. Sie glaubte fest, etwas gehört zu haben. Sie setzte sich in ihrem Bett auf und sah sich unsicher um. Der durch das Fenster hereingefallene Mondschein zeigte ihr, daß sich niemand in ihrem Gemach befand. Doch als sie angestrengt lauschte, hörte sie in der

Ferne, irgendwo im Haus, gedämpftes Rufen und Hämmern. Sie stand auf, zog sich einen schweren Morgenmantel über und griff sich die Kerze, die in ihrem Schlafzimmer stets brannte, falls etwas Ungewöhnliches geschah oder sie einfach nachts hinaus mußte. Wenn ihr verfluchter Hausknecht wieder einmal betrunken war...

Sie eilte hinaus, zögerte dann jedoch und blieb lauschend im Korridor stehen. Er war in ganzer Länge vom Mondschein erhellt, aber die Geräusche schienen lauter zu werden, als kämen sie langsam näher. Ein plötzliches Schaudern überlief sie, das Rückgrat hinab und über die Arme, als sie sich schlagartig bewußt wurde, wie ungeschützt sie tatsächlich war, hier in diesem großen Haus allein mit nur wenigen Bedienten, von denen die meisten ohnehin Frauen waren. Dann versuchte sie ruhig und überlegt nachzudenken. Sie ging zurück in ihr Schlafzimmer, zog eine Schublade auf und holte ein einfaches, aber gefährlich aussehendes Messer heraus. Mit ihm ging sie wieder hinaus auf den Korridor bis zur Treppe und diese nach unten, die Kerze in der einen, das Messer in der anderen Hand.

Die Halle unten war leer, doch der Lärm war nun noch deutlicher zu hören. Sie blieb unentschlossen an der Treppe stehen und versuchte zu bestimmen, von wo die Geräusche kamen. Es klang jedenfalls, als sei ein halbes Heer in ihr Haus eingedrungen. Sie hörte nun einzelne Stimmen, einige heftig, andere furchtsam. Türen wurden zugeschlagen. Wenn man in ihr Haus eingedrungen war, dann zweifellos ihretwegen. Und in diesem Falle war es wohl am besten, so schnell wie möglich zu fliehen. Wohin, war später noch Zeit genug zu überlegen. Sie nickte sich selbst Bestätigung und Ermutigung zu und eilte leise durch die Halle zur Küche im hinteren Teil des Hauses. Von dort war es nicht weit bis zu den Ställen. Aber konnte sie einfach davonlaufen und ihr Gesinde der Gnade der Eindringlinge ausliefern? Und konnte sie vor allem Duncan einfach im Stich lassen, der blind und hilflos und ihrer Fürsorge und ihrem Schutz anvertraut war? Sie verlangsamte ihre Schritte, als sie mit ihren eigenen Zweifeln und ihrem Gewissen stritt, bis sie schließlich zu dem Entschluß kam, daß sie, wie bitter es auch sein möge, keine andere Chance hatte als die Flucht. Sie konnte ohnehin nichts für ihre Leute tun. Sie konnte nur fliehen und Hilfe holen.

Die Hand am Messer, schlich sie sich vorsichtig in die leere, dunkle Küche. Das Licht ihrer Kerze reichte nicht weit. In den Schatten bewegte sich etwas. Sie fuhr mit gezücktem Messer herum. Das Herz schlug ihr bis zum Hals. Die Katze flüchtete vor ihr und rannte quer durch die Küche zur Hintertür. Marian entspannte sich etwas.

»Ja, mach, daß du fortkommst, Nicodemus«, sagte sie hastig. »Fang dir ein paar Mäuse und verdiene dir deinen Unterhalt selbst.«

Die Katze funkelte sie an, fauchte und entschwand im Dunkeln. Marian lächelte ihr noch kopfschüttelnd nach, als sich ein Arm von hinten um ihren Hals legte und zudrückte, daß sie kaum noch Luft bekam. Sie wehrte sich heftig, aber es hatte keinen Zweck. Sie gab auf, als sie eine Schwertspitze an ihren Rippen spürte.

»Laßt das Schwert fallen«, sagte der Mann hinter ihr. Seine

Stimme war tief und schwer, fast amüsiert. Marian schluckte trocken.

»Es ist nur ein Messer. Was ist denn? Fühlt Ihr Euch unterlegen?«

Der Griff um ihren Hals verstärkte sich und schnürte ihr die Luft ab. Die Schwertspitze drückte noch ein wenig mehr in ihre Rippen. Sie ließ das Messer fallen. Der Druck lockerte sich. Der Mann hinter ihr stieß sie grob vorwärts. Sie taumelte gegen den Küchentisch und funkelte den Soldaten böse an, während sie sich an die Kehle faßte. Der Soldat war groß und muskulös. Sein Kettenhemd war schon recht mitgenommen, doch er trug weder Feldzeichen noch Farben. Vermutlich war er also einfach nur ein gedungener Söldner. Wer auch immer hinter ihr her war, wollte sich nicht zu erkennen geben, und vor allem wollte er nicht, daß die Sache zu rasch an die Öffentlichkeit drang. Der Soldat grinste böse und hob sein Schwert, um es mit der Spitze zwischen Marians Brüste zu setzen.

»Er will dich lebend haben, Mädchen. Aber keiner hat gesagt, daß ich nicht zuvor ein bißchen Vergnügen haben könnte. Ich hab' bis jetzt noch nie gesehen, wie eine Adelige aussieht. Zieh dich aus, Weib. Oder ich tu' es selbst.«

Marian versuchte seiner Stimme und seinen Augen entschlossen zu widerstehen. Keine Chance, mit ihm zu diskutieren. Mit Vernunft oder Zurückhaltung war hier nicht zu rechnen. Aber er war erregt, und wenn sie Glück hatte, konnte sie ihn so weit bringen, daß er alle Vorsichtsmaßnahmen vergaß. Nur weil sie ihr Messer nicht mehr hatte, mußte sie noch nicht hilflos sein. Sie hob langsam die Hand zum ersten Knopf ihres Gewandes und öffnete ihn bedächtig. Sie ließ sich ebensoviel Zeit mit dem zweiten. Seine Augen wurden hungrig und gierig. Sie griff unauffällig mit der anderen Hand hinter sich, wo der Pfeffertopf stehen mußte. Sie hob lautlos den Deckel ab, während sie zwei weitere Knöpfe ihres Gewandes öffnete. Der Atem des Soldaten wurde heftiger. Er beugte sich unwillkürlich ein wenig vor. Und im nächsten Moment hatte Marian den Pfeffertopf gegriffen und ihm den ganzen Inhalt in die Augen geschüttet.

Er schrie wild auf, als ihm der Pfeffer in den Augen brannte, und hieb blindlings und wütend mit dem Schwert um sich. Marian duckte sich darunter weg und trat ihm mit Macht zwischen die Beine. Er krümmte sich zusammen und sank schmerzverzerrt in die Knie, während ihm die pfefferverbrannten Augen tränten. Sie war bereits am Herd und griff sich den schweren eisernen Bratspieß, mit dem sie weit ausholte, um ihn dem Soldaten durch die Brust zu stoßen, als weitere Soldaten durch die Tür brachen. Ehe sie sich noch umdrehen konnte, waren sie über ihr, entwanden ihr den Spieß und schleppten sie aus der Küche hinaus in die Nacht.

Der Hof draußen war voller Soldaten, die hin und her und hinein und hinaus rannten und die sich wehrende und protestierende Dienerschaft wegschleppten. Befehlsrufe und Antworten hallten durch die Nacht. Einige der Soldaten trugen Fackeln. Marians Blut erstarrte zu Eis, als einer zu ihr kam und sie ernst und sachlich vor vollendete Tatsachen stellte.

»Tut, was man Euch sagt, Lady, und es geschieht niemandem etwas. Macht Ihr mir Schwierigkeiten, werden meine Soldaten Eure Diener töten und das Haus bis auf die Grundmauern niederbrennen. Habe ich mich klar ausgedrückt?«

»Ja«, sagte Marian. »Überaus klar. Ich werde keine Schwierigkeiten machen. Aber wer seid Ihr und was bedeutet das alles?«

Der Soldat lächelte. »Jemand hat ein Wörtchen mit Euch zu reden, Lady.«

Duncan stand an der Stalltür und lauschte. Seit er in ewigem Dunkel lebte, waren seine anderen Sinne um so schärfer geworden, und er war deshalb der erste im Haus gewesen, der die Soldaten kommen gehört hatte. Es hatte einige Zeit gedauert, bis er seine alten Knochen aus dem Bett gehievt hatte. Doch auch jetzt hatte er keine besonderen Schwierigkeiten, ihnen aus dem Weg zu gehen. Er war sehr viel geübter als sie, sich im Dunkeln zu bewegen und seinen Weg zu finden. Nur, was tun... Was tun? Er konnte nichts gegen sie unternehmen. Aber vielleicht konnte er den, der etwas unternehmen konnte, benachrichtigen? Master Robin würde wissen, was im Rahmen des Machbaren lag. Er wußte immer, was zu tun war.

Er schlich leise durch die Ställe zu den Pferden. Er mußte schnell handeln. Lange würde es nicht dauern, bis die Soldaten auch die Ställe durchsuchen würden. Er fand Robins Pferd schnell. Er erkannte es am Geruch, der für ihn so vertraut und unverwechselbar wie eine Stimme war. Er hatte keine Zeit, es zu satteln. Zumindest aber Zügel und Zaumzeug konnte er ihm mit ein wenig Kooperation des Tieres selbst überziehen. Er klopfte den Hals des Pferdes und flüsterte ihm ins Ohr.

»Heute nacht, mein Freund, muß ich mich ganz auf deine Augen verlassen.«

Er fand einen Steigblock und kletterte mühsam auf den Rücken des Pferdes. Dann nahm er die Zügel, hielt sich fest und stieß dem Tier die Fersen in die Weichen. Es stieg auf, brach aus dem Stall und galoppierte quer über den Hof, daß die Soldaten links und rechts auseinanderstoben. Duncan klammerte sich an den Pferdehals, als sie in die Nacht davonjagten und das Pferd instinktiv der Richtung nach Sherwood folgte. Er trieb es so heftig an, wie er nur wagte, und lauschte auf die Geräusche von Verfolgern. Doch außer den eigenen konnte er keine trappelnden Hufe ausmachen. Die Nacht schien ringsum völlig ruhig zu sein. Vermutlich hatten die Soldaten ihn für zu unwichtig gehalten, um sich um ihn zu kümmern. Er zog an den Zügeln und trieb das Pferd weiter an.

Die dunklen Gestalten, die ihm lautlos zu Fuß folgten, konnte er nicht sehen, und er hörte sie auch nicht.

Er folgte ohne Schwierigkeiten dem Weg nach Sherwood. Es war ohnehin eine vielbefahrene Straße, und das Pferd kannte den Weg. Alles, was er also zu tun hatte, war, es einigermaßen in der richtigen Himmelsrichtung zu halten. Doch schließlich wurde es langsamer und blieb stehen. Es wieherte unsicher, als Duncan es wieder anzutreiben versuchte. Er schimpfte. Er erinnerte sich dunkel, daß es irgendwo eine Weggabelung gab. Offenbar waren sie an ihr, und er geriet fast in Panik, als er sich nicht erinnerte, welche Richtung sie von hier aus nehmen mußten. Nahm er die falsche, dann verfehlten sie Sherwood um Meilen. Und er verlor obendrein die Gunst seines Herrn. Er atmete tief und sorgenvoll durch und ließ dann einfach die Zügel locker.

»Jetzt bist du an der Reihe«, sagte er heiser zum Pferd. »Bring uns heim, komm. Bring uns zu Master Robin.«

Das Pferd wieherte leise, als es den Namen hörte, zögerte ein wenig und begann dann nach links zu traben, auf den Wald zu.

Duncan konnte nicht mehr sagen, wie lange sein Ritt gedauert hatte. Für ihn war es ein endloser dunkler Alptraum unvertrauter Geräusche und Richtungswechsel. Die kalte Nacht ließ ihn starr und steif werden. Der Wind blies ihm durch alle Kleider bis auf die Knochen. Sein Gesicht und seine Hände waren völlig durchgefroren. Es war keine Zeit geblieben, noch ein Übergewand oder einen Umhang zu finden. Sein dünnes Nachthemd und die Hosen boten nur wenig Schutz gegen die eisige Nacht. Und das stetige Antraben beanspruchte all seine Kraft, Meile um Meile, bis er nur mehr imstande war, sich einfach noch an das Pferd zu klammern. Aber er nahm noch wahr, wie ihn das Roß schließlich in das Lager im Sherwood Forest trug. Die vertrauten Geräusche und Gerüche dort richteten ihn wieder auf und gaben ihm neue Hoffnung. Er lauschte instinktiv, je näher das Pferd ihn brachte. Der Wasserfall. Wo war der Wasserfall? Er horchte angestrengt in die Finsternis und über das Laubrascheln und die entfernten Rufe einer Nachteule hinweg, richtete sich auf... und da war es, ganz in der Ferne, leises, gedämpftes Rauschen und Plätschern. Er lächelte erleichtert und lenkte das Pferd in diese Richtung.

Er war nun sehr müde und hing nur noch zusammengesunken auf dem Pferderücken. Allein sein entschlossener Wille ließ ihn nicht hinabfallen. Manchmal glaubte er, irgendwo hinter sich Geräusche zu vernehmen. Doch wenn er dann das Pferd anhielt, um zu horchen, war nichts als das Rauschen des Waldes zu hören. Dann ritt er weiter, ein müder alter Mann, der versuchte, sein Bestes zu tun für die, die er liebte.

Doch auf seinen Fersen waren Tod und Verdammnis.

Hoch oben in den Bäumen sah ein Ausguck den einsamen Reiter kommen und schoß zur Warnung einen Pfeil in die Mitte des Lagers. Robin blickte sich verblüfft um, als er in den Boden fuhr. Er versammelte mit raschen Kopfbewegungen ein halbes Dutzend seiner Leute um sich, mit denen er lautlos bis zum Rand der Lichtung huschte. Die Nacht schien völlig ruhig und still zu sein. Robin blickte fragend zum Ausguck, der in die Richtung des näher kommenden Reiters deutete. Asim setzte sich rasch sein Fernrohr zusammen und blickte hindurch. Er mußte seine Augen anstrengen, um in der Dunkelheit etwas zu erkennen, doch dann setzte er es ab und sah Robin erstaunt an.

»Es ist Duncan.«

»Duncan?« sagte Robin ungläubig. »Was sucht er hier? Und wie zum Teufel hat er den Weg gefunden?«

Und noch ehe irgend jemand eine Antwort hätte geben können, war er bereits fort und lief dem Pferd entgegen. Asim folgte ihm rasch. Das Pferd wieherte, als es Robin erkannte. Duncan bewegte sich und fiel fast herab. Robin stützte ihn und half ihm vorsichtig herunter. Der alte Mann schien zerbrechlicher und hinfälliger denn je, doch er klammerte sich mit letzter verzweifelter Kraft an Robins Arm. Robin versuchte ihn zu beruhigen, doch seine Furcht und die Not, die ihn so weit getrieben hatten, ließen Duncan nicht zu Atem kommen. Er versuchte zu sprechen, doch seiner ausgetrockneten Kehle entrang sich nur ein heiseres Krächzen. Den Tränen nahe, schlug er mit den Fäusten auf den Boden.

»Ruhe, Duncan«, sagte Robin begütigend, »ganz ruhig. Was ist geschehen?«

Duncan schluckte schwer und brachte seine Worte nur äußerst mühsam heraus. »Master Robin... Gott sei Dank... Die Leute des Sheriffs haben uns angegriffen.«

»Marian...« sagte Robin. Eine eisige Klaue legte sich um sein Herz. »Was ist mit Marian passiert?«

»Sie haben sie gefangengenommen«, sagte Duncan. Ein heftiger Hustenanfall unterbrach ihn und schüttelte ihn wie eine Lumpenpuppe. »Aber ich habe Euch gefunden. Das habe ich doch gut und richtig gemacht, nicht wahr, Master Robin?«

Da zischte ein Pfeil in die Lichtung hinter ihnen, und ihm folgte noch einer und noch einer, und dann pfiffen sie von überall her auf das Lager herein, während andere Späher Alarm riefen. Im ganzen Lager herrschte ein einziges Chaos, alle suchten nach ihren Waffen und sahen sich nach dem Feind um. Asim blickte wieder durch sein Fernrohr und versuchte die Nacht zu durchdringen. Als er es wieder absetzte, stand das blanke Entsetzen in seinen Augen.

»Allah sei uns gnädig...«

Robin entriß ihm das Fernrohr und blickte selbst hindurch. Drüben in der Ferne sah er auf einem Hügel ein kleines Heer berittener Kelten hinter einer hünenhaften Gestalt in schwarzer Rüstung. Sie waren Hunderte, in Fellen und Häuten und Lederrüstungen, mit Kopfbedeckungen in der Form wilder Tiere. Ihre narbigen Gesichter waren auf altertümliche Weise bemalt, und wie sie bewegungslos im Mondschein aufgereiht standen, schienen sie eher Gespenster zu sein als Menschen; Erinnerung an Englands dunkle Vorzeit, an die Zeit vor jeglicher Zivilisation, als das Land noch Wildnis gewesen und von Wilden beherrscht worden war.

Robin setzte das Fernrohr ab. Will Scarlet entriß es ihm sogleich. Robin blickte in Duncans erschöpftes, aber stolzes Gesicht.

»Duncan...«

Scarlet warf Asim sein Fernrohr hin und fuhr Robin in hellem Zorn an. »Verdammt sollt Ihr sein, Adeliger! Euer idiotischer Diener hat sie direkt zu uns geführt!« Er drehte sich um und rannte Alarm schlagend zum Lager zurück.

Mit schreckverzerrtem Gesicht versuchte Duncan, sich aufzusetzen. »Was?«

»Kelten!« rief Bull, der hinter Will Scarlet herrannte. »Hunderte! Sie kommen!«

Oben auf dem Hügel sah Ordred, der Keltenhäuptling, leidenschaftslos hinunter auf seine Feinde, in deren Lager es nun wie in einem aufgescheuchten Ameisenhaufen zuging. Sie rannten in Panik ziellos hin und her. Es würde eine kurzweilige Nacht werden. Blut, Aufruhr, Austoben, und die Frauen der Feinde als Belohnung. Ein Reiter zügelte sein Pferd neben ihm, aber er blickte nicht zur Seite. Er wußte auch so, daß es der Sheriff war. Niemand sonst würde es wagen, sich ihm so weit zu nähern. Er drehte sich gemächlich im Sattel und verbeugte sich formell. Der Sheriff nickte nur kurz und blickte danach hinab auf die Lichtung. Er war in voller Rüstung. Sein Kettenhemd schimmerte kalt und silbrig im Mondschein. Hinter ihm, am Fuße des Hügels unten, standen geduldig wartend Reihen um Reihen seiner Armbrustschützen. Er riß sich schließlich von dem Anblick der Lichtung los und suchte die Augen Ordreds.

»Denke daran, ich will Gefangene haben.«

Der Keltenhäuptling blickte hinunter auf seine Beute. Seine Stimme klang eher wie die eines knurrenden Tieres als nach der eines Menschen. »Wir sind gekommen, um zu kämpfen.«

»Trotzdem«, erklärte ihm der Sheriff scharf, »will ich Gefangene haben. Ihr könnt nach Herzenslust töten und brennen, aber ein paar muß ich lebend haben, um sie später hängen zu können. Die Form muß gewahrt bleiben. So ist es in zivilisierten Ländern üblich.«

Ordred zog sein Schwert und hob es über seinen Kopf. Er schob seinen großen Drachenkopfhelm zurück und schrie etwas auf gälisch in die Vollmondnacht. Die keltischen Krieger schoben ihrerseits die Helme zurück und antworteten ihm mit einem langen Kriegsgeheul, das dem Sheriff das Blut in den Adern erstarren ließ. Ordred trieb sein Pferd an, und alle folgten ihm. Wie eine unaufhaltsame gewaltige Flutwelle näherten sie sich dem Lager der Waldleute. Im Mondschein blitzten ihre Schwerter, ihr Äxte und ihre starren, wilden Augen auf.

Little John schrie seinen Leute, die zu ihren vorbereiteten

Verteidigungsstellungen rannten, Befehle zu. Sie richteten sich auf den Schutz ihrer Frauen und Kinder ein und kletterten in Eile an den Strickleitern in die Bäume hinauf. Die Späterkommenden hielten ihre Waffen bereit, sammelten ihren Mut und sahen sich nach einem günstigen Standort für den Abwehrkampf um. Die ganze Nacht toste nun vom Donnern der Hufe der heranreitenden Kelten, das den Boden erzittern ließ. Die Waldmänner faßten ihre Schwerter und Äxte fester, legten Pfeile auf ihre Bogen und erwarteten ihren Feind schweigend und regungslos. Robin hatte ihnen zahllose Male eingetrichtert, wie sie sich im Falle eines Angriffs zu verhalten hatten, doch keiner hatte wirklich geglaubt, daß dieser Fall jemals eintreten würde. Das Lager war viel zu gut verborgen und von der Außenwelt abgeschirmt, als daß jemand ihren Standort ausmachen würde. Und doch hatten der Sheriff und seine Leute sie nun entdeckt und griffen sie zusammen mit Horden Wilder aus dem Norden an. Mit einem Schlag schienen alle ihre Pläne und Vorbereitungen nichtig und sinnlos.

Robin rannte mit seiner kleinen Gruppe eiligst zum Lager, doch die Kelten waren ihnen bereits auf den Fersen. Ihr Kriegsgeschrei war ohrenbetäubend, aber es blieb nicht einmal die Zeit, sich auch nur nach ihnen umzusehen. Das Dickicht der Bäume zwang die Pferde zwar, ihren Galopp zu mindern, mehr aber auch nicht.

Robin zerrte Duncan mit aller Kraft mit sich, aber es war ihm rasch klar, daß der alte Mann einfach zu schwach und zu erschöpft war, um es bis zur Lichtung zu schaffen. Ihn zu tragen, würde für sie beide den sicheren Tod bedeuten. Er blieb abrupt stehen, ließ Duncan los und stellte sich ihren Verfolgern. Er legte einen ersten Pfeil in seinen Bogen, zielte und schoß viermal rasch hintereinander. Vier der auf sie zustürmenden Kelten fielen aus ihren Sätteln, als hätte eine unsichtbare Hand sie von ihren Pferden gerissen. Aber sie gewannen keine Sekunde – der Ansturm der Kelten hielt unvermindert an.

Asim kam zurück an Robins Seite, während dieser kalten Blickes einen neuen Pfeil in seinen Bogen legte. Die Kelten kamen näher und näher. Mit erfahrenen, zusammengekniffenen Augen schätzte Asim die Entfernungen und Geschwindigkeiten ab und hieb dann im genau richtigen Augenblick unvermittelt mit seinem Krummsäbel einmal links und einmal rechts zu, und zwei weitere Kelten fielen schreiend aus ihren Sätteln. Ihr Blut spritzte im Bogen durch die Nacht, während ihnen Asim rasch den Gnadenstoß versetzte. Inzwischen stürzte sich ein Kelte auf Robin. Bull setzte zwar noch zu einem Warnschrei an, erkannte jedoch, daß es zu spät war, und warf mit verzweifelter Kraftanstrengung statt dessen seinen Dolch, der dem Kelten bis zum Heft in die Kehle fuhr. Er riß noch die Hände hoch, um ihn herauszuziehen, sank aber über dem Hals seines Pferdes zusammen.

Duncan stolperte auf das Lager zu. Er konnte hören, was sich um ihn herum abspielte, und das frische Blut in der Nachtkälte riechen, aber er wußte nicht, wessen Blut es war. Rings um ihn hielt der Tod reiche Ernte, und er war schuld daran. Er hatte den Feind hierhergeführt. Er stolperte über einen Toten am Boden, und der Atem stockte ihm, als er dessen Gesicht mit den Fingern ertastete. Dann wurde sein Atem wieder freier, als er

Stammesnarben unter seinen Fingerkuppen fühlte. Er kroch auf dem blutgetränkten Boden herum, bis er das Schwert des Wilden fand. Mit dem Schwert in der Hand und einem Ausdruck bitterer Verzweiflung auf dem Gesicht richtete er sich wieder auf. Er legte den Kopf zur Seite und konzentrierte sich auf die Geräusche der Pferde und des Kampfgetümmels, um im letzten Moment zuzuschlagen. Er spürte, wie sich die Klinge in einen Vorüberreitenden grub, und es folgte ein schmerzvoller Aufschrei. Und dann trafen die beiden nachfolgenden Kelten Duncan fast gleichzeitig und hieben ihn fast entzwei. Die nachfolgenden Pferde zertrampelten ihn noch zusätzlich.

Robin kämpfte mitten im Getümmel Rücken an Rücken mit Asim und sah, wie der alte Mann fiel. Doch er hatte keine Möglichkeit, etwas zu unternehmen. Eingekeilt zwischen Pferden, entkamen sie dem ärgsten Gedränge erst nach einiger Zeit. Robin bahnte sich einen Weg zu seinem alten Hausdiener. Bei seinem Anblick wußte er sofort, daß hier nichts mehr zu helfen war. Duncan lebte noch, aber es waren seine letzten Momente. Doch noch hatte er genug Kraft, um seine Hand zu drücken, als er sich zu ihm niederkniete. Sein Mund bewegte sich, und Robin mußte sich ganz zu ihm hinabbeugen, um seine letzten geflüsterten Worte zu verstehen.

»Vergebt einem alten Narren, Master Robin.«

Und danach war er tot. Robin blieb noch einen Augenblick neben ihm knien und konnte es kaum glauben. Sein ganzes Leben lang war Duncan dagewesen. Ein Diener, Gefährte und Freund. Und der Sheriff hatte ihn als Lockvogel mißbraucht und ihm ein Ende gemacht, als wäre das nichts gewesen.

Er erhob sich mit dem Schwert in der Hand, und kalter Zorn gab ihm neue Stärke und Entschlossenheit. Doch weitere Reihen von Kelten kamen aus der Nacht auf ihn zugaloppiert. Er steckte das Schwert in die Scheide, legte einen Pfeil auf seinen Bogen und schoß damit einen Kelten vom Pferd. Er schoß weiter und weiter und riß eine Lücke um die andere in die geschlossen anbrandenden Wogen der Reiter. Doch es war ein aussichtsloses Unterfangen. Lange, ehe die letzten anstürmten, hatte er seinen letzten Pfeil verschossen. Mit dem Rücken zu einem Baum, zog er sein Schwert und sah sich um. Er war nicht mehr weit vom Rand der Lichtung. Er sah Little John und Will Scarlet, die noch immer versuchten, die Verteidigung im Lager zu organisieren, während die Kelten bereits dort eindrangen und tiefe Lücken in die Reihen der Waldmänner rissen. Er rief Little John an, als dieser in seine Richtung blickte.

»Schaff sie hinauf in die Bäume, Little John! Unten am Boden können wir nichts gegen sie ausrichten. Aber in die Bäume hinauf können sie uns nicht folgen!«

»Stimmt genau!« knurrte Will Scarlet und wollte zur nächsten Leiter. Doch Little John packte ihn an der Schulter und hielt ihn zurück.

»Die anderen können da hinauf, aber wir halten unsere Stellung hier, bis Robin und die anderen sicher zurück sind. Und jetzt nimm deinen Bogen und zeig mal, ob du so gut bist, wie du immer behauptet hast!«

Viele rannten verzweifelt zu den Bäumen und den Strickleitern, während die Kelten weiter ins Lager vordrangen. Ein Regen von Pfeilen ging auf die anstürmenden Reiter herab – viele der Geschosse trafen ihr Ziel, aber genauso viele prallten wirkungslos von den hocherhobenen Schilden ab. Kelten hatten Erfahrung mit Pfeilen. Bull verschoß einen um den anderen, bis er keinen mehr hatte, und hangelte sich dann die nächste Leiter hinauf. Ein anderer dicht hinter ihm kam nur noch zwei oder drei Sprossen hinauf, als ihn ein Reiter, der sich aus dem Sattel beugte, mit sich riß. Bull sah hilflos zu, wie der Kelte den schreienden Mann hinter sich herschleifte und ihn schließlich an einem hervorstehenden abgebrochenen Ast aufspießte.

Und dann begann das von wildem Geschrei und Gelächter begleitete Massaker der Kelten unter den Waldleuten. Sie machten keinen Unterschied zwischen Männern und Frauen. Überall floß Blut und tränkte die zertrampelte Erde. Die Schreie der Verwundeten und Sterbenden kamen aus allen Richtungen. Zwischen den Reitern sprang Will Scarlet herum und hieb mit seinem Dolch um sich, um sich einen Weg zur nächsten Leiter zu bahnen. Dann stand plötzlich ein Kelte vor ihm und versperrte ihm den Weg. Will Scarlet schleuderte ihm wütend seinen Dolch mitten in das bemalte, grinsende Gesicht, wo er genau im linken Auge des Kelten steckenblieb, der lautlos von seinem Pferd sank. Will Scarlet grinste böse und zog sich selbst auf das Roß des Kelten hinauf, um von seinem Rücken auf die nächste Leiter zu springen.

Robin und seinen Begleitern gelang schließlich der Rückzug auf die Lichtung, doch sie waren geschockt und rangen nach Atem angesichts all des Sterbens und all der Zerstörung ringsum in so kurzer Zeit. Wo man hinsah, lagen Menschen in ihrem Blut, und viele Holzhütten brannten lichterloh. Robin griff sich den Köcher eines Gefallenen, doch die Kelten waren inzwischen überall, wohin man auch blickte, und für jeden, den einer seiner Pfeile traf, schienen sofort zwei neue an dessen Stelle zu stehen. Als die Armbrustschützen des Sheriffs anrückten, schien die Schlacht verloren zu sein. Robin fluchte in kalter Wut und schrie seinen verbliebenen Leuten zu, sich auf die Bäume zurückzuziehen. Er selbst bahnte sich mit gezogenem Schwert einen Weg zur nächsten Strickleiter und stieß Asim und Little John vor sich her.

Von allen Seiten schlugen Schwerter und Äxte auf sie ein, als sie sich Fußbreit um Fußbreit vorwärtskämpften. Asim erreichte die Leiter als erster und kletterte mit einer Behendigkeit an ihr hinauf, als habe er sein ganzes Leben lang nichts anderes getan. Little John folgte dicht hinter ihm nach. Die Strickleiter ächzte und knarrte unter seinem Gewicht. Von allen Seiten fegten Kelten zu Pferde und zu Fuß mit bluttriefenden Schwertern über die Lichtung. Robin hieb wie wild um sich, um sich Raum zu verschaffen und zur Leiter zu gelangen, aber es waren einfach zu viele Kelten, die auf ihn einstürmten, und es war ihm klar, daß es nur noch eine Frage der Zeit war, bis ihn der entscheidende Hieb unausweichlich traf. Er war ohnehin immer besser mit dem Bogen als mit dem Schwert gewesen. Little John schrie herab, er solle eine der Leitersprossen greifen und sich festhalten. Er raffte sich zu einer letzten Anstrengung auf, trieb seine Gegner mit wilden Hieben zurück und hängte sich an die unterste Sprosse der Leiter, die die Männer auf der Plattform sofort hochzogen. Er entschwebte buchstäblich aus der Mitte der wütend aufschreienden Kelten nach oben. Er zog die Beine an, um nicht noch von letzten Schwerthieben getroffen zu werden.

Sein Leben hing wie am seidenen Faden an dieser Strickleiter, während er hochgezogen wurde. Dabei hatte er einen umfassenden, aber schauerlichen Überblick über die Szenerie und darüber, was aus ihrem Lager und seinen Leuten geworden war. Soweit er es überblicken konnte, hatten die Kelten nun überall die Oberhand und stießen so gut wie nirgends mehr auf Widerstand. Sie schnitten den Toten Hände und Ohren als Siegestrophäen ab und steckten alles, was nur geeignet schien, Feuer zu fangen, in Brand. Jetzt war nur noch die Festung in den Baumkronen übrig und die Leute, die sich dorthin gerettet hatten.

Als er schließlich oben an der Plattform ankam, streckten sich viele Hände aus, um ihn ganz hochzuziehen. Er nickte dankend und warf einen Blick in die Runde, um die Lage zu beurteilen. Die Plattformen und Seilbrücken waren überfüllt von sich drängenden Männern, Frauen und Kindern, aber gleichzeitig sah er, wie viele unter ihnen fehlten. Robin schüttelte betrübt und verzweifelt den Kopf, und sein Mund verzog sich zu einem schmalen Strich. Aber er konnte sich jetzt nicht mit Gedanken an Rache und Vergeltung aufhalten. Es konnte nur mehr darum gehen, die zu retten, die dem Massaker entronnen waren. Von denen unten war keiner mehr am Leben, das stand fest. Er ließ durchsagen, alle Strickleitern heraufzuziehen, damit die Kelten sich ihrer nicht bedienen konnten. Als es geschah, kamen dennoch einige, die sich daran festgeklammert hatten, mit nach oben. Auf sein Zeichen wurden die Leiternseile durchgetrennt. Die daranhängenden Kelten fielen vierzig Fuß und mehr in die Tiefe, wo sie liegenblieben.

Eine Weile beschossen die Armbrustschützen des Sheriffs und die Waldleute einander noch mit Pfeilen, ohne beiderseits große Wirkung zu erzielen, bis die Angreifer ihre Attacke plötzlich abbrachen. Eine unerwartete Stille setzte ein. Nur das knackende Prasseln der noch brennenden Hütten war zu hören. Die Kelten standen abwartend herum, was geschehen sollte. Oben in den Bäumen sahen sich die Waldleute fragend an. Hier waren sie sicher. Hier konnten weder die Pfeile der Armbrustschützen noch die Fackeln der Kelten sie erreichen. Und jeder, der versucht hätte, Feuer an einen Baum selbst zu legen, wäre alsbald in einem Pfeileregen von oben untergegangen, was die Angreifer selbst nur zu genau wußten.

Dann kam die Antwort. Mitten aus der Dunkelheit kam ein Feuerball angeflogen und schlug in den Baumkronen ein. Eine der Hütten stand im Nu im Flammen, und die nächstliegende Seilbrücke fing ebenfalls Feuer. Ein Mann schrie gellend auf, als seine Kleider und seine Haare Feuer fingen. Die gleißende Hitze trieb die anderen zurück, Schreie durchbrachen die Stille, als die ersten brennenden Menschen von der Plattformen wie lebende Fackeln in die Tiefe stürzten und selbst dort noch weiterbrannten. Und es kamen noch mehr dieser Feuerkugeln durch das Nachtdunkel in die Baumkronen gesaust und zerschmetterten das Fort in den Lüften. Rauch und Flammen breiteten sich rasend schnell aus, und helle Panik brach unter den Waldleuten aus. Zudem schossen nun die Armbrustschützen des Sheriffs von unten ebenfalls brennende Pfeile nach oben und lösten damit neue Brände aus. Robin starrte hilflos und wie vor den Kopf geschlagen in die Nacht. *Katapulte. Sie schossen mit Katapulten!* Alles hatte er eingeplant, alles bedacht. Nur das nicht.

Ein brennender Pfeil fuhr direkt zu seinen Füßen in die Plattform. Er griff völlig geistesabwesend danach, zog ihn heraus und warf ihn wieder hinunter auf die Lichtung. Dann erst fand er zurück in die Wirklichkeit und rief seinen Leuten Befehle zu, ihre Positionen zu halten und mit den Wassereimern, die er für Notfälle in alle Hütten hatte stellen lassen, das Feuer zu bekämpfen. Die Waldleute rannten ziellos herum und rangen nach Atem, während sich dichter schwarzer Rauch überall um sie verbreitete. Sie versuchten zu löschen, was ging, doch das Feuer breitete sich schneller aus, als sie löschen konnten. Das trockene Holz der Festung in den Lüften brannte wie Zunder.

Und es kamen immer neue brennende Katapultkugeln und Pfeile.

Little John war überall, feuerte an, beruhigte und spendete Mut und Zuspruch. Wassereimer wurden über Seilzüge transportiert, und wohin sie nicht reichten, wurden sie von Hand zu Hand über Menschenketten weitergegeben. Robin rannte hin und her und gab seinen Leuten Feuerschutz, indem er die Armbrustschützen unter pausenlosen Pfeilbeschuß setzte. Will Scarlet trug einen Wassereimer über eine bereits brennende Seilbrücke. Jeden Moment mochten die Planken brechen, doch das konnte ihn nicht abhalten. Es war jetzt heißer als in der Hölle hier oben in den Baumkronen, und alles Wasser war nicht mehr als ein Tropfen auf dem heißen Stein, doch er wollte verdammt sein, wenn er aufgab. Will Scarlet hatte noch nie aufgegeben.

Und dann brach die Hängebrücke schließlich doch unter ihm weg. Er rettete sich mit einem Sprung auf die Plattform. Er erwischte gerade eben noch ihren Rand und hing eine Weile in der Luft, ehe er sich hochziehen konnte und ganz hinaufkroch. Er blickte hinunter und brummte zufrieden, als die brennenden Seile auf die Kelten unten fielen. Er wischte sich den Schweiß vom Gesicht, während er wieder zu Atem zu kommen versuchte. Überall rundherum war dicker schwarzer Rauch. Der Atem stach in der Brust. Er duckte sich ganz tief, um unter dem Rauch zu bleiben, und als er einen Moment lang freie Sicht hatte, erblickte er unten auf der Lichtung den Sheriff auf seinem Pferd, zufrieden, gelassen und freudig erregt über den Anblick von soviel Tod und Zerstörung. Er griff knurrend nach seinem Bogen, doch in diesem Moment wechselte der Wind seine Richtung und trieb neue dicke Rauchwolken über ihn hin. Der Augenblick war verpaßt.

Robin schoß seinen letzten Pfeil blindlings in den Rauch, lehnte sich dann erschöpft an eine Hüttenwand und sah sich hilflos um. Das Feuer hatte das ganze Baumkronenfort schon ergriffen, und nichts mehr konnte es aufhalten, während es sich weiter über die Bäume ausbreitete. Es hatte keinen Sinn mehr. Das Feuer hatte sie geschlagen und besiegt. Jetzt ging es nur noch darum, möglichst viele der Leute zu retten. Er rief eine kleine Gruppe Bogenschützen zusammen, damit sie Feuerschutz gaben, während er die anderen, Männer, Frauen und Kinder die Leitern hinab nach unten schickte. Sie kamen in einiger Entfernung von der Lichtung unten an und flohen in alle Richtungen in den Schutz des Waldes.

Aber nur um auch dort den Kelten in die Hände zu laufen, die sie schon erwarteten.

Bull sah sich von lächelnden Wilden eingekreist, deren Augen in ihren bemalten Gesichtern kalt leuchteten. Mit dem Rücken zum nächsten Baum zog er sein Schwert. Er schrie den Kelten eine wütende Herausforderung entgegen. Während sie ihn einkreisten und näher rückten, erwartete er sie mit erhobener Klinge.

Bruder Tuck erwehrte sich allein mit seinem Stock erfolgreich eines Kelten und schlug ihn zu Boden. Er hörte, wie dessen Knochen unter seinen Schlägen brachen und murmelte reuige Gebete dazu. Den Kelten, der hinter ihm angeschlichen kam, sah er nicht. Als dieser mit seinem Schwert zum tödlichen Streich gegen ihn ausholte, erschien Asim wie aus dem Nichts und rammte ihm seinen Säbel in den Leib. Tuck sah sich auf das sterbende Röcheln des Kelten hin um und nickte Asim dankbar zu. Gemeinsam verschwanden sie unter den Bäumen.

Oben in den Baumkronen packte Will Scarlet Little John heftig am Arm und deutete hinab durch den ziehenden Rauch, wo Robin über eine Seilbrücke lief, weg vom Feuer und dem Kampf. Er war zornrot vor Enttäuschung.

»Wohin läuft er denn da, dein hochverehrter Held?« schrie er in die Nacht hinaus. »Es geht ihm doch bloß darum, seine eigene Haut zu retten!«

Little John sah weg. Das Blut erstarrte ihm in den Adern, als er seinen Sohn Wulf am Rand der Lichtung stehen und mit seinem Bogen kaltblütig Kelten niedermachen sah, als handle es sich um nichts anderes als Übungszielscheiben. Er schrie ihm zu, sich verdammt noch mal fortzuscheren, solange es noch ging, doch der Junge konnte ihn nicht hören. John beugte sich über die Plattform hinaus, um es noch einmal zu versuchen und den Blick seines Sohnes zu erhaschen. Und schließlich sah Wulf tatsächlich nach oben zu seinem Vater hinauf und legte sofort wieder einen Pfeil auf seinen Bogen. Während John erstarrte, spannte er die Sehne und zog ab. Der Pfeil traf genau einen Kelten, der sich eben leise eine vergessene Leiter direkt unter Little John hinaufarbeitete. John hatte gerade noch Gelegenheit, einen Blick in dessen glasig werdende Augen zu werfen, ehe er losließ und lautlos in die Tiefe fiel. John sah dankbar zu seinem Sohn hinüber, doch dessen stolzes Lächeln erstarb im nächsten Augenblick, als ihn drei Männer des Sheriffs überwältigten und fortzerrten. Little John heulte in hilfloser Wut auf und kletterte eiligst die Leiter zur Lichtung hinab. Er wußte nicht, daß er weinte, aber es wäre ihm auch gleichgültig gewesen, wenn er es bewußt wahrgenommen hätte.

Robin rannte über die Seilbrücke in eine brennende Hütte. Er hielt die Arme vors Gesicht, um sich vor der unerträglichen Feuerhitze zu schützen. Er hielt sich den Mund zu und atmete nur so flach, wie es ging, um seine Lungen nicht zu verbrennen. Er sah sich um. Die Hütte war voller Rauch. Er roch seine eigenen versengten Haare. Ganz hinten auf dem Bett lag Fanny mit ihrem Baby, das sie verzweifelt mit dem eigenen Leib zu schützen versuchte. Er zerrte sie hoch und schlug seinen Umhang um sie und das Baby. So führte er sie vorsichtig durch die bereits in Flammen stehende Türöffnung auf die Plattform hinaus. Einen endlosen Augenblick lang war die Hitze wie das Ende, aber dann waren sie durch und draußen in der Nacht.

Die Hängebrücke war nur breit genug für eine Person. Er schob also Fanny vor sich her, während er unablässig ruhig und ermutigend auf sie einsprach. Sie ging Schritt für Schritt voran, entschlossen, der Hitze nicht zu erliegen. Das Baby war still und blickte nur stumm und mit großen, ängstlichen Augen in das Inferno von Feuer und Rauch ringsum.

Robin sah sich um. Hütte und Plattform, die sie eben verlassen hatten, waren inzwischen ein einziges Flammenmeer, aus dem dunkle Rauchwolken in die Baumkrone zogen. Stiebende Funken hatten auch schon das Ende der Hängebrücke in Brand gesetzt; das Feuer kam ihnen buchstäblich hinterher. Er rief Fanny zu, sich zu beeilen, und das harte Drängen seiner Stimme trieb sie vorwärts. Überall züngelten jetzt die Flammen hoch. Die Brücke knarrte und knackte bedrohlich in allen Fugen. Endlich hatte Fanny die nächste Plattform erreicht. Sie preßte ihr Baby an sich und sah sich nach Robin um, der sich durch die Rauchschwaden hinter ihr her kämpfte. Dann rissen die Seile. Sie schrie entsetzt auf, als sie ihn hilflos in die Tiefe fallen und im dichten Rauch verschwinden sah. Seine weit ausgestreckte Hand war das letzte, was sie von ihm sah. Dann war er fort. Fanny rief wieder und wieder seinen Namen, aber es kam keine Antwort, bis sie sich schließlich abwandte und die Tränen unterdrückte, um das Baby nicht zu beunruhigen.

Weit unten hing in einem brennenden Ast ein einfaches Medaillon mit dem Familienwappen der Locksley. Ein Kelte griff es sich, prüfte mit einem Biß, ob es aus Gold sei und steckte es in seinen Gürtel, ehe er im Rauch des brennenden Lagers wieder verschwand.

Es war früher Morgen. Die aufgehende Sonne färbte den Himmel blutrot, als die Leute des Sheriffs eine zerlumpte und erschöpfte Menschenmenge, Waldmänner, Frauen und Kinder, nach Nottingham und ihrem Schicksal entgegenführten. Viele waren verletzt und von Brandwunden übersät, doch die Soldaten trieben sie mit gnadenloser Brutalität vorwärts. Der Sheriff ritt neben ihnen entlang auf und ab, suchte nach Robins Gesicht und forderte ihn schließlich auf, sich zu erkennen zu geben. Doch niemand sagte ein Wort. Der Sheriff trieb die Leute rücksichtslos aus seinem Weg. Die Narbe auf seiner Wange brannte feuerrot und hob sich desto mehr von seinem angespannten bleichen Gesicht ab. Irgendwo hier mußte Robin Hood doch sein. Andernfalls war der ganze Aufwand nichts wert gewesen. Schließlich geriet er an den Knaben Wulf und faßte ihn an der Schulter. Seine Finger gruben sich hart in seine Schulter, doch der Junge reagierte kaum.

»Du da, wo ist Locksley, Junge?« fragte er ihn heiser. »Wo ist Robin Hood?«

»Tot«, sagte Wulf betrübt. »Mutter sah ihn fallen.«

Der Sheriff sah ihn lange an und ließ ihn dann los. Regungslos stand er da, die Augen weit in der Ferne, während die Gefangenen weiterzogen und der Junge mit ihnen. Dann kamen die Soldaten, die die Nachhut bildeten und unter der Last der wiedergewonnenen Beute ächzten.

Auf Nottingham Castle hielten der Bischof und Marian Dubois in der Privatkapelle des Sheriffs eine private Messe. Sie kniete vor ihm mit demütig gebeugtem Haupt. Es war eine stille, friedliche Szene, und nur die Soldaten an den beiden Türen wiesen darauf hin, daß sie eine Gefangene war. Das lateinische Gemurmel des Bischofs mischte sich mit Marians kreisenden Gedanken. Der Sheriff wußte wohl etwas, aber was und wieviel? Wenn sie nicht auf der Hut blieb, konnte es ihr passieren, daß sie sich selbst verriet. Doch sie hatte nicht umsonst allein auf sich gestellt so lange durchgehalten, um dabei nicht auch gelernt zu haben, wie man seine Zunge im Zaum hielt.

Der Bischof verstummte plötzlich, als sich die Tür öffnete und der Sheriff eintrat. Er war in seine besten Gewänder gekleidet, und der Triumph auf seinem Gesicht war ganz und gar nicht zu übersehen. Das dunkle Brennen seiner Augen ließ sie schaudern. Ohne daß es ihr jemand sagen mußte, wußte sie, daß etwas geschehen war. Etwas Schlimmes.

»Meine liebe Lady Marian«, sagte der Sheriff. »Es tut mir überaus leid, daß ich Euch so lange warten ließ.«

Marian erhob sich rasch. Er sollte sie nicht vor sich knien sehen. »Mit welchem Recht schleppt Ihr mich von meinem Haus hierher und haltet mich gefangen?«

»Ihr mißversteht meine Absichten«, sagte der Sheriff von oben herab. »Ich habe Euch nur zu Eurer eigenen Sicherheit und zu Eurem Schutz hierherbringen lassen.«

»Schutz vor wem?« fragte Marian eisig.

»Vor Euch selbst, meine Lady. Es hat den Anschein, als hättet Ihr Euch mit den Waldleuten verbündet.«

Marian hielt sich aufrecht und wich seinem Blick nicht aus. »Woher habt Ihr diese Lügen?«

Der Sheriff griff wortlos in seine Tunika und brachte den Brief zum Vorschein, den sie an König Richard gerichtet hatte. Marians Mut sank, als sie sah, daß das Wachssiegel erbrochen war.

»Woher? Von Eurer eigenen Hand, meine Lady.«

Marian blickte den Bischof sprachlos an. Doch dieser antwortete nur achselzuckend: »Es tut mir leid, meine Tochter. Aber es war mir völlig klar, daß man Euch vom rechten Pfad geführt hatte.«

»Und was, liebe Marian«, sagte der Sheriff, »soll ich jetzt mit Euch machen?«

Geheimnisse

Der Sheriff führte Marian auf einen Balkon hinaus, von dem man den ganzen Burghof überblicken konnte, und zeigte ihr, was von ihrer Welt noch übriggeblieben war. In der Morgenkälte drängten sich unten schmutzig, blutig und mit unversorgten Brandwunden die Überreste von Robin Hoods Waldleuten in Ketten und Fesseln; Männer, Frauen und Kinder, alle still und ohne zu jammern, verstummt in Schmerz, Leid, Verlust und lautlosem Schrecken, wie er auch Tiere in der Falle überkommt. Soldaten bewegten sich gemächlich unter ihnen und teilten sie in Gruppen auf, die sie nach unten in die Verliese trieben. Wachsoldaten sicherten den Hof mit gezogenen Waffen. Sie beobachteten die Gefangenen mit kalten, flachen Blicken, als hofften sie darauf, daß irgendeiner töricht genug sei, irgend etwas anzufangen, das ihnen Anlaß zum Einschreiten und Zuschlagen gäbe. Doch niemand rührte sich.

Marian sah auf sie hinab und erkannte alle Gesichter wieder. Das Herz brach ihr fast. Auch für sie war das Lager der Waldleute Teil eines geliebten, einfachen Traums von Freiheit geworden. Doch dieser Traum war nun zu Ende und statt seiner wieder die rauhe Wirklichkeit eingekehrt. Und gerade als sie glaubte, den Anblick nicht mehr länger ertragen zu können, erkannte sie in der elenden Menge ihre vermißte Hausdame Sarah. Die Frau, die sie, wie unabsichtlich auch immer, Gefahr und Verrat ausgeliefert hatte. Augenscheinlich war sie vor kurzem heftig mißhandelt worden. Ihr Gesicht war von blauen Flecken übersät, und in ihren gebrochenen Augen standen Furcht und Flehen. Marian sah zu Boden. In ihrem ganzen Leben hatte sie sich nicht so niedergeschlagen und hilflos gefühlt.

Der Sheriff trat neben sie.

»Es ist alles vorbei«, sagte er gelassen. »Diese Waldmännergeschichte gehört nun der Vergangenheit an. Mit dem heutigen Tag habe ich das Recht und Ordnung in der Grafschaft wiederhergestellt.« Er machte eine Pause und sah Marian an, als erwarte er eine Antwort von ihr.

Doch sie hatte ihm nichts zu sagen.

Er lächelte andeutungsweise und blickte hinab auf die Gefangenen im Hof.

»Ich habe beschlossen, zehn der Anführer hängen zu lassen, um ein Exempel zu statuieren. Zu Eurer Hochzeit gedenke ich Milde walten zu lassen. Ich schenke Euch das Leben aller anderen dieser Elenden und ihrer Familien. Und natürlich das Eurer verräterischen Hausdame.«

Er bedeutete den Soldaten unten, die Kinder von ihren Eltern zu trennen und sie unter dem Balkon zusammenzutreiben. Die Kinder sahen mit leeren Augen zu Boden. Ein kleines Mädchen griff vertrauensvoll nach der Hand eines der Soldaten. Marian schluckte heftig und zwang sich, äußerlich ruhig und gefaßt zu bleiben. Ihre Stimme blieb fest, als sie sich dem Sheriff zuwandte und ihm antwortete.

»Und wen genau soll ich heiraten?«

»Erforscht Euer Herz, Marian«, sagte der Bischof, der soeben zu ihnen auf den Balkon heraustrat. Er warf einen kurzen Blick auf die Gefangenen unten und verzog angewidert das Gesicht angesichts der schmutzstarrenden Menge. Anschließend wandte er sich mit charmantem Lächeln an Marian. »Würde eine Verbindung zwischen Euch und dem Haus Nottingham nicht eine Erneuerung bringen, eine Chance, die Wunden dieses Landes zu heilen?«

Marian sah ihn mit derartiger Verachtung an, daß er nicht mehr weitersprach und ihrem Blick auswich, weil er den Zorn und die Anklage, die aus ihren Augen sprachen, nicht ertrug. Sie lächelte bitter. »Nur ein einziger Mann macht sich wirklich Sorgen um die Wunden dieses Landes. Er war auch der einzige, der sie zu heilen versuchte. Robin Hood.«

Der Sheriff griff in seine Tunika und brachte ein Goldmedaillon an einer Kette zum Vorschein. Er legte es sanft in Marians Hand. Sie erkannte das stolze Wappen der Locksleys. Die Tränen, die sie so lange zurückgehalten hatte, brannten ihr nun in den Augen. »Nein«, flüsterte sie schließlich. »Nein, es ist nicht wahr. Ich glaube es nicht.«

»Ihr könnt auch die Leiche sehen, wenn Ihr noch mehr Beweise verlangt«, sagte der Sheriff. »Sie ist allerdings schlimm verbrannt, doch wenn Ihr unbedingt meint, könnt Ihr gerne einen Blick auf sie werfen.«

Marian schloß die Augen, und ihre Hand umklammerte das Medaillon so heftig, daß alles Blut aus ihr wich. Doch sie gab keinen Laut von sich.

»Es tut mir wirklich aufrichtig leid, Marian«, sagte der Sheriff. »Ich hatte keinen Streit mit Locksley, bis er sich gegen mich wandte. Er war stark und tapfer. Ein würdiger Gegner. Zu anderer Zeit, unter anderen Umständen, hätten wir durchaus Freunde sein können. Leider hat er statt dessen sein Leben an unsinnige Träume und hoffnungslose Phantasien vergeudet. Wie viele Menschenleben möchtet Ihr noch auf Euer Gewissen laden?«

Er wartete, doch Marian hatte keine Antwort für ihn. Er nahm sie fest an der Hand und führte sie zurück nach drinnen, Gänge entlang und Treppen hinab, bis sie schließlich hinaus in den Burghof traten, wo die Kinder noch immer standen. Der Sheriff deutete mit einer Handbewegung auf sie.

»So schön, so voller Leben... und so wenig gewahr, wie kurz und gefährdet das Leben sein kann.« Er drückte sanft ihre Hand. »Marian, unsere Verbindung könnte all diesen Kindern ermöglichen, als unsere Verbündeten heranzuwachsen. Ihr müßt das verstehen. Ich kann schließlich nicht zulassen, daß sie als meine Feinde aufwachsen.« Er wartete wieder geduldig auf eine Antwort, aber Marian starrte lediglich die Kinder an. Er nahm ihr Kinn in die Hand und drehte ihren Kopf zu sich herum, so daß sie ihn ansehen mußte. »Ich bin bereit, alles, was ich habe, mit Euch zu teilen. Alles, was ich dafür hören will, ist ein ›Ja‹.«

Marians Kiefer preßten sich zusammen. Sie sah ihn an, aber in ihrem Blick spiegelte sich allein das Bild der Kinder. »Nun gut, mein Lord. Ich habe keine Wahl. Ja.«

Der Sheriff lächelte und ließ ihr Kinn los. Er wandte sich an den Bischof, der soeben wiederum zu ihnen trat, mit schwerem Atem von dem Hasten über die Treppen. »Ah, mein guter alter Freund! Führt Lady Marian in ihre Gemächer und sorgt für ihre Bequemlichkeit. Ich bin sicher, sie wird sich mit der Zeit der Vorzüge unserer Verlobung bewußt werden.«

Der Bischof bot Marian die Hand, doch sie rauschte an ihm vorbei und ging so schnell zurück in die Halle, daß sie fast lief; als könne sie alles hinter sich lassen, wenn sie sich nur schnell genug bewegte. Sie hielt Robins Medaillon noch immer krampfhaft in der Hand und flüsterte seinen Namen, als sie im trüben Halbdunkel der Burg verschwand.

Eine kalte Brise wehte über die Reste des Waldmännerlagers im Sherwood Forest. Verbrannte Leichen lagen überall, manche noch mit flehentlich ausgestreckten Händen und Armen, erstarrt in der Bitte um Hilfe, die nicht mehr gekommen war. Von den Hütten waren höchstens noch verkohlte Gerüstbalken übrig. Die toten Häuser toter Menschen, über die der Wind Aschenreste wehte. Es war ein Ort des Grauens, des Todes und der Trauer.

Little John, Asim und Bruder Tuck wanderten ziellos herum auf der Suche nach irgendwelchen Lebenszeichen, irgendwelchen Spuren, irgend etwas, das ihnen Hoffnung geben könnte, daß doch nicht alles umsonst und verloren war. Irgend etwas, das ihnen einen Grund zum Weiterleben geben mochte. Doch wohin sie auch blickten, überall sahen sie nur Zerstörung und das Ende ihrer eigenen Träume.

Little John blieb plötzlich stehen, kniete nieder und hob

einen halbverbrannten, doch noch immer deutlich erkennbar geschnitzten Bogen auf.

»Robins«, sagte er leise. Die anderen nickten. Es war fast wie ein stummes Gebet. Er schüttelte traurig den Kopf, und als er aufsah, blieb ihm schier das Herz stehen, als er eine dunkle Gestalt hinter den Bäumen hervorkommen sah. Er sprang und ging mit seinem vorgestreckten Stock in Kampfstellung. Das Blut gefror ihm in den Adern.

»Großer Gott, was habe ich getan? Robin, ich flehe dich an, kehre zurück zu den Toten...«

Robin lächelte müde. »Aber John, ich bin kein Gespenst. Auch wenn ich dem Sensenmann nur um Haaresbreite ausgewichen bin. Wenn dieser Ast meinen Sturz nicht abgefangen hätte... Aber es ist ganz gut, wenn der Sheriff mich für tot hält. Um so größer ist die Chance, daß er gegenüber unseren Leuten Gnade walten läßt.«

Little John begann zu lachen und drückte Robin herzhaft an sich. »Nicht nur der Sheriff hat Euch für tot gehalten! Dabei hätte ich doch wissen müssen, daß Ihr überleben würdet!«

Als John ihn wieder losgelassen hatte, sah Robin sich erst einmal um, ließ seinen Blick über die Toten und das zerstörte Lager schweifen. Das war alles, was von seiner noch vor kurzer Zeit so lebendigen und hoffnungsvollen Gemeinde übriggeblieben war.

»Vielleicht wäre ich besser tot«, murmelte er. »Alles meinetwegen. Es ist alles meine Schuld.«

Little John legte ihm begütigend den Arm um die Schulter und zog ihn mit sich. »Kommt. Ein paar von uns sind immerhin noch übrig. Es wird sie aufmuntern, Euch lebendig zu sehen.«

Sie führten ihn fort, in den Wald hinein. Und wenn sie den Toten auch den Rücken gekehrt hatten, blieben sie doch für immer bei ihnen, in ihren Herzen und Gedanken.

In einem Verlies tief unter Nottingham Castle standen die zehn zur Hinrichtung verurteilten Waldmänner in Ketten an schmutz- und blutverkrusteten Wänden. Sie standen reglos und schweigend, längst jenseits von Klagen, Protesten und Jammern. Schmutziges Wasser lief ihnen über die Füße, und zuweilen bewegte sich darin etwas, doch meist war es zu dunkel, um irgend etwas zu erkennen. Als eine Ratte an Will Scarlet vorbeischwamm, trat er teilnahmslos nach ihr.

»Laß sie in Ruhe«, sagte einer aus dem Dunkel. »Sie ist unser Essen.«

Einige brachten darauf immerhin eine Art Kichern zustande, aber es klang eher flau und müde durch die Finsternis. Sie wußten alle, daß keiner von ihnen mehr aus diesem Verlies herauskam, außer wenn es in die Folterkammer und zuletzt zum Galgen ging. Ihr Tod war beschlossene Sache, es ging nur noch darum, wann und wie sie sterben würden. Die einzige Hoffnung, die ihnen blieb, war, daß es rasch gehen möge.

Ein schwerer Schlüssel drehte sich im Schloß. Alle Blicke richteten sich auf die Tür. Die schweren Riegel wurden zurückgeschoben. Einige bemühten sich, trotz der schweren Ketten aufrecht zu stehen. Die meisten waren aber doch zu erschöpft für diese kleine Demonstration der Verachtung.

Die Tür öffnete sich. Sie mußten ihre Köpfe abwenden, so geblendet waren sie von der plötzlichen Helligkeit durch die Fackeln. Der Sheriff trat ein und verzog kaum merklich das Gesicht, als er in das Schmutzwasser trat. Er sah sich in aller Ruhe um, während ein Dutzend Wachen hinter ihm das Verlies betrat. Der Sheriff war kein Mann, der Risiken in Kauf nahm. Selbst ein gefangenes Tier konnte noch gefährlich werden, wenn es wußte, daß es nichts mehr zu verlieren hatte.

Er stellte sich breitbeinig vor den nächsten Gefangenen und lächelte kühl. »Was ist dir lieber, Schmerzen oder Tod?«

Der Angesprochene blickte ihn mit halbgeschlossenen Augen an, aber weder seine Ketten noch sein bejammernswerter Zustand konnten ihm seine Würde nehmen. »Dann gebt mir den Tod«, sagte er sachlich, während die anderen zustimmend murmelten.

Der Sheriff tat, als überlege er wirklich für einen Moment. Dann nickte er den Wächtern zu. »Zur Folter mit ihm.«

Die Soldaten schlossen seine Ketten auf und schleppten ihn fort, ohne auf seine Flüche und Proteste zu achten. Der Sheriff wandte sich an den nächsten. »Und du? Schmerzen oder Tod?«

Der Gefangene überlegte schnell. Dann sagte er unsicher: »Schmerzen?«

Der Sheriff nickte wieder seinen Soldaten zu. »Zur Folter mit ihm.«

Dann trat er zurück und lächelte die anderen an, während der zweite Gefangene, wie er auch um sich schlug und sich wehrte, ebenfalls fortgeschleppt wurde. »Wie ihr seht, ist es ganz gleichgültig, wofür ihr euch entscheidet. Keinem von euch wird die Folter erspart!« Dann kam er nahe an einen, der Anzeichen von Furcht zu erkennen gab. »Man berichtet mir, daß Robin Hood doch noch am Leben sein soll. Und ihr werdet mir alles sagen, was ihr über ihn wißt. Wo er sich versteckt halten könnte... alles. Und wenn ich den letzten Tropfen Wissen aus euch herausgequetscht habe, werdet ihr alle miteinander hängen. Und dann werden wir uns Robin Hood holen. Er wird nach langem Leiden sterben.«

»Es geht auch schneller«, sagte Will Scarlet. »Laßt mich hier heraus, und ich bringe ihn Euch selbst um.«

Einen Augenblick lang machte sich entsetztes Schweigen breit, dann erhob sich zorniges Rufen. Drohungen wurden gegen Will Scarlet ausgestoßen. Der Sheriff winkte seinen Wächtern nur knapp zu. Sie gingen sofort dazwischen und brachten alle mit Schlägen und Hieben zum Schweigen. Der junge Wulf riß zornig an seinen Ketten und hätte Will Scarlet, zu dem nun der Sheriff kam und vor ihm stehenblieb, am liebsten mit seinen Blicken umgebracht.

Der Sheriff musterte Will Scarlet mit dem gleichen Interesse, wie er eine Kellerassel musterte, doch dieser wich seinem scharfen Blick nicht aus.

»Wenn er noch lebt«, sagte Will Scarlet, »dann weiß ich auch, wo ich ihn finden kann. Und ich komme an ihn heran. Ich bin schließlich einer seiner Leute. Mich würde er nie verdächtigen.«

Wulf rannte erneut gegen seine Ketten an, riß und zerrte mit aller Kraft an ihnen. Er fauchte und knurrte wie ein Tier. »Er weiß, daß du ihn immer gehaßt hast, Verräter!«

Eine der Wachen brachte ihn zum Schweigen.

Der Sheriff hatte ihn gar nicht zur Kenntnis genommen und seinen Blick nicht eine Sekunde von Will Scarlet gewandt.

Will Scarlet lächelte kalt. »Robin Hood ist ein armer Irrer. Er würde nie auf den Gedanken kommen, daß ihn einer seiner Leute nicht lieben könnte. Aber selbst wenn es nicht so sein sollte... dann bringt er mich eben um. Und Ihr habt nichts verloren dabei.«

Der Sheriff zog sein Schwert und kam ganz nahe. Will Scarlet versuchte unwillkürlich zurückzuweichen, doch die Mauer, an der er stand, gab nicht nach. Der Sheriff schob ihm vorsichtig seine Schwertspitze zwischen die Zähne und in den Mund. »Wenn es dir nicht gelingt«, sagte er ruhig, »dann schneide ich dir deine Lügenzunge persönlich heraus.«

Er zog die Klinge wieder heraus, steckte sie aber noch nicht wieder in die Scheide. Will Scarlet schluckte und versuchte ein Lächeln. »Aber wenn ich es schaffe, dann will ich die Freiheit und das auf ihn ausgesetzte Kopfgeld.«

»Aber natürlich«, sagte der Sheriff und winkte seinen Leuten. »In die Folterkammer mit ihm!« Er lächelte dem schokkierten Will Scarlet freundlich zu. »Sieht besser aus.«

Und er lachte leise in sich hinein, als die Soldaten Will Scarlets Ketten aufschlossen und ihn davonschleppten, und der häßliche Klang dieses Gelächters hing noch lange, nachdem er fort war, in dem dunklen Verlies.

Der Tag verging und die Nacht, und der Morgen dämmerte bereits über Sherwood, als Robin das vorletzte Grab zuschüttete.

Er war jenseits von Schmerz oder Müdigkeit und bewegte sich allein noch mit grimmiger Willenskraft und mit dem Schuldgefühl, das er einfach nicht abschütteln konnte. Er klopfte die Erde des niedrigen Hügels fest und richtete sich auf, um sich umzublicken. Die Lichtung hatte sich in einen Friedhof verwandelt. Wo einst ihr neues Dorf voller Leben, Hoffnung und Lachen gewesen war, lagen jetzt Gräber in unübersehbarer Zahl. Bruder Tuck ging von einem Grab zum anderen, steckte in jeden Erdhügel ein grob gezimmertes Holzkreuz und murmelte Gebete dazu. Wenn er den Namen des Toten wußte, murmelte er auch diesen, aber die meisten waren bis zur Unkenntlichkeit verbrannt und verkohlt. Das Feuer war groß und gnadenlos gewesen.

Die toten Kelten hatten sie nicht begraben. Sie hatten ihre Leichen in den Wald gezerrt, um sie dort verwesen zu lassen.

Robin stützte sich auf seine Schaufel und gestattete sich ein paar Augenblicke Pause. Über der Lichtung hing der Morgennebel wie ein Schleier und verlieh dem neuen Friedhof ein fast friedliches Aussehen. Doch niemand wußte besser als er, wie sehr das trog. Für niemanden gab es fortan Ruhe oder Frieden, solange alle diese Toten nicht gerächt waren.

Er hörte Schritte. Asim kam. Er trug Duncan auf den Armen. Robin nickte ihm zu, und Asim legte den Toten vorsichtig in ein schon vorbereitetes Grab.

»Mein Stolz hat uns so weit gebracht«, sagte Robin leise.

»Nein«, widersprach Asim. »Du hast diesen Leuten Stolz gegeben, und ein Leben, das es wert war, daß sie dafür kämpften.«

Robin blickte auf Duncan in seinem Grab. Der alte Mann

sah klein und verrenkt aus, wie ein zerbrochenes Spielzeug. »Ich hätte ihn niemals weggehen lassen dürfen. Und ich war verrückt zu glauben, daß alles nur eine Frage der Planung sei.«

Asim sah ihn fest an. »Ich habe einen weisen Mann einmal sagen hören: ›Es gibt keinen vollkommenen Menschen auf dieser Welt, nur vollkommene Absichten.‹«

Robin sah ihn lange ernst an und schluckte schwer. Er kämpfte heftig mit seinen Gefühlen, die ihn schier zu zerreißen drohten. »Du hast deinem Volk gestern große Ehre gemacht, Asim. Du hast tapferer gekämpft als zwanzig englische Ritter zusammen.«

Er hob die Schaufel, brachte es aber nicht über sich, Erde auf seinen alten Gefährten zu werfen. Asim nahm sie ihm aus der Hand. »Ich tue es schon. Ruhe dich etwas aus, mein Freund.«

Robin nickte schwer und ging auf unsicheren Beinen davon. Schließlich gelangte er zu einem langsam plätschernden Bach jenseits der Lichtung. Er kniete daran nieder und wusch sich Gesicht und Hals mit dem eiskalten Wasser. Der Kälteschock machte ihn wieder wach. Er rang eine Weile nach Atem. Es war allerhöchste Zeit, daß er seinen Verstand wieder gebrauchte. Seit dem Angriff hatte er seine Gefühle nicht mehr unter Kontrolle gehabt. Doch jetzt mußte er seinen Verantwortlichkeiten als Anführer der Waldmänner endlich wieder nachkommen und sich etwas ausdenken und zurechtlegen, wie er verdammt noch mal mit der Situation fertig werden wollte. Falls es überhaupt etwas gab, was er tun konnte. Er starrte abwesend in das Wasser, bis er plötzlich merkte, daß sich außer ihm noch jemand darin spiegelte. Er fuhr herum.

»Bißchen sorglos geworden, Robin, wie?« sagte Will Scarlet.
»Es gab einmal Zeiten, da ich es nicht geschafft hätte, mich so einfach an Euch heranzuschleichen.«

Robin stand auf und lachte erfreut. »Will! Ich dachte, du wärst auch gefangen!«

»Das war ich auch«, sagte Will Scarlet.

»Und wie bist du dann entkommen?«

»Ich habe versprochen, Euch zu töten.«

Seine Worte hingen seltsam in der Morgenstille. Sie lasteten schwer mit ihrer Aussage und allen unausgesprochenen Emotionen. Will Scarlet blickte an Robin vorbei, und als dieser zur Seite blickte, sah er Little John neben sich stehen.

»Ich werde dir deinen verdammten dürren Hals umdrehen, Will Scarlet! Bull, hol uns ein Seil!«

»Nein!« widersprach Robin scharf. »Hier ist genug getötet worden.«

»Es ist nie genug«, sagte John, »solange Verräter wie der da frei herumlaufen.«

Er packte Will Scarlet, der keinerlei Widerstand leistete, an den Schultern und zerrte ihn zurück zur Lichtung, um ihm die vielen Gräber zu zeigen. Asim war gerade dabei, Duncans Grabhügel festzuklopfen. Er sah Will Scarlet fragend entgegen, doch dieser starrte nur ausdruckslos zurück. Bull und Fanny erschienen auf Johns Rufe hin und starrten Will Scarlet feindselig an. Bruder Tuck war ohnehin nur eisige Verachtung. Little John schüttelte Will Scarlet heftig.

»Keiner entkommt den Verliesen des Sheriffs, es sei denn, er hat dessen Gold in der Tasche!«

»Durchsucht ihn!« rief Fanny zornig. »Sicher hat er irgendwo eine Waffe versteckt!«

Bull nickte mit dem Schwert in der Hand. Ihm war alles recht, was gegen Will Scarlet ging. Doch dieser zeigte keinerlei Angst oder Betroffenheit angesichts der Beschuldigungen gegen ihn und sagte gar nichts. John tastete ihn grob ab und riß ihm schließlich das Hemd auf. Alle hielten unwillkürlich den Atem an. Will Scarlets Brust war über und über mit kaum verheilten Schnitten und Brandwunden übersät. John ließ ihn los, und Will Scarlet richtete mit einer gewissen Würde sein Hemd, um seine Wunden wieder zu verbergen.

»Ich soll verdammt sein«, flüsterte John.

»Laß ihn reden«, sagte Robin.

Will Scarlet blickte sie alle der Reihe nach kurz an und sprach dann mit fast gespenstischer Ruhe. »Ich bringe eine Botschaft vom Sheriff von Nottingham. Zehn unserer Leute werden am Samstag, genau zur Mittagszeit, auf dem Stadtplatz gehängt.«

»Was ist mit meinem Jungen?« fragte Fanny.

Will Scarlet sah sie fast um Entschuldigung bittend an. »Wulf ist einer dieser zehn.«

Fanny wandte sich ab und verbarg ihr Gesicht an Little Johns Brust. Er klopfte ihr sanft auf den Rücken, aber in seinen Augen stand nichts als blanker Haß.

»Das ist noch nicht alles«, sagte Will Scarlet. »Die Hinrichtungen sind Teil der Hochzeitsfeierlichkeiten des Sheriffs.«

Bull schnarrte geringschätzig: »Und welche Metze hat die Ehre, mit des Sheriffs Hosenlatz zu spielen?«

Will Scarlet sah Robin eindringlich an. »Lady Marian hat eingewilligt, seine Braut zu sein.«

»Marian?« sagte Bruder Tuck stirnrunzelnd. »Was denn, der Sheriff nimmt sich eine Braut von königlichem Blut?«

Little John nickte zornig. »Aye, und da König Richard fort ist, wird sich unser Sheriff auch noch den verdammten Thron unter den Nagel reißen!«

Und dann wurde ihnen allen bewußt, was diese Nachricht für Robin bedeuten mußte, und ein verlegenes Schweigen trat ein. Alle blickten ihn betreten an. Doch von allen war tatsächlich er der einzige, der keinerlei Überraschung zeigte. Er blickte Will Scarlet unverwandt an. Sein Gesicht war verschlossen und grimmig.

»Man hat mir ausdrücklich aufgetragen, mir gerade diese Nachricht zu überbringen, und mich erst danach zu töten, nicht wahr, Will?«

Scarlet lächelte andeutungsweise. »Natürlich nicht gleich danach.«

»Was also hast du im Sinn, Will?«

»Das hängt von Euch ab, Locksley. Ich habe Euch nie vertraut, das ist kein Geheimnis. Und genau da kommen wir zum Punkt der Wahrheit. Ihr habt uns immer eine Menge schöner Dinge erzählt, von Stolz und Ehre und dem Mut, gegen das Unrecht anzutreten und zu kämpfen. Wie ist es jetzt damit, nach allem, was war? Denkt Ihr noch immer so? Seid ihr bereit, auch zu beenden, was Ihr begonnen habt, jetzt, wo Ihr nur noch auf Euch selbst gestellt seid und kein Heer von Waldleuten mehr hinter Euch steht?«

Robin sah ihn stumm an und blickte über die Lichtungen mit allen ihren Gräbern hin. Little John beeilte sich, ihm beizustehen.

»Laß den Mann in Ruhe, Will Scarlet. Es ist vorbei. Wir müßten wahnsinnig sein, jetzt noch etwas gegen den Sheriff zu unternehmen, wir paar.«

Will Scarlet beachtete ihn nicht und ließ kein Auge von Robin. »Also? Wollt Ihr wirklich weitermachen und uns weiterkämpfen lassen, bis zum letzten Mann? Oder wollt Ihr Euch lieber von uns abwenden und davonlaufen, wie das verwöhnte reiche Söhnchen, das Ihr in meinen Augen immer geblieben seid?«

Robin starrte ihn an, nun doch in aufwallendem Zorn. »Woher, Will Scarlet«, sagte er, mühsam beherrscht, »kommt dieser so ganz unbezähmbare Haß auf mich?«

»Woher er kommt, Robin? Daher, daß dein Vater dich mehr liebte als mich!«

Alle schwiegen verblüfft und verwundert. Und Will Scarlet nickte noch zur Bekräftigung und kostete sein Gefühl der erlittenen Ungerechtigkeit aus wie ein alter Familienfreund. »Du und ich, Robin Locksley«, sagte er, »sind Brüder! Ich bin der Sohn einer Frau, die deine tote Mutter ersetzte... eine Zeitlang. Deine Mißbilligung hat sie auseinandergetrieben!«

Aller Blicke wanderten sprachlos zwischen Will Scarlet und Robin hin und her. Jetzt, wo sie dies gehört hatten, sahen sie, daß es in der Tat eine gewisse Ähnlichkeit zwischen den beiden gab.

Robin ging zu Will hinüber, bis er ihm dicht gegenüberstand.

»Das wußte ich nicht, Will.«

»Auch dein Vater nicht«, sagte Will Scarlet mit rauher Stimme. »Meine Mutter hat es ihm nie gesagt. Sie schämte sich zu sehr, zu ihm zurückzukehren, nachdem sie einmal gegangen war.« Er blickte die anderen, die immer noch in sprachloser Verwunderung dastanden, reihum an. »Also, nun wißt ihr es. Ich habe mehr Grund als irgend jemand, Robin zu hassen, nur... gleichzeitig verlangt etwas in mir, an ihn zu glauben.«

Robin umarmte Will Scarlet und drückte ihn an sich. Sie standen lange wie in einer Art kämpferischer Umarmung und versuchten, die Jahre, die sie trennten, zu verdrängen. Die anderen blickten einander verwirrt und verlegen lächelnd an. Eine Menge Dinge waren nun plötzlich klar. Die beiden Brüder trennten sich endlich wieder voneinander. Beide bemühten sich zu verbergen, daß ihnen die Tränen in den Augen standen. Robin gelang schließlich ein Lächeln. »Ich habe einen Bruder! Und ich wollte doch immer einen haben!«

»An diesem Tag heute«, sprach Asim, »sind wir alle Brüder. Wenn nicht nach Blut, so doch durch Feuer.« Er zeigte bedeutungsvoll auf die Gräber. »Wollen wir vergessen, was all diese Menschen unserer Sache opferten und unserer Wege gehen? Oder schließen wir uns zusammen, wie es Brüder tun sollten, und retten jene, die ihrerseits uns retten würden, wenn wir an ihrer Stelle wären?«

Bruder Tuck trat vor und stellte sich demonstrativ neben den Mauren. »Wenn mein heidnischer Bruder bleibt, bleibe ich auch.«

»Aye!« sagte Bull. »Brüder, bis in den Tod!«

Little John lachte und schüttelte den Kopf. »Verdammte Hölle. Da sind wir alle verdammt mit drin.«

Robin sah sich unter seinen Freunden um. Sie grienten ihn an, und er griente zurück. »Noch ist das Spiel nicht aus, meine Freunde. Nicht, solange wir nicht ›Ende‹ darunter geschrieben haben.«

In den Verliesen unter Nottingham Castle hingen die zehn verurteilten Waldmänner schlaff in ihren Ketten und versuchten sich von der Folter zu erholen, was nur bedeutete, daß sie auf deren Fortsetzung warteten. Keinem waren die Peitschen und Messer und die Brandeisen erspart geblieben, nicht einmal dem jungen Wulf. Einige stöhnten in der Finsternis vor sich hin, einige beteten, und einige schluchzten ganz offen. Keiner machte ihnen einen Vorwurf. Und ob sie nun etwas gegen Robin ausgesagt hatten oder nicht, mußte jeder mit seinem eigenen Gewissen ausmachen. Niemand sonst ging es etwas an. Von draußen war entfernt, aber deutlich zu vernehmen, wie das Galgengerüst aufgebaut wurde.

Wulf biß sich auf die Lippen, um nicht zu wimmern, und starrte hinauf zu dem schmalen Lichtstrahl, der von oben in das Verlies hereinfiel. Der Schlitz war nicht groß genug, um ein Fenster genannt werden zu können, aber durch ihn drang das einzige Tageslicht. Mit dem Abend wurde es schwächer, und mit ihm schwanden auch Wulfs Hoffnungen. Er hatte ja gewußt, daß er zusammen mit den anderen sterben sollte, doch bis jetzt hatte er es nicht recht glauben wollen.

Bis zuletzt hatte er auf seinen Vater oder Robin gehofft. Doch im tiefsten Inneren war er davon überzeugt, daß sie beide längst tot waren. Vielleicht sah er sie wieder nach seinem Tod? Dann konnten sie zusammen in irgendeinem himmlischen Wald leben. Er hatte Angst, doch zu seiner Überraschung entdeckte er, daß er sich am meisten davor fürchtete, nicht die Kraft zu haben, würdevoll in den Tod zu gehen. Er wollte nicht vor der gaffenden Menge zusammenbrechen und dann schreiend und weinend zum Galgen geschleppt werden. Denn das war es doch, was der Sheriff sich erhoffte. Verdammt wollte er sein, wenn er dem Bastard diese Freude verschaffte! Er war ein Waldmann und stolz darauf. Er umklammerte sein hölzernes Kruzifix mit blutigen Fingern und hätte gern irgendein passendes Gebet gewußt.

»Herr, hier spricht Wulf. Wenn du also schon beschlossen hast, daß dies die letzte Nacht meines Lebens ist, dann bitte ich dich, gib mir den Mut, daß ich erhobenen Hauptes sterbe. Und... sei nett zu meiner Familie und den ganz Kleinen.«

Er konnte an nichts anderes mehr denken. Er beobachtete, wie der letzte Lichtschein oben an dem Mauerspalt verdämmerte und sich totale Finsternis über das Verlies senkte.

Der Sheriff ging beschwingt in seinen Privatgemächern hin und her und erfreute sich an dem wiederbeschafften Gold in den großen Schatzkisten, die fast den ganzen Raum füllten. Immer wieder konnte er nicht anders, als mit beiden Händen hineinzugreifen und die Münzen klingend wieder zurückfallen zu lassen. Nichts auf der Welt konnte sich so anfühlen! Es war eine Lust! Eine ganze Kammer voller Gold! Zehn Waldleute zum Hängen! Und Marian als seine versprochene Braut! Was fehlte ihm nun noch? Nur noch der Thron Englands! Und auch den würde er noch bekommen, beizeiten.

Sein oberster Schreiber kam herbeigeeilt, devot und von äußerster Unterwürfigkeit, seit er ihm seine Zunge hatte herausschneiden lassen. Er kritzelte eilig etwas auf seine Schiefertafel und zupfte den Sheriff bescheiden am Ärmel. Der Sheriff blickte sich um, las und lächelte den schwitzenden Schreiber an.

»Meine Braut ist überwältigt von ihrem Glück. Vielen Dank für die Nachfrage. Alles ist gut. Ich habe das meiste meines Reichtums wieder, Robin Hood ist besiegt und so gut wie sicher tot, und die Barone haben mir ihre Unterstützung für die Königswahl zugesagt. Alles ist bestens... wie vorausgesagt.«

Er lehnte sich an die Wand und blickte mit Befriedigung auf seine Reichtümer. Sie waren sichtbar vor ihm ausgebreitet. Er konnte seine Zufriedenheit kaum noch ausdrücken und umarmte sich selbst. All dies war sein. Erlesene Kleider, erlesene Möbel, erlesene Stoffe an den Wänden... Er lachte und fuhr mit den Händen an der Wand entlang. Dann stutzte er plötzlich und hielt inne. Seine Finger hatten ein kleines Loch berührt. Er inspizierte es eingehend. Und je länger, desto mehr ging sein fragendes Stirnrunzeln in blanken Zorn über, als er begriff, daß dies ein geschickt getarntes Guckloch war. Er fuhr herum und sah den Schreiber mit grausamen Augen an.

»Hast du kleine Kröte mich heimlich ausspioniert?«

Der Schreiber schüttelte heftig den Kopf und fiel vor dem

Sheriff auf die Knie. Er kritzelte hastige Verneinungen auf seine Tafel, doch der Sheriff hatte ihn bereits vergessen.

Wer hatte dieses Loch gebohrt? Wem lag daran, ihm selbst in seinen Privaträumen nachzuspionieren? Er blieb abrupt stehen, als ihm die Antwort klar wurde. Ein gewaltiger Zorn kochte in ihm hoch, bis er glaubte, er explodiere, als ihm mit einem Schlag eine Menge Dinge klar wurden.

»*Mortianna!*«

Und er stürmte hinaus, während der Schreiber erleichtert aufatmete. Gerade wollte er hinter dem Rücken des Sheriffs zu einer obszönen Geste ausholen, besann sich dann aber doch eines Besseren. Man wußte doch wirklich nie, wer einen gerade beobachtete.

Der Sheriff kochte. Den ganzen Weg durch die schwach erhellten Korridore murmelte er aufgebracht vor sich hin. Dann war er in den finstersten Tiefen unter Nottingham Castle angelangt. Sein Zorn nahm mehr und mehr zu, je näher er Mortiannas Reich kam, bis er in ihr Gemach hineinstürmte und sich erregt umblickte.

»Mortianna? Wo bist du, mit deinen verdammten Augen?«

Dann war da bereits das vertraute Schlurfen und Zischeln, als das alte Albinoweib aus dem Schatten hervorkam und den Sheriff mit ihren beunruhigend roten Augen musterte. »Du kommst früh. Das Ritual ist noch nicht vollzogen.«

Der Sheriff vermochte seinen Zorn nicht länger zu bändigen und kam mit so heftig geballten Fäusten, daß die Knöchel weiß wurden, auf sie zu. »Hör auf damit! Scharlatanerie! Hexe!«

Mortianna wich seinen wilden Blicken gelassen aus und griff in ihre Tasche nach den Runen. »Da du gar so ungeduldig bist, will ich es dir gleichwohl versuchen.« Und sie schüttelte die Runen wie üblich auf den Boden vor sich hin. Sie stöhnte leise auf über das Muster, in dem die Runen gefallen waren, und begann sich dann mit verdrehten Augen hin und her zu winden. »Diese Verbindung... das Blut des Löwen und das Haus Nottingham. Neue Macht, neue Seelen...«

Aber der Sheriff stieß das ganze Hölzchenwerk mit dem Fuß grob beiseite. »Schluß damit! Schluß! Ich habe das Loch entdeckt! Du wagst es, mir nachzuspionieren? Sag mir die Wahrheit und gestehe, ein einziges Mal in diesem Leben, du häßliche Mißgeburt von einem alten Weib!«

Mortianna richtete sich auf und beendete ihre Runenschau wie nebenbei, dann lächelte sie den Sheriff fast verächtlich an. »Woher plötzlich dieses Interesse an der Wahrheit? Sie war doch noch nie deine Sache! Wahrheit hat doch den Lord Nottingham nicht dorthin gebracht, wo er heute ist! Das war Mortiannas Werk, meines!«

Der Sheriff hob die Hand, um zuzuschlagen, doch etwas in ihrem gelassenen Blick hielt ihn im letzten Moment davon ab. »Du häßliches Hexenweib! Ich verabscheue dich! Sobald die Hochzeit vorüber ist, lasse ich dich auf die Straße setzen! Ohne meinen Schutz überstehst du dort draußen keinen Tag! Die Leute reißen dir dein schwarzes Herz aus dem Leib und verbrennen es!«

Er brach ab, als Mortianna nur heiser lachte, und wich wider Willen zurück, als sie auf ihn zukam und mit ihrem knochigen

Finger auf ihn einstach. Sie lachte ihm offen ins Gesicht, und ihr Lachen kam als häßliches Echo von allen Wänden zurück.

»Ohne mich, mein kleines Lordchen, bist du doch ein Nichts! Ein Strohhalm, ein Flohbiß, ein Staubkörnchen! Ich nämlich habe dich aus diesem Leib hier geboren! Und ich habe ein Baby in dieser Burg hier gestohlen und es getötet, damit ich dich an seine Stelle setzen konnte, um dir dessen rechtmäßigen Platz zu verschaffen! Du bist mein Sohn, Nottingham!«

Der Sheriff stand wie angewurzelt da. Sie lachte wieder. »Du willst mich verabscheuen? Du? Du bist doch ich! Und du weißt in deiner leeren Seele genau, daß ich die Wahrheit sage! Einmal in meinem Leben, wie? Mein ganzes Leben lang war ich eine häßliche Mißgeburt. Aber wenn du die Lady Marian geschwängert hast, ist es mein Blut, meine böse Saat, die dann regiert! Wer wird dann Mißgeburt genannt werden?«

Der Sheriff wandte sich ab und dachte hektisch nach. Sein Stand als Sheriff und Lord leitete sich vom Bluterbe ab. Von seines Vaters Blut... Wenn nun aber Mortianna aufstand und redete, so wie jetzt... Selbst ohne jeden Beweis würde allein die Beschuldigung schwer genug wiegen, ihn vom Thron fernzuhalten. Und er konnte es nicht riskieren, sie zu töten. Mortianna hatte ganz gewiß ihre Vorkehrungen getroffen...

Sie trat plötzlich noch einmal vor und packte ihn am Arm. Der Sheriff stöhnte unter ihrem eisernen Griff laut auf.

»Aber jetzt, mein kleines Lordchen, ist nicht die Zeit für Zweifel! Zusammen sind wir stark! Nur der Kühne setzt sich durch!«

Der Sheriff nickte stumm, und sie ließ ihn los. Er taumelte

ein paar Schritte zurück, hastete aus dem Verlies und spürte ihr triumphierendes Lachen wie ein Brandzeichen in seinem Nacken, bis hinauf in die Burg selbst, wo er regierte.

Die Waldmänner standen zitternd in der Morgenkälte zusammen. Asim maß eine kleine Menge Schwarzpulver aus einer Ledertasche ab. Will Scarlet beugte sich vor, um sich die Hände am Lagerfeuer zu wärmen, trat aber sogleich wieder zurück, als Asim ihn tadelnd anblickte und nun das Pulver in das Feuer schüttete, woraufhin eine zehn Fuß hohe Stichflamme samt dicker Rauchwolke nach oben schoß. Die Waldmänner sprangen erschreckt und überrascht zurück. Als ihnen klar war, daß keine weitere Gefahr bestand, beruhigten sie sich wieder und sahen einander verlegen an. Asim freute sich über das kleine Feuerwerk.

»Das Schwarze Pulver birgt manche Überraschung. In meinem Land wird viel damit experimentiert, seit es ein Händler zu uns brachte, aus Cathay; China nennt ihr es hier wohl.«

Bruder Tuck nahm sich eine Prise des Pulvers und roch mißtrauisch daran. »Dies riecht ganz unnatürlich nach Magie.«

Robin wandte sich der groben Karte von Nottingham zu, die er in den weichen Boden gekratzt hatte. »Mir ist jedes Mittel recht, um meine Leute zu retten. Hört jetzt gut zu.« Er wartete, bis sich alle um seine Skizze versammelt hatten. »Bull, deine Position ist hier am Tor, um Verstärkungen den Zugang zu verwehren. John, du stehst an dieser Wand hier und deckst unsere Flucht. Ich verstecke mich hier unter dem Galgengerüst und schneide unsere Männer ab, sobald ich das Signal höre.«

»Nein«, widersprach Will Scarlet, »das tue ich. Dich brauchen wir mit deinem Bogen, um unsere Flucht zu decken.«

Robin sah seinen neugewonnenen Bruder leicht stirnrunzelnd an. »Will, das ist sehr gefährlich.«

»Dein ganzer Plan auch«, lächelte Will Scarlet.

Dazu konnte Robin nur nicken. Dann wandte er sich an Bruder Tuck und Asim. »Was Asim auch vorhat, wir müssen jede Sekunde bereit sein. Unser Erfolg hängt allein davon ab, daß wir präzise aufeinander abgestimmt vorgehen. Wir mögen nur sechs sein, aber —«

»Sieben«, korrigierte Fanny rasch.

Mit stolz erhobenem Kopf kam sie unter den Bäumen hervor, einen Bogen in der Hand. Die Männer sahen erst einander an und dann Little John. Er knurrte und wandte sich dann mit dem Rest seines Zorns an Fanny.

»Was in aller Welt fällt dir denn ein, Fanny? Und wo sind überhaupt die Kinder?«

»Die sind gut aufgehoben, bei meiner Mutter. Und ich komme mit.«

»Hast du den Verstand verloren? Deine Verfassung läßt es nicht zu, daß du mitkommst! Nach allem, was du durchgemacht hast. Du hast noch eine Wunde...!«

Fanny wischte seine Argumente mit einer Handbewegung beiseite. »Wenn du erst mal acht Kinder geboren hast, dann kannst du mit mir über Wunden reden. Unser Wulf soll gehängt werden, und da erwartest du, daß ich zu Hause bleibe? Den Teufel werde ich tun. Ich kann mit einem Bogen umgehen, und nur darauf kommt es heute an.«

Little John sah Robin hilfeheischend an, damit er ihr diese Idee ausrede. Robin musterte Fanny nachdenklich eine ganze Weile, dann nickte er ihr zu.

»Also gut, Fanny, deine Position ist dann also hier...«

Little John schüttelte mißbilligend den Kopf.

Die Abrechnung

Der Marktplatz von Nottingham füllte sich. Alles strömte zur Hochzeitsfeier des Sheriffs und der Hinrichtung der Waldmänner herbei. Freilich, niemand interessierte sich einen Deut für die Hochzeit. Und die meisten hatten auch kein wirkliches Verlangen danach, aufrechte Männer hängen zu sehen. Aber sie kamen trotzdem, weil der Sheriff es ausdrücklich angeordnet hatte. Seine Leute waren seit dem Morgengrauen unterwegs und machten überall bekannt, daß man das Nichterscheinen als Beleidigung und Vergehen betrachte. Und wer als nicht anwesend angetroffen werde oder nicht an der richtigen Stelle applaudiere, werde sich bald sehr wünschen, es lieber getan zu haben. Also kamen die Leute aus der ganzen Grafschaft, aus jeder Stadt, jedem Dorf und jedem Weiler. Und beteten tief in ihrem Herzen um ein Wunder.

Sie drängten langsam durch das große Stadttor, mißtrauisch beäugt von den Wachsoldaten, die jeden einzelnen systematisch durchsuchten, Männer, Frauen und Kinder gleichermaßen, ehe sie sie passieren ließen. Und der Stapel von abgenommenen Messern und Kurzschwertern neben dem Tor wurde immer größer. Einige versuchten sich mit den Wachen auf Diskussionen einzulassen, wurden aber gar nicht beachtet oder mit einem warnenden Schlag auf den Kopf beschieden. Auf

Anweisung des Sheriffs sollte jedes Risiko ausgeschaltet werden. Er hatte die auf seiner Seite stehenden Barone eingeladen, an den Hinrichtungen und an seiner Hochzeit mit einer Cousine des Königs teilzunehmen, und nicht das kleinste sollte dabei schiefgehen.

Vor dem Tor fuhr ein offener Wagen vor, der von einem teilnahmslos aussehenden Pferd gezogen wurde. Bruder Tuck zog auf den Wink des Wachtpostens die Zügel an und brachte den Wagen zum Stehen. Er lächelte der Wache jovial entgegen und war ganz Ergebenheit und Obrigkeitsgehorsam. Einer der Soldaten kam näher und begann seinen Wagen zu inspizieren. Er hatte Fässer geladen. Dann musterte der Soldat den Beifahrer des Mönchs auf dem Bock, eine schweigsame Gestalt, die unter ihrer Kutte zwar groß und kräftig zu sein schien, aber Gesicht und Hände völlig verbunden hatte. Er würde sich schön hüten, den da genauer zu untersuchen, dachte der Soldat bei sich. Was immer er unter seiner Kutte verbergen mochte, er würde es jedenfalls nicht näher ansehen. Er trat einen Schritt zurück, für alle Fälle, und wandte sich an Tuck.

»Was fahrt Ihr denn da, Bruder?«

»Das beste Bier des Herrn!« sagte Bruder Tuck überschwenglich. »Für die Soldaten unseres guten Herrn Sheriffs. Speziell gebraut für den heutigen Tag. Besonders stark.«

Der Soldat lächelte zum erstenmal und winkte ihn durch. Bruder Tuck überredete seinen müden Gaul, wieder anzuziehen, und holperte mit knarzenden Rädern auf den großen Platz vor der Burg. Währenddessen lächelte Fanny hinten am Tor den Wachsoldaten verführerisch zu. Sie hatte ihr bestes Kleid angezogen und trug einen großen Korb. Die Soldaten beachteten aber ihr Lächeln nicht und bedeuteten ihr ungerührt, den Inhalt ihres Korbs vorzuzeigen. Fanny tat achselzuckend, wie ihr geheißen.

»Nichts als Seile, Schätzchen. Für den Fall, daß sie dem Sheriff ausgehen, weißt du!« Und sie kicherte böse dazu. Die Soldaten winkten sie gelangweilt durch. Zu Hinrichtungen kamen die merkwürdigsten Leute. Sie wandten sich wieder dem Tor zu, als ein Trupp Kelten hereingelärmt kam, die einander abgeschnittene Ohren und geraubte Schmuckstücke aus Robins Lager zeigten, auf den Platz schlenderten, laut lachten und jeden beiseite stießen, der ihnen nicht rasch genug aus dem Weg ging. Niemand war so verrückt, sich deshalb etwa mit ihnen anzulegen, die Soldaten am allerwenigsten. Sie wurden nicht so gut bezahlt, daß sie Lust gehabt hätten, es mit den Kelten aufzunehmen. Sie blickten lieber angestrengt in die andere Richtung und widmeten sich desto intensiver den weiter durch das Tor drängenden Bauern. Das war auch der Grund, warum sie nicht merkten, wie sich einer aus der Gruppe der Kelten zurückfallen ließ und hinter der nächsten Ecke verschwand, wo er sich umsah, um sicher zu sein, daß ihn niemand beobachtete.

Er nahm seinen Eberkopfhelm ab und kratzte sich intensiv die juckende Nase. Es war Bull, der wohlig seufzte, als das Jukken nachließ. Wie es die Kelten mit diesen verdammten Helmen aushielten, war ihm ein Rätsel. Man schwitzte wie verrückt, und sehen konnte man unter ihnen ohnehin kaum etwas. Er nutzte die Gelegenheit und besah sich aufmerksam das

Tor und die Fallgitter der Burg. Er nickte zufrieden. Als ein Wachsoldat in seine Richtung blickte, setzte er sich rasch den Keltenhelm wieder auf, schlenderte quer über den Platz und sah finster um sich, wie es sich für einen richtigen Kelten gehört. Und alle Leute beeilten sich in der Tat, ihm lieber aus dem Weg zu gehen.

Draußen vor der Stadtmauer stolperte ein ungewöhnlich großer Bauer herum. Er sank unter der schweren Last eines großen Bündels Feuerholz fast in die Knie. Ganz so schwer war das Bündel in Wirklichkeit nicht, aber auf diese Weise konnte er sein Gesicht unauffällig nach unten gerichtet und verdeckt halten und auch seine Größe etwas verbergen. Er lehnte sich zum Ausruhen ein wenig an die Mauer und behielt seinen Schlapphut sorgsam tief im Gesicht, um sich auch keinem Passanten zu zeigen. Little John konnte sich Besseres vorstellen, als in diesem Moment von jemandem erkannt zu werden.

Über die Mauer kam plötzlich ein Seil geflogen und fiel zu seinen Füßen nieder. Little John band das Ende an sein Bündel und zog zweimal kurz daran, zum Zeichen, daß alles in Ordnung war.

Auf der anderen Seite der Mauer faßte Fanny das Seil und zog das Holzbündel rasch zu sich auf die Brüstung hinauf, band es auf, schlang das Seil um einen Pfosten und warf das Ende erneut hinab.

Little John lehnte noch immer mit verschränkten Armen an der Mauer und pfiff auf eine Art vor sich hin, die er selbst für unauffällig zu halten beliebte. Mit dem Resultat, daß ihn einige Vorüberkommende sonderbar anstarrten, aber doch schleunigst machten, daß sie weiterkamen, als sie Johns Blick traf: Na, was gibt's hier zu starren? John hatte auf seinen Finsterblick schon immer große Stücke gehalten.

Neben ihm fiel das Seilende herab. Er faßte es rasch, schlang es um seinen Arm, wartete, bis niemand in der Nähe war, und kletterte dann wieselflink die Mauer hinauf.

Auf dem Marktplatz waren Bruder Tuck und der Verbundene gerade mit dem Abladen ihrer Fässer beschäftigt. Sie stellten sie rund um den Platz ab, eines direkt neben die zum Galgengerüst hinaufführende Holztreppe. Der Verbundene blieb noch eine Weile stehen und blickte zum Galgen hoch, von dessen langem Querbalken zehn Seilschlingen herabhingen. Die Schlingen sahen aus wie verfaulte Früchte an einem abgestorbenen Baum. Einer der Wachsoldaten kam herbei und sah ihn streng an. Er deutete auf das Faß an der Treppe und dann auf die übrigen, die über den ganzen Platz verteilt waren.

»Was soll denn das hier?«

»Das ist Freibier für die Hochzeitsfeierlichkeiten seiner Lordschaft!« sagte Bruder Tuck, der rasch herbeigekommen war und sich mit übertriebener Höflichkeit und Freundlichkeit vor dem Soldaten verbeugte. »Warum, Herr? Stimmt etwas nicht?«

»Ja«, sagte der Soldat, »du!« Er packte den Verbundenen am Arm und zog ihn vom Galgengerüst weg. »Schaff dieses Faß von hier weg, los!«

Tuck verbeugte sich und wandte sich an den Verbundenen. »Die Obrigkeit hat gesprochen, mein Freund. Gut, dann sammeln wir eben alles wieder ein und fahren heim.«

»Was ist denn mit dem?« fragte der Soldat mißtrauisch. »Hat er keine Zunge im Maul?«

»Bedauerlicherweise tatsächlich nicht, nein«, nickte Bruder Tuck. »Mein Freund hier gehört zu dem heiligen und ergebenen Orden der Aussätzigen.«

Der Soldat fuhr so hastig zurück, daß er fast über seine eigenen Füße gestolpert wäre. Tuck und der Verbundene ließen ihn stehen. Er starrte in panischem Schrecken auf seine Hand, mit der er den Mann am Arm angefaßt hatte, und der kalte Schweiß brach ihm aus.

Fanny saß bequem oben auf ihrer Brüstung, Holzbündel und Korb neben sich. Sie zog zwei Schwerter aus dem Holzbündel und ließ sie unauffällig über den Sims nach unten fallen, wo sie sich aufrecht in den Boden bohrten. Im gleichen Moment kamen unten ein Kelte mit einem Eberkopfhelm und ein Mann in einer Kutte vorüber. Sie griffen sich wie nebenbei die Schwerter und steckten sie im Weitergehen unter ihre Gewänder. Oben auf der Brüstung kam ein patrouillierender Wachsoldat mißtrauisch zu Fanny. Sie lächelte ihn unschuldig an und zog wie unabsichtlich ein wenig an ihrem Rock, so daß etwas von ihren Beinen zu sehen war.

»Ich tu' nix Böses, Schätzchen«, verwahrte sie sich mit breitem Bauerndialekt. »Will bloß von hier oben das Hängen anschauen. Ist ja immer ein Spaß, nicht? Und hier sieht man ja viel besser.«

Der Soldat blickte ganz automatisch nach unten. Da hatte ihn Little John bereits von hinten am Kragen. Er hatte gerade noch Zeit zu einem verblüfften Blick, dann riß ihn John einfach über die Mauer. Nach seinem kurzen Aufschrei war ein dumpfer Aufprall zu hören. Dann herrschte Stille. Little John kam ganz über die Mauer geklettert und setzte sich neben Fanny. Er zog seinen Bogen und einige Pfeile aus dem Holzbündel und sah seine Frau mit strenger Miene an.

»Siehst du, was passiert, wenn du mit Fremden schäkerst?«

Unten vor dem Galgen arbeitete sich ein schmutziger Taschendieb mit unschuldiger Miene und flinken Fingern durch die Menge. Aber seine Ausbeute war nur sehr gering, es waren ja fast nur arme Bauern versammelt. Schließlich nahm er sich ein Opfer aufs Korn, das vielversprechender als die anderen aussah, und hob ihm unauffällig den Rock, um sich einen Gürtelbeutel zu angeln. Doch dann erstarrte er. Er hatte ein – verbotenes und verborgenes – Schwert an der Seite des Mannes gefühlt. Er zögerte noch, als sich eine große Hand hart um sein Gelenk schloß.

Will Scarlet lächelte ihn böse an.

»Wirst dir nichts als Schwierigkeiten einhandeln, Bursche. Und jetzt verschwinde schleunigst, bevor ich dir Knoten in deine langen Finger mache.«

Der Taschendieb verschwand noch im gleichen Moment in der Menge. Feixend zog sich Will Scarlet seinen unbequemen Helm wieder tiefer ins Gesicht.

Rundherum entstand Bewegung. Die Leute deuteten hinauf zum Balkon. Scarlet brummte unwirsch, als er den Sheriff mit seiner Braut erblickte, die sich nun dort oben zeigten. Aber man mußte zugeben, daß Marian nie schöner ausgesehen hatte als jetzt. Sie war für ihre Hochzeit in die feinsten Stoffe gekleidet, die man sich denken konnte. Ihr Gesicht allerdings war verschlossen und ernst. Der Sheriff selbst, nicht minder prächtig gekleidet, strahlte hingegen vor Zufriedenheit und Selbstbewußtsein und unterhielt sich aufs vergnügteste mit seinen Baronen, die als seine besonderen Gäste ebenfalls mit ihm herausgetreten waren. Auch Keltenhäuptling Ordred stand mit auf dem Balkon, in der zweiten Reihe, aber grimmig und schweigsam wie immer in seiner polierten schwarzen Rüstung. Die Menge jubelte ihnen allen in gleicher Weise pflichtschuldig zu, vor allem nach einiger Ermunterung durch die rings umher postierten Soldaten.

Marian erschien das alles nun schon zum wiederholten Male eher wie ein Traum. Ein Alptraum. Aus dem sie vielleicht doch noch erwachen würde. Doch sie gestattete sich nicht lange, weiter darüber nachzudenken. Es wäre zu simpel gewesen, den Dingen einfach ihren Lauf zu lassen und sich in ein ungefährdetes, bequemes Irresein zurückzuziehen. Viel zu einfach. Die Waldmänner waren tot oder gefangen. Der Traum von Hoffnung und Gerechtigkeit war aus. Und auch Robin war tot. Es war einfach. Nur, es ging einfach nicht, daß sie die Augen vor allem verschloß und die Flucht ergriff. Das war nicht ihre Natur. Sie konnte noch immer einige der Waldmänner retten, und Sarah. Als Frau des Sheriffs mußte es ihr doch zumindest möglich sein, ihre eigenen Leute zu beschützen. Und vielleicht kam eines Tages, wenn sie ihren Verstand behielt und nutzte, die Gelegenheit, einen Ausweg zu finden und ihren toten Geliebten zu rächen.

Der Sheriff war damit beschäftigt, sie seinen Baronen vorzustellen. Sie beachtete sie nicht. Für Verräter hatte sie keine Zeit. Ein kalter Schauer überlief sie, als ihr Blick an der hünenhaften Gestalt des Keltenhäuptlings hängenblieb. In seiner schwarzen Rüstung und seinem Drachenhelm sah er aus wie ein direkt aus der Hölle entsandter Dämon. Und eben ein solcher war wohl auch ihr baldiger Ehemann, wenn auch nur einige der Gerüchte stimmten, die über ihn im Umlauf waren.

Sie wandte den Blick und sah uninteressiert hinab auf die Menge auf dem Platz. Dann sah sie den Galgen. Zehn Schlingen schaukelten leicht in der Morgenbrise. Sie war gezwungen, sich diese Hinrichtungen anzusehen. Der Sheriff hatte darauf bestanden. Sie waren das Symbol seines Sieges über die Waldleute und ein unmißverständliches Signal sowohl für das Volk dort unten wie für seine Barone hier oben, wer hier in Nottinghamshire die tatsächliche Macht besaß und ausübte. Sie senkte den Kopf und betete stumm um die Kraft, bei diesem bösen Schauspiel die Haltung zu wahren, ohne zusammzubrechen. Dieser Triumph sollte dem Sheriff auf keinen Fall gegönnt sein. Als sie die Augen wieder öffnete, erschrak sie fast, den Sheriff an ihrer Seite zu sehen. Er blickte bedeutungsvoll auf das Locksley-Medaillon, das sie um den Hals trug. Ganz unwillkürlich hob sie eine schützende Hand davor.

»Vielleicht doch wohl ein wenig unpassend zu Eurer Hochzeit, meine Liebe, findet Ihr nicht auch?« murmelte der Sheriff, sorgsam darauf bedacht, daß niemand seine Worte hörte.

Marian blickte hinunter auf das Galgengerüst. »Nicht unpassender als Eure Idee eines Hochzeitsgeschenks.« Im Gegensatz zu ihm gab sie sich keine Mühe, ihre Stimme zu senken.

Der Sheriff gab achselzuckend seinen Soldaten unten ein Zeichen. »Es ist Zeit. Führt sie zum Galgen.«

Der verantwortliche Offizier nickte rasch und rief seine Befehle. Es entstand Bewegung und Unruhe, als die Soldaten ihre Positionen einnahmen. Dann öffnete sich das Tor zu den Verliesen, und die Verurteilten wurden in den Hof herausgeführt. Schwarzgekleidete Trommler marschierten den Gefangenen gemessen voran, die nach dem langen Schmachten in der Dunkelheit blinzelnd in die jähe Helligkeit des Tages traten. Sie trugen noch ihre Fesseln und Ketten, und ein jeder hatte zwei Wachen neben sich. Die mangelnde Risikofreudigkeit des Sheriffs machte sich auch hier wieder bemerkbar. Die Wachen trieben die halbblinden Gefangenen voran, indem sie grob an ihren Ketten zerrten. Die zusehenden Soldaten und der Keltenhäuptling lachten und schütteten Hohn und Spott über die Gefangenen aus, als sie über den Platz geführt wurden. Doch der Großteil der Menge blieb stumm.

Marian verfolgte das Schauspiel mit angestrengter, unbewegter Würde, obwohl es ihr schier das Herz zerriß.

Und dann stockte ihr der Atem. Ganz hinten am Ende der Menge hatte sie ein nur zu bekanntes Gesicht entdeckt. Bruder Tuck saß dort, direkt an der inneren Mauer, auf einem Wagen mit Fässern! Er kletterte soeben vom Bock und inspizierte unübersehbar nervös seine Fässer. Gleich danach spannten er und sein ebenfalls mit einer Kutte angetaner Begleiter das Pferd aus und eilten davon. Sie verloren sich in der Menge, die sich inzwischen fast über den ganzen Platz verteilt hatte.

Marian sah rasch weg und hoffte, daß der Sheriff ihre unwillkürliche Reaktion nicht bemerkt hatte. Dann blickte sie, so unauffällig es ging, über den ganzen Platz hin. Es dauerte nicht lange, bis sie auf einer Brüstung am anderen Ende des Platzes Fanny entdeckte. Neben ihr saß ein Mann in einer Kutte, der hünenhaft genug war, um Little John sein zu können. Er beschäftigte sich unauffällig mit einem großen Bündel Feuerholz.

Nahe dem Galgengerüst brach plötzlich Unruhe aus. Ein verletzter Soldat mit einer provisorischen groben Binde über dem Gesicht bahnte sich seinen Weg durch die Menge. Er schlug mit seiner Krücke heftig um sich, um sich Platz zu verschaffen. Mit lauter, sich überschlagender Stimme schimpfte er auf die Menge hin und arbeitete sich zielstrebig auf die gegenüberliegende Mauer zu. Er humpelte an Bruder Tucks Wagen vorbei, um sich dann auf eine der Brüstungen hinaufzumühen. Daß die Stimme wie die ganze Aufmachung eine Tarnung war, war klar. Doch Marian erkannte sofort, wer unter der Verkleidung steckte. Es war Robin! Der Sheriff hatte also gelogen! Robin lebte...!

Sie wußte nicht, ob sie lachen oder weinen sollte. Sie spürte, wie ihr das heiße Blut in die Wangen schoß und wandte sich ein wenig vom Sheriff ab, damit er nichts bemerkte und am Ende mißtrauisch wurde. Sie verfolgte Robins Weg, so unauffällig es nur ging, und wagte kaum zu atmen, wenn sie Wachen und Soldaten in seiner Nähe sah. Doch niemand wollte etwas von ihm, und er machte es sich auf der Brüstung sichtlich bequem.

Aus dem Tor vom Verlies kam eben der letzte Gefangene,

der junge Wulf. Er kniff die von der Helligkeit geblendeten Augen zusammen, blickte aber ansonsten demonstrativ verachtungsvoll um sich. Er brach schier zusammen unter den schweren Eisenfesseln und Ketten – und unter seiner Erschöpfung und Hoffnungslosigkeit. Dennoch schien ihn auf einmal eine magische Kraft aufzurichten. Er hatte in der Menge ein bekanntes Gesicht entdeckt. Er schrie in blindem Zorn auf und versuchte sich auf Will Scarlet zu stürzen. Doch er kam nur ein paar Schritte weit, ehe die Wachen ihn gefaßt und zu Boden geworfen hatten und mit aller Gewalt auf ihn einschlugen, während er wild um sich trat. Sie zerrten ihn wieder hoch. In der Menge wurden empörte Aufschreie laut. Ein Mann kam sogar vor und wollte eingreifen. Zwei Soldaten knüppelten ihn erbarmungslos nieder.

Der Sheriff sah dem Zwischenfall ungerührt zu und lächelte kalt, als er seinerseits den Grund von Wulfs Zornesausbruch in der Menge entdeckte. Er gab einem der berittenen Soldaten ein Zeichen, der durch die sich panisch teilende Menge galoppierte und Will Scarlet am Kragen packte, noch ehe dieser eine Möglichkeit zur Flucht hatte. Er zerrte ihn bis unter den Balkon. Der Sheriff lächelte zu Will Scarlet hinab, während die Schergen den halb bewußtlosen Wulf auf das Galgengerüst schleppten.

»Ah, mein lieber Überläufer«, rief er ihm zu, »nun, hast du Erfolg gehabt? Ich fragte mich schon, was wohl mit dir passiert sei.«

Will Scarlet schluckte schwer und suchte hastig nach einer Ausrede, aber aller Augen waren nun auf ihn gerichtet. Der

Sheriff und speziell Marian musterten ihn kalt. Beide sahen ihm nicht übermäßig freundlich gesonnen aus.

»Ich habe Locksleys Versteck gefunden«, sagte er schließlich. »Aber er war leider schon tot.«

»Oh, bist du da sicher? Hast du ihn selbst tot gesehen?« fragte der Sheriff scharf.

»Nun, nicht direkt«, sagte Will Scarlet. »Aber da war ein Grab...«

Der Sheriff winkte zwei Soldaten herbei, die Will Scarlet grob durchsuchten und ihm sein Schwert abnahmen. Der Sheriff schüttelte betrübt den Kopf.

»Was soll denn nur aus der Welt werden, wenn einen selbst die Verräter an der Nase herumzuführen versuchen.« Er nickte den beiden Soldaten zu. »Macht ihm den Hals zusammen mit den anderen lang.«

Die Soldaten schleiften Will Scarlet zum Galgengerüst und kümmerten sich nicht um seine Proteste und seine Gegenwehr. Der Sheriff wandte sich an Marian und bemerkte ihr feindseliges Gesicht.

»Ihr habt geschworen, daß Robin tot sei«, sagte Marian. »Ihr habt sogar geschworen, Ihr hättet ihn selbst tot gesehen.«

»Nun gut«, sagte der Sheriff achselzuckend, »ich habe eben gelogen.«

Auf der Brüstung gegenüber mochte Robin nicht glauben, wie rasch sein Plan mißlungen war. Er blickte hinüber zu der verborgenen Nische weiter oben an der Brüstung, wo der Versehrte inzwischen seine Binden abgenommen hatte: es war Asim, der nun ebenfalls mit besorgter Miene in die Menge sah.

Sie tauschten einen schnellen Blick aus, dann griffen sie beide fast gleichzeitig zum Bogen und nach ihren Pfeilen.

Am Gerüst wehrte sich Will Scarlet nach Kräften dagegen, zum Galgen hinaufgeschleppt zu werden. Doch die beiden Soldaten hatten ihn eisern im Griff. Der Henker ging inzwischen daran, einen elften Strick an den Galgenbaum zu hängen, fand jedoch keinen Platz mehr dafür. Unter dem Balken standen die zehn Gefangenen Schulter an Schulter und warteten. Für einen elften war die Plattform nicht breit genug. Der Henker blickte fragend zum Sheriff hinauf und wartete auf Anweisungen. Will Scarlet sah eher vorwurfsvoll nach oben und rief spöttisch:

»Nun, mein Lord Sheriff, nachdem es hier offenbar doch leicht überfüllt ist, werde ich wohl Eure freundliche Einladung, bei allem Respekt, ablehnen müssen.«

Der Henker musterte ihn mißbilligend, sah sich suchend um und entdeckte schließlich mit bösem Lächeln das Faß, das Bruder Tuck zuvor an die Treppe vor das Galgenpodium gerollt hatte. Er zerrte ihn dorthin, zwang ihn auf die Knie und band ihn fest, so daß sein Kopf gerade über dem Faß lag. Dann lehnte er eine große Henkersaxt daneben und tätschelte ihm aufmunternd den Kopf.

»Einen mehr schaffen wir jederzeit noch, Freund. Verspätete und Klugscheißer allerdings müssen bis zuletzt warten.«

Oben auf der Brüstung sah Asim der Szene ungläubig zu. Er hatte bereits einen Fackelpfeil angezündet und war bereit gewesen, ihn auf das Faß dort unten zu schießen, als der Henker auf die Idee gekommen war, Will Scarlet darauf zu enthaupten. Der Pfeil hätte das Pulver im Faß entzünden und dessen Explosion das Galgengerüst zerstören sollen, woraufhin im Schutz des Rauchs und der Verwirrung die eigentliche Rettungsaktion beginnen sollte. Was aber sollte nun geschehen? So hatte ihr Plan nicht ausgesehen. Ohne einen starken Ablenkungseffekt war es unmöglich, an all den Wachen und Soldaten vorbeizukommen. Er blickte hinüber zu Robin, der finster vor sich hin brütete und ohnmächtig zusah, wie der Henker sich nun ohne Eile daran machte, seine Delinquenten noch einmal in Ruhe zu betrachten, um sie dann auf Schemel steigen zu lassen und ihnen die Schlingen um den Hals zu legen. Wulf war der erste in der Reihe und sollte also als erster sterben. Für ihn hatte der Henker einen extra hohen Schemel bereitgestellt. Wulf zitterte leicht, aber er stand aufrecht und hielt den Mund fest geschlossen. Von der Brüstung blickten Fanny und Little John hilflos auf ihn hinab, entsetzt, weil sie nicht eingreifen konnten. Sie sahen flehentlich zu Robin hinüber, der noch immer verzweifelt überlegte.

In der Menge entstand neue Unruhe. Bruder Tuck bahnte sich seinen Weg zum Galgengerüst. Er schob alles und jeden barsch beiseite und rief immerzu laut, man möge Platz machen für den Diener des Herrn. Er hoffte bei sich, daß ihm etwas Sinnvolles einfallen mochte, bis er bei den Gefangenen war.

Er war fast am Galgen angelangt, als die Trommler mit ihren Wirbeln begannen. Die Menge verstummte. Der Henker trat rasch vor und stieß Wulf den Schemel unter den Füßen weg. Fanny schrie laut auf. Little John erhob sich mit dem Bogen in der Hand. Wulf hing hilflos in der Galgenschlinge und wand sich, während ihm der Strick um seinen Hals die Luft abschnürte. John warf seinen Bogen beiseite, zog sein Schwert und rannte mit wutentbrannten Schreien nach unten. Die Soldaten, die sich ihm sogleich in den Weg stellten, warf er einfach beiseite und streckte sie mit der bloßen Kraft seiner Größe und seines Gewichts nieder. Doch rasch waren es zu viele, und bald konnte er sich gegen die anrückenden Soldaten nur noch verteidigen.

Mittlerweile war auch Robin aufgestanden, hatte den Bogen gehoben und sorgfältig auf das schwingende Seil gezielt, an dem der junge Wulf hing. Die Entfernung war unmöglich, das Ziel bewegte sich, und obendrein sah er in den Augenwinkeln, wie bereits die ersten Soldaten mit gezückten Schwertern auf ihn zugelaufen kamen. Das alles beirrte ihn nicht. Er atmete tief ein, zwang sich zur Ruhe, schoß seinen Pfeil ab und sprang sofort danach von der Brüstung, als der erste Schwerthieb eines Soldaten auf ihn niederfuhr. Selbst im Sprung ließ er den Galgenstrick keine Sekunde aus den Augen. Ein unterdrückter Fluch entfuhr ihm, als der Pfeil zwar in den Strick fuhr, ihn jedoch nicht durchtrennte, sondern nur in ihm steckenblieb. Er hatte den Strick nur angerissen. Wulfs Augen quollen bereits hervor, und mit weit offenstehendem Mund rang er verzweifelt nach Luft.

Robin kam hart unten auf, hatte aber nach wie vor seinen Bogen und noch einen Pfeil in der Hand. Er sprang hastig auf die Beine, wartete eine Sekunde, um wieder einen klaren Kopf zu bekommen, und spannte dann seinen zweiten Pfeil. Die letzte Chance. Von allen Seiten kamen Soldaten auf ihn zugerannt.

Er holte noch einmal Atem und bewahrte eiserne Ruhe. *Schaffst du den einen Schuß, auf den es wirklich ankommt?* Er nahm nichts mehr um sich herum wahr, visierte nur noch den halb durchtrennten Galgenstrick an. Er schoß und traf, und das Seil riß ganz durch. Wulf stürzte auf die Plattform hinab und rang nach Atem, während sich die Schlinge um seinen Hals lockerte.

Wie ein Mann hatte die Menge sich ihm zugewandt, um zu sehen, wer das war, der einen solchen Schuß fertigbrachte. Und alle hielten den Atem an, als sie Robin Hood erkannten. Auch oben auf dem Balkon blieb dem Sheriff der Mund offenstehen. Marian unterbrach die bleierne Stille als erste. Sie jubelte laut auf und rief Robins Namen. In diesem Moment schoß Asim einen brennenden Pfeil auf Bruder Tucks Wagen an der Mauer ab. Mauer und Wagen verschwanden in einer gewaltigen Explosion. Der Boden erzitterte, als die Mauer einstürzte, und dicker schwarzer Rauch stieg zum Himmel empor. Die Soldaten, die eben noch auf Robin zugestürmt waren, hielten verwirrt inne und blickten verständnislos um sich. Die Menschenmenge stob in wilder Panik in alle Richtungen auseinander. Little John kämpfte wie ein Löwe und schlug eine blutige Gasse durch die Soldaten und drang weiter zum Galgen vor. Der Sheriff beugte sich über die Balkonbrüstung und schrie mit hochrotem Gesicht seine Soldaten an.

»Mehr Leute hierher! Henker, mach rasch und hänge sie alle! Sofort!«

Der Henker gehorchte eiligst, rannte die Reihe der Gefangenen entlang und trat ihnen die Schemel unter den Füßen weg.

Die Exekutierten gaben erstickte Schreie von sich und strampelten verzweifelt mit den Beinen. Wulf erhob sich zittrig vom Boden und starrte mit schreckgeweiteten Augen um sich. Er packte einfach die Beine des nächsten Verurteilten und stemmte sie aufwärts in der Hoffnung, dadurch das Zuziehen der Schlinge an seinem Hals zu verhindern oder wenigstens zu mildern. Viel Kraft war Wulf nicht geblieben, aber er stemmte sich nach oben, so fest er konnte.

Bull zog sein Schwert und hieb das Seil der Fallgatter am Burgtor durch. Das schwere Eisengitter sauste wie ein Hammer herunter und erschlug die ersten einer weiteren Kompanie Soldaten, die aus dem Hof zum Platz hinausliefen.

Bruder Tuck schwang seinen Knüppel wild um sich und bahnte sich so einen Weg durch die Menge und die Soldaten. Es war ein verzweifelter Versuch, noch rechtzeitig zu den Gehenkten auf dem Galgengerüst zu kommen. Er hastete hinauf, packte einen an den Füßen und hob ihn hoch, doch bevor er noch hinaufgreifen und ihm die Schlinge vom Hals ziehen konnte, drangen von allen Seiten Soldaten auf ihn ein. Er schlug heftig mit seinem Knüppel um sich und hielt sie sich vorerst noch vom Leibe, ohne den Mann, den er hielt, loszulassen.

Will Scarlet bemühte sich verzweifelt, sich aus den Fesseln zu befreien, mit denen der Henker ihn an das Faß gebunden hatte, doch dieser hatte gute Arbeit geleistet. Das Seil gab keinen Millimeter nach. So konnte er nur hilflos zusehen, wie der Henker zu ihm kam und sich die Axt griff, die er zuvor an das Faß gelehnt hatte.

Robin sah, wie er sie hochhob, und rannte zum Galgen. Ein Soldat stellte sich ihm in den Weg. Er streckte ihn nieder, ohne stehenzubleiben. Und wieder erzitterte die Erde. Asim hatte eine zweite Explosion ausgelöst. Sie ließ Soldaten durch die Luft fliegen. Robin nickte ihm zu und deutete auf seinen leeren Bogen. Asim legte einen Pfeil in seinen Bogen und schoß ihn in einen Holzpfosten neben Robin, der ihn sich herauszog und im Weitereilen auf die Sehne spannte.

Der Henker warf einen Blick auf Wulf und Bruder Tuck, die beide noch immer die zwei Gehenkten hielten, und lachte. Wulf schrie um Hilfe in die Menge, doch wenn auch ein paar unsicher zögerten, so machte doch niemand Anstalten, tatsächlich zu helfen. Bull, der sich ebenfalls herbeizukämpfen versuchte, kam nicht an den Soldaten vorbei, die sich ihm in den Weg stellten und ihn allein mit ihrer Überzahl hinderten, weiter voranzukommen.

Der Henker sah gelassen auf Will Scarlet herab, der hilflos vor ihm kniete, und hob, als herrsche ringsum nicht die geringste Verwirrung, erneut die Axt. Er hatte eine Arbeit zu erledigen, und er war einer der besten seines Standes. Alles andere zählte nicht. Doch Robin zielte bereits mit seinem einzigen Pfeil. Zweimal hatte er schon geschossen und dabei hervorragend gezielt, und nun war ein ebenso perfekter dritter Schuß nötig.

Der Henker hob die Axt und verharrte für einen kurzen Moment in der Bewegung.

Robin konzentrierte sich. Die ganze Welt um ihn herum schien zu versinken. Er sah nichts mehr als das Gesicht des

Henkers, das nun sein ganzes Blickfeld füllte. Und dann schnellte sein Pfeil von der Sehne.

Der Henker taumelte zurück, und die Axt fiel ihm aus der Hand, als sei sie ihm plötzlich zu schwer geworden. Der Pfeil war ihm mitten in das linke Auge gefahren. Er versuchte eine Hand dorthin zu heben, zögernd, als könne er nicht begreifen, was ihm widerfahren war. Dann war alle Kraft aus ihm gewichen. Er fiel zu Boden und blieb reglos auf den Brettern liegen. Will Scarlet atmete schaudernd die angehaltene Luft aus und versuchte, einen Blick hinter sich zu werfen.

Little John kam aus einem Gewühl von Soldaten zum Vorschein. Er blutete aus vielen Wunden, schwang aber sein Schwert nach wie vor wild und heftig und brüllte wie ein Stier. Er stürmte auf das Galgengerüst zu und schlug die Soldaten aus dem Weg, die Wulf und Tuck angriffen. Mit seiner mächtigen Schulter rammte er den Galgen, den Asim eigentlich mit dem Pulverfaß hatte wegsprengen wollen. Das dicke Querholz oben splitterte und brach auseinander; der ganze Galgen stürzte zusammen und die neun, die noch in den Schlingen hingen, wurden mit ihm zu Boden gerissen. Little John war schon wieder auf den Beinen, nahm Wulf rasch kurz in die Arme, und zusammen lösten sie den anderen die Halsschlingen, während Tuck und Bull Seite an Seite die nächsten auf sie einstürmenden Soldaten abhielten. Little John schrie, fluchend und bittend zugleich um Hilfe, aber noch immer standen die Leute verwirrt und zögernd herum, zwar bewegt von seinen Worten, aber auch zu feige, um gegen die Soldaten des Sheriffs anzugehen.

Die Barone beobachteten das Chaos auf dem Platz, wechselten stumme Blicke und sahen dann den Sheriff an. Baron Forester trat schließlich vor und räusperte sich, um die Aufmerksamkeit des Sheriffs zu erlangen. Doch der Sheriff hatte jetzt keine Zeit für sie. Er starrte mit abwesendem, geschlagenem Blick in das wogende Schlachtgetümmel. Forester räusperte sich noch einmal, und endlich wandte sich der Sheriff ihm langsam zu. Forester versuchte ihn mit eisigem Blick niederzustarren.

»Ihr habt uns Euer Wort gegeben, Nottingham, daß Ihr Eure Grafschaft im Griff hättet. Ist dies hier Eure Vorstellung davon?«

Der Sheriff zog sein Schwert und musterte ihn mit nachdenklichem, überlegendem Blick. Forester erstarrte. In den finsteren, unbeteiligten Augen des Sheriffs stand der Tod. Doch dann wandte sich der Sheriff statt dessen an Ordred, den Keltenhäuptling, der nach wie vor gelassen im Hintergrund stand.

»Ordred, es scheint einige Probleme dort unten auf dem Platz zu geben. Nimm dich der Sache an.«

Der Kelte nickte und trat an die Brüstung des Balkons. Während die Barone vor ihm zurückwichen, blickte Ordred auf das Chaos hinab und lächelte angesichts der Aussicht auf Kampf und Blutvergießen. Dann sah er Bull in seiner Keltenverkleidung, wie er zusammen mit den Waldleuten wild und verbissen gegen die Soldaten kämpfte, und schrie dem vermeintlich Abtrünnigen eine zornige Zurechtweisung zu, zog sein großes Langschwert und sprang direkt vom Balkon hinunter auf den Platz. Das Gewicht seiner Rüstung riß ihn fast zu Boden. Doch seine mächtigen Beine hielten es aus, und er stürmte sofort mit gezogenem Schwert und finsterem Herzen wie ein übermächtiger Riese auf Bull ein...

Marian erkannte blitzschnell ihre Chance zur Flucht. Sie war fast schon an der Brüstung des Balkons, um selbst hinabzuspringen, als der Sheriff sie hart am Arm packte und festhielt. Sie schlug heftig auf ihn ein, aber er hielt sie eisern fest und zog sie ungeachtet ihres heftigen Widerstandes mit sich ins Innere der Burg. Er war ruhig und gelassen, als wäre er gerade auf die Lösung eines Problems gekommen, das ihn lange beschäftigt hatte.

Robin schrie den Waldleuten auf dem Galgengerüst zu, daß sie fliehen sollten, und sie rannten auf die Bresche in der Mauer los, angeführt von Bull und Little John, der ihnen eine blutige Schneise durch alle Soldaten schlug, die so töricht waren, sich ihnen in den Weg stellen zu wollen. Asim und Fanny leisteten ihnen mit einem Pfeilregen zusätzliche Schützenhilfe von oben. Robin hob einen Soldaten mit einem einzigen mächtigen Schwertstreich nieder, ehe er einen Blick nach oben auf den Balkon riskierte. Er sah gerade noch, wie der Sheriff sie fortzerrte, zurück in die Burg. Sein Herzschlag setzte aus, und dann fuhr eine Zorneswelle in ihm hoch. Die Angst um Marian schnürte ihm die Kehle zu. Er zog zwei Toten die Pfeile aus dem Leib, um sie selbst zu verwenden. Als er sich wieder aufrichtete, kamen zwei Soldaten zielstrebig auf ihn zugeritten. Nirgends war ein Ausweg zu erkennen, doch er dachte nicht daran, davonzulaufen. Er legte die beiden Pfeile in seinen Bogen, zielte und schoß. Beide Soldaten fielen von den Pferden, als habe sie eine unsichtbare Hand aus den Sätteln gerissen. Robin hastete weiter. Marian brauchte ihn. Nichts sonst war von Bedeutung.

Von seinem Platz auf der Brüstung beobachtete Asim ungläubig, wie Robin ganz allein auf die Burg zustürmte, während sich alle anderen in die entgegengesetzte Richtung bewegten. Er warf seine Kutte ab, und seine dunkle Haut und sein fremdes Aussehen wurden sichtbar. Er rief die Waldleute an. Sie blickten zu ihm herauf und blieben verblüfft stehen. Als er zu sprechen begann, wurde es mit einem Schlag still um ihn herum. Soldaten und Waldleute gleichermaßen hörten ihm verwundert zu. Seine volltönende Stimme hallte über den ganzen Platz, und niemand vermochte den Blick von ihm zu wenden.

»Engländer! Ich bin keiner von euch, aber ich kämpfe für euch! Ich kämpfe mit euch gegen den Tyrannen, in dessen Hand euer Leben ist und der weder Gnade noch Gerechtigkeit kennt. Wenn schon einer wie ich es wagt, sich gegen euren Herrn und Meister zu erheben, wollt ihr dann nicht wenigstens gleich viel wagen? Stellt euch auf unsere Seite! Stellt euch auf die Seite von Robin Hood, und eure Namen werden ewig leben!«

Die Menge blickte auf Robin, der, wie es schien, allein mit den ganzen Soldaten des Sheriffs aufräumte, und mit einemmal erhob sich ein einziger, gellender Aufschrei, und die Menge begann sich wie von Geisterhand geführt gegen die Soldaten, die Wachen und die Kelten zu wenden und sie allein durch ihre gewaltige Überzahl zu erdrücken. Schlagartig lag der Geruch von Revolution in der Luft, mächtig und gewaltig, und die Menge wogte auf die Burg zu. Die meisten folgten Robin zum Hoftor, doch viele erkletterten auch die Mauer, hinauf zum Balkon, um sich auf die Barone zu stürzen, die sich in Panik zur Flucht wandten, nur um zu entdecken, daß der Sheriff die Balkontür von innen verschlossen hatte. Sie versuchten ihre Schwerter zu ziehen, hatten aber gegen die aus allen Richtungen auf sie eindreschenden Schwerter, Knüppel und Fäuste nicht den Hauch einer Chance.

Der Keltenhäuptling hieb sich zwar noch seinen Weg durch die Menge frei, ohne darauf zu achten, wen er traf, bis er nicht weit von dem zerstörten Galgen endlich Bull gegenüberstand. Bull duckte sich unter seinen wilden Schlägen weg. Ordreds schweres Schwert krachte in einen Eisenträger und sprang klirrend entzwei. Er schnaubte, warf das nutzlose Heft wütend weg und sah sich mit rollenden Augen nach einer anderen Waffe um. Sein Blick fiel auf das Faß, an das Will Scarlet gefesselt gewesen war. Er griff es sich und hob es mit Leichtigkeit hoch. Bull wich entsetzt zurück, als er erkannte, was ihm allein das Gewicht des Fasses, wenn es ihn traf, antun würde. Ordred lachte triumphierend auf. Im gleichen Moment schoß Will Scarlet einen brennenden Pfeil mitten in das Faß, das unmittelbar darauf explodierte und den riesigen Kelten buchstäblich in Stücke riß. Sein Drachenhelm kollerte auf dem Boden auf Will Scarlet zu, dessen Miene sich zu einem bösen Lächeln verzog.

»Konnte diesen Hut nie ausstehen.«

Robin warf sich weiter voran und kam vor dem herabgestürzten Fallgitter zu stehen, das den einzigen Zugang zur Burg blockierte. Er brüllte vor Zorn und Wut auf, als er den Sheriff erblickte, der Marian noch weiter in die Burg hinein mit sich schleppte. Dann brandete die Menge hinter ihm heran. Die Leute versuchten das Fallgitter mit der bloßen Kraft ihrer Muskeln anzuheben. Der Sheriff blieb kurz stehen und sah auf den Mob, der nach seinem Blut rief. Er wandte sich ruhig und ohne Marians heftigen Widerstand zu beachten an den nächsten Wachtposten.

»Verschließ diesen Eingang und bewache ihn, selbst wenn es dich dein Leben kostet. Und bring den Bischof in meine Privaträume. Rasch.«

Der Wächter nickte hastig und wandte sich ab, um Befehle weiterzuschreien. Der Sheriff lächelte Marian an und zerrte sie weiter.

Robin sah ungeduldig zu, wie die Menge sich mit dem Fallgitter abmühte. Er sah sich suchend nach einer anderen Möglichkeit um. Sein Blick fiel auf ein großes Katapultgeschütz, offensichtlich eines von denen, die im Wald von Sherwood gegen sie eingesetzt worden waren. Es war gespannt, aber nicht geladen, mit Zielrichtung über die Mauer hinweg, die den Hof vom Marktplatz trennte. Er lächelte verbissen. Freiwillig wäre seine Wahl nicht darauf gefallen, aber wie die Dinge standen...
Er rannte hinüber zu dem Katapult und kletterte hinauf in die Geschoßschale. Auf einmal war auch Asim da, stieg zu ihm hinauf und stellte sich neben ihn. Sie maßen die Mauer vor sich mit Blicken ab und sahen einander an.

»Ist sie es wert?« fragte Asim.

Robin lächelte. »Bis in den Tod.«

Asim verstand, lächelte und nickte. Robin hieb das Spannseil des Katapults mit einem Schwertstreich entzwei. Das Katapult schnellte hoch und schleuderte sie beide in hohem Bogen über die Mauer und in den Burghof dahinter. Robin fühlte, wie ihm der Atem stockte und sein Magen rebellierte, doch für einen kurzen Moment wurde ihm auch bewußt, was Fliegen bedeutete. Und dann näherte sich auch schon der Hof mit atemberaubender Geschwindigkeit, und sie krachten beide in ein hölzernes Wachhäuschen an der Burgmauer, das unter ihrem Gewicht zersplitterte, aber das meiste ihres Aufpralls abfing. Sie rappelten sich hoch, fanden sich mehr oder minder heil und waren imstande, sich zu bewegen. Robin eilte sogleich zum Haupttor der Burg. Asim hielt sich an seiner Seite. Zwei Soldaten begingen den Fehler, sich ihnen in den Weg zu stellen. Grimmig und entschlossen streckten sie sie nieder. Weiter hasteten sie voran, ohne sich aufhalten zu lassen.

Marian brauchte sie. Nichts sonst war mehr von Bedeutung.

Von ihrem hohen Fenster in der Privatkapelle des Sheriffs aus beobachtete Mortianna den Kampf der Soldaten des Sheriffs gegen die Bauern. Von hier oben kam es ihr vor wie Ameisengewimmel. Wie sie sich hirnlos schlugen! Für Dinge, die so absolut unwichtig waren! Aber sie hatte Männer nie anders eingeschätzt. Doch sie wußte auch, daß es ein Fehler war, Ameisen zu unterschätzen. Ameisen konnten eine Menge anrichten, wenn man sie allzusehr reizte und ihren Widerstand herausforderte. Und diese Ameisen hier waren wirklich sehr gereizt.

Sie hörte, wie sich eilige Schritte der Kapelle näherten und wandte sich vom Fenster ab. Es war ihr Sohn mit seiner widerspenstigen Braut. Er hatte recht, sich zu beeilen. Selbst wenn er nicht begreifen sollte, was der wütende Mob unten am Tor bedeutete, sie wußte es. Sie brauchte keine Runen zu werfen, um seine Zukunft voraussehen zu können. Oder ihre. Sie lächelte dem Bischof, der nervös vor dem Altar auf und ab ging, kurz zu. Er schwitzte, und seine Hände zitterten. Man könnte denken, dachte sie, er habe Anlaß, sich Sorgen zu machen. Er sah zu ihr hin, und sie lächelte ihn noch einmal an.

»Unser Ende«, sagte sie gelassen.

Die Bischof fauchte sie an und sah weg. Tatsächlich war diesmal seine Furcht um sein eigenes Leben stärker als die Angst vor ihr. Es war ihm sofort klar gewesen, daß der Sheriff in großen Schwierigkeiten steckte, als die Soldaten ohne Umschweife bei ihm eingedrungen waren, ihn aus dem Bett gerissen und hierher an diesen schrecklichen Ort geschleppt hatten... Einst war dies ein angenehmer kleiner Raum für Meditation und Gottesdienst gewesen. Aber was hatten sie aus ihm gemacht! Boden und Wände waren mit dem Blut toter Opfertiere bedeckt. Ein geopferter Ziegenbock starrte grotesk vom Altar selbst herab, und daneben stand ein goldener Kelch mit Blut. Das Kruzifix an der Wand war auf den Kopf gestellt worden. Der Bischof ballte ohnmächtig die Fäuste, doch es half nichts gegen seine Angst und die Ratlosigkeit, die sich in ihm aufstaute. Er saß in der Falle an diesem fürchterlichen Ort, Auge in Auge mit all den schlimmen Dingen, vor denen er so lange einfach die Augen verschlossen hatte.

Die Tür wurde aufgerissen. Der Sheriff trat ein, Marian neben sich. Der Bischof fuhr herum und rang verzweifelt die Hände.

»Es herrscht offene Rebellion, mein Lord! Wir müssen fliehen, solange noch Zeit ist!«

Der Sheriff schüttelte nur knapp den Kopf. »Vermählt uns!«

»Was?« Der Bischof blickte ihn mit offenem Mund an. »Vermählen?«

»Ja. Marian und mich. Und auf der Stelle.«

Marian versuchte sich zornig seinem Griff zu entwinden und spuckte ihm ins Gesicht. »Niemals werde ich Euch heiraten! Nie!«

Da trat Mortianna vor und versetzte Marian eine schallende Ohrfeige. Es lag eine unerwartete Kraft in ihrem Schlag. Marian taumelte zurück und sah Sterne. Der Sheriff wischte sich ihren Speichel vom Gesicht und sah die Albino-Alte mißbilligend an.

»Diese Frau ist meine zukünftige Gattin, Mutter. Du wirst lernen müssen, mit ihr auszukommen.«

Mortianna schniefte nur. Dann berührte sie Marians Leib mit der flachen Hand. »Es muß noch nicht alles verloren sein. Sie ist reif. Du mußt sie nehmen, jetzt gleich. Sie wird uns einen Sohn gebären.«

Der Sheriff ergriff sie an den Armen und schüttelte sie wie eine Puppe, ehe er sie zornig und angewidert von sich schleuderte. »Das ist wohl alles, was dich interessiert, nicht wahr? Dein kostbarer Enkel auf dem Thron Englands! Außer als Mittel zu diesem Zweck habe ich dir niemals etwas bedeutet!

Zum Teufel damit, sage ich dir, und mit dir selbst! Ich nehme sie mir schon, aber nicht, ehe wir ordentlich vermählt sind. Ein einziges Mal in meinem Leben will ich etwas Reines haben!«

Der Bischof blickte ängstlich zum Fenster hinaus und wurde bleich, als er den Mob unter dem hochgeschobenen Fallgitter in den Burghof strömen sah. Die wenigen Soldaten, die noch übrig waren, wurden einfach von der Menge niedergetrampelt, und die ersten drangen bereits in die Burg selbst ein. Er trat vom Fenster zurück und wandte sich in blankem Horror an den Sheriff.

»Wir müssen weg, verdammt! Es ist Wahnsinn, noch länger hierzubleiben!«

Mortianna fuhr ihm mit ihren überlangen Fingernägeln ins Gesicht. Er heulte auf und wich zurück. Über seine Wange lief Blut, das sich mit Tränen des Zorns und des Schmerzes mischte. Mortianna lachte nur und tätschelte ihm mitleidvoll die andere, unverletzte Wange.

»Vermähle sie jetzt endlich, oder du bekommst es mit mir zu tun.«

Robin und Asim rannten in aller Eile durch die Burg und suchten Korridor für Korridor ab. Die Soldaten, die sich ihnen noch immer entgegenstellten, wurden zusehends mutloser.

Irgendwo mußten der Sheriff und Marian sein. Aber immer mehr Soldaten und bewaffnete Diener tauchten auf, um sie am Weiterkommen zu hindern. Aber sie ließen sich nicht aufhalten, von nichts und von niemandem mehr. Hinter ihnen verlief eine breite Spur des Todes, und ihre Schwerter trieften vor

Blut. Am Ende waren keine Gegner mehr da, aber sie wußten auch nicht mehr, wo sie sich befanden. Robin griff sich einen verwundeten Soldaten und setzte ihm die Klinge an die Kehle.

»Wo ist sie? Wo ist Lady Marian?«

Der Soldat brauchte nur einen einzigen Blick auf ihn zu werfen, um genau zu wissen, daß dies nicht der Moment war, den Helden zu spielen. Schon gar nicht, wenn er daran dachte, wie der Sheriff ihn bezahlte.

»In der Kapelle. Dort.«

Robin schleuderte ihn von sich und hastete zusammen mit Asim in die Richtung, die er ihnen gewiesen hatte.

In der Kapelle vor dem blasphemischen Blutaltar hastete der Bischof nervös durch die lateinische Litanei der Vermählungszeremonie. Er nahm mit zitternden Händen den Kelch vom Altar und reichte ihn dem Sheriff, der ungeduldig kurz daran nippte. Dann reichte er ihn an Marian weiter, doch sie schlug ihn ihm aus der Hand. Der Bischof schreckte zurück, als das Blut darin auf seinen Ärmel spritzte.

Dann erzitterte die Tür der Kapelle in ihren Angeln. Mortianna blickte unbesorgt hin. Sie hatte die Tür inzwischen versperrt und verriegelt und zusätzlich den schweren Riegelbalken vorgeschoben. Diese Tür war sicher. Sie vermochte eine ganze Armee aufzuhalten.

Der Sheriff bedeutete dem Bischof ungeduldig, mit seiner Zeremonie fortzufahren. Er hatte Marian noch immer nicht losgelassen. Seine Hand hatte sich um ihre gekrampft, seine Knöchel waren bereits weiß. Der Bischof fuhr zögernd fort und schrie nun fast, um über dem ständigen heftigen Schlagen gegen die Tür noch gehört zu werden.

»Nehmt Ihr, Cedric, Lord Nottingham, diese Frau als Euer angetrautes Weib...«

»Ja, ja«, knurrte der Sheriff. »Weiter.«

Mortianna trat hinter Marian und preßte ihr die Arme an die Seiten. Wieder ging ihr Blick, schon etwas besorgter, zur Tür. Der Querbalken hielt, doch in der Tür selbst zeigten sich bereits Risse. »Beeil dich, Bischof!« zischte sie. »Wenn wir hier gestellt werden, bedeutet das unser aller Tod.«

Der Bischof schluckte schwer. »Nehmt Ihr, Marian Dubois...«

Und noch ehe Marian etwas sagen konnte, hielt ihr der Sheriff den Mund zu. »Ja, natürlich nimmt sie. Gut, fertig. Wir sind vermählt. Besten Dank, Bischof. Und jetzt aus dem Weg!«

Er drehte sich lächelnd zu Marian um, die von Mortianna noch immer eisern festgehalten wurde, und begann seine Tunika aufzuknöpfen.

Draußen vor der Tür hatten Robin und Asim eine Statue von ihrem Sockel geholt und sie wieder und wieder gegen die Tür gestoßen. Sie keuchten heftig vor Anstrengung. Es war eine lebensgroße Figur des Sheriffs selbst, und das schien nur passend. Die Tür erzitterte zwar, war aber scheinbar nicht aufzubrechen. Dann brach der Kopf der Statue ab und rollte beiseite. Robin ließ die Figur fallen und sah sich verzweifelt um. Der Sheriff war dort drinnen, soviel stand fest. Er konnte seine Stimme hören. Es mußte einen anderen Weg geben. Es mußte.

Der Sheriff riß Marian von Mortianna los und stieß sie roh zu Boden. Dann warf er sich auf sie und hinderte sie mit seinem Gewicht, sich zu bewegen oder sich ihm zu entwinden. Er hielt ihre Hände an den Gelenken fest. Sie wehrte sich mit aller Macht gegen ihn, doch sie bekam nicht einmal eine Hand frei. Der Sheriff musterte sie stumm. In seinem Blick stand eine furchterregende Ausdruckslosigkeit, die weit jenseits aller reinen Gier stand. Er preßte ihr die Arme auf den kalten Boden und kniete sich darauf, so daß sie völlig bewegungsunfähig war. Dann riß er ihr das Kleid auf. Mortianna sah lächelnd zu, während sich der Bischof mit schreckgeweiteten und panischen Augen durch den Rest der vorgeschriebenen Vermählungszeremonie stammelte.

Der Sheriff hielt in seiner Vergewaltigung plötzlich inne, blickte auf die Tür und dann auf Mortianna, die nickte und durch die Seitentür verschwand.

Draußen auf dem Korridor lehnte sich Asim erschöpft an die Wand und knirschte etwas Unfreundliches über englische Eichentüren. Robin zermarterte sich verzweifelt den Kopf nach einer Idee. Und dann fiel ihm tatsächlich etwas ein. Er war nur so verzweifelt, daß er es unter normalen Umständen nie erwogen hätte. Doch so wie die Dinge standen...

Er rief Asim zu, es weiter mit der Statue zu versuchen, und rannte zu einer nicht weit entfernten Treppe.

Es war schon sehr lange her, seit er zuletzt auf Nottingham Castle Gast gewesen war. Er war sehr erleichtert, daß ihn seine Erinnerung nicht getrogen hatte. Die Treppe führte tatsächlich zu einer Tür, die wiederum auf das weite Stein- und Schindeldach direkt über dem einzigen Fenster der Kapelle führte. Er blickte hinab und wünschte sich sogleich, es nicht getan zu haben. Er blickte hinab in die Tiefe und sah dann das Kapellenfenster unter sich. Ein langer Wimpel flatterte an einer Fahnenstange im Wind. Er riß ihn ab und band das eine Ende an einen fest genug aussehenden Wasserspeier.

Asim schlug die Sheriffstatue unablässig weiter gegen die nach wie vor standhaltende Tür, die zwar unter jedem Schlag ächzte und knarrte, jedoch nicht nachgab. Ein Wutschrei ließ ihn herumfahren. Wie aus einem Nichts erschienen stand Mortianna vor ihm und kam mit einer langen Pike auf ihn zugestürmt. Er warf sich zur Seite, doch die Eisenspitze der Pike bohrte sich in seinen Oberschenkel. Er prallte mit Getöse an die Kapellentür und stöhnte laut auf, als ihn der wilde Schmerz in seinem Bein durchfuhr. Dann faßte er sofort mit beiden Händen nach dem Schaft der Waffe, um die Alte daran zu hindern, sie wieder herauszuziehen und erneut mit ihr gegen ihn anzurennen. Einen kurzen Moment lang standen sie sich ganz nahe Auge in Auge gegenüber. Sie keuchten vor Anstrengung.

Dann starrte ihn Mortianna mit blankem Schrecken in den Augen an. Entsetzt sah sie auf die dunkle, tätowierte Haut des Mauren und flüsterte entsetzt:

»Der bemalte Mann...!«

Ihre Klauenhand fuhr ihm ins Gesicht. Asim wendete sein Gesicht ab, griff gleichzeitig nach dem Kopf der Statue und schlug zu. Mortianna wich beim Anblick des in Stein gehauenen Kopfes ihres Sohnes mit schreckgeweiteten Augen zurück. Asim zog sich mit zusammengebissenen Zähnen die Pike aus dem Bein. Er kämpfte gegen die Schmerzwelle an und gegen die Schwäche, die der Blutverlust mit sich brachte. Mortianna stürzte sich bereits wieder auf ihn und schlug mit ihren Klauen nach seinen Augen. Er wehrte sie mit der erhobenen Pike ab, und während sie in blinder Wut gegen ihn anrannte, spießte sie sich selbst daran auf.

Noch einmal standen sie einander Auge in Auge gegenüber und atmeten schwer. Und beider Blut floß zu Boden. Mortianna starrte mit ihren roten Albinoaugen auf die Pike, die knapp über dem Herzen in ihr stak, und dann auf Asim. Ein Blutstrom spritzte zu Boden. Sie stöhnte laut auf, kam aber einfach weiter auf Asim zu. Sie lächelte und weigerte sich zu sterben.

Er stieß sie samt der Pike von sich und ließ diese dann los. Er wich vor der unheimlichen Alten zurück, so schnell es ihm sein verletztes Bein erlaubte. Mortianna aber griff sich den Schaft und zog sich die Pike aus dem Leib. So stand sie einen Augenblick, die Waffe in der Hand, und starrte auf die immer größer werdende Blutlache von ihrer Wunde. Dann erst schien ihre übernatürliche Kraft aus ihr zu weichen und zusammen mit ihrem Blut aus ihr zu fließen. Sie wandte sich langsam ab, und ihre Augen wurden trübe und glasig. Sie taumelte den Korridor entlang und zog eine Blutspur hinter sich her.

Asim schüttelte den Kopf und band sich einen Streifen Tuch um die Wunde an seinem Oberschenkel. Für Fragen war jetzt keine Zeit, die mußten warten. Er griff sich den steinernen Statuenkopf und hämmerte weiter damit an die Tür.

In der Kapelle lag der Sheriff auf Marian und preßte sie noch immer mit seinem eigenen Gewicht an den Boden. Er lächelte in ihr wütendes Gesicht und wartete einfach, bis der Bischof mit seinen letzten Zeremonienworten für die Vermählung fertig war. Er hatte die Welt um sich herum vergessen, befand sich jenseits von Raum und Zeit. Es zählte nur noch dieser Augenblick und diese Frau, und sonst nichts mehr. Er würde Marian zu seinem Weibe machen, und nichts und niemand konnte ihn davon abhalten. Das Pulsieren in seinem Kopf war lauter als das Hämmern an der Tür. Marian kämpfte weiter gegen ihn an und vergoß Tränen hilflosen Zorns, doch er sah sie gar nicht.

Robin blickte über das Dach hinab in den Hof, faßte das Wimpeltuch fest und warf sich hinaus in die Luft. Er schwebte fast über dem Hof, als der Wimpel sich entfaltete. Dann gab es einen Ruck, als das Ende erreicht war. Es riß ihn in weitem Bogen zurück auf die Burgmauer zu. Mit beängstigendem Tempo näherte er sich dem Kapellenfenster. Er änderte rasch seinen Griff an dem Tuch, um sicherzustellen, daß er quer gegen das Fenster prallte. Er sauste durch das splitternde Glas des Fensters, ließ das Wimpeltuch los und fiel, sich abrollend, auf den Kapellenboden.

Der Aufprall raubte ihm den Atem. Trotzdem war er im nächsten Moment auf den Beinen und blickte mit dem Schwert in der Hand wild um sich. Dem Bischof blieb der Mund offenstehen. Dann drehte er sich hastig um und floh zur Seitentür hinaus. Robin sah es gar nicht. Wie der Sheriff selbst nahm er jetzt nur noch die Dinge wahr, die allein noch von Bedeutung waren. Langsam kam er auf Marian und den Sheriff zu. Der Sheriff ließ Marian los und stand ohne Eile auf. Marian nutzte die Gelegenheit, sich wegzurollen und ihre Kleider an sich zu raffen.

»Lieber Freund Locksley«, sagte der Sheriff übertrieben höflich, »würde es Euch etwas ausmachen, Euch zu entfernen? Marian und ich möchten gerne allein sein. Wir sind soeben vermählt worden, wißt Ihr!«

Robin hob sein Schwert. »Dann bereitet Euch jetzt gleich für die Scheidung vor, und Eure Seele für die Hölle!«

Der Sheriff richtete seine Kleider und zog ebenfalls sein Schwert. »Gleich in Euer Verderben wollt Ihr rennen, und alles wegen eines Weibes? Die Begierde hat einen Narren aus Euch gemacht! Ich will die Metze auch, nur bin ich nicht so töricht für sie gleich sterben zu wollen. Erkennt Ihr diese Klinge zufällig wieder, Locksley?«

Er zeigte ihm das Heft seines Schwertes. Robin brauchte nur einen einzigen Blick, das Kruzifix darauf zu erkennen. Es war das Schwert seines Vaters.

»Richtig!« nickte der Sheriff. »Ich selbst habe Euren Vater getötet, und mit seinem eigenen Schwert. Doch sehr passend, findet Ihr nicht, daß ich eben damit nun auch seinen Sohn zum Herrn schicken werde?«

Robin hielt seinen Blick gelassen aus. »Vom Schwert meines Vaters habe ich nichts zu fürchten.«

Und damit kamen sie aufeinander zu. Die Spitzen ihrer Schwertklingen berührten sich leicht.

Der Bischof füllte sich die Taschen seiner Reisesoutane hektisch mit Geld aus den Kirchensammlungen und sah sich eilends in seinen Gemächern um, was er noch mit sich nehmen könne. Er mußte fort aus Nottingham, solange es noch ging. Doch es lag wenig Sinn darin, die Stadt als Mittelloser zu verlassen.

In diesem Moment öffnete sich die Tür hinter ihm. Der Bischof fuhr schuldbewußt herum. Er stand Bruder Tuck gegenüber, der die Tür mit ernstem und unnachsichtigem Gesicht blockierte. Der Bischof blickte unsicher auf den Knüppel in Tucks Händen und versuchte ein Lächeln. Aber Tuck lächelte nicht zurück.

»Es stimmt also«, sagte er ruhig. »Es ist die Wahrheit. Ihr habt tatsächlich Eure Seele dem Teufel verkauft. Wenn auch für etwas mehr als nur dreißig Silberlinge.«

Der Bischof richtete sich auf und musterte ihn hochmütig. »Der Herr sprach«, sagte er, »gebt dem Kaiser, was des Kaisers ist. Nur das habe ich getan. Das schwöre ich.«

Tuck kam langsam auf ihn zu. »Nein, das ist keineswegs alles, was Ihr getan habt. Ihr habt Unschuldige der Teufelsanbetung bezichtigt. Ihr habt sie hinrichten lassen, obwohl Ihr wußtet, daß hier die Schwarze Magie praktiziert wird. Hier, wo eigentlich das Zentrum von Glauben und Gerechtigkeit sein sollte.«

Der Bischof lächelte kopfschüttelnd, wie über einen Schüler, der einen einfachen und verständlichen Fehler gemacht hat. »Das alles ist ein schlimmes Mißverständnis. Nun kommt, guter Mönch, ich bin sicher, Ihr werdet doch nicht gegen einen Bruder der heiligen Kirche die Hand erheben wollen.«

»Denkt noch einmal nach«, sagte Tuck nur.

Der Bischof machte eine achselzuckende Geste, um dann unvermittelt einen Hieb mit einem Messer zu führen, das er unauffällig aus dem Ärmel gezogen hatte. Doch Bruder Tuck wich mit einer für einen Mann seines Leibesumfangs verblüffenden Geschmeidigkeit und Schnelligkeit aus und schwang mit der gleichen Bewegung seinen Knüppel, der den Bischof voll traf, rückwärts taumeln und das Gleichgewicht verlieren ließ. Er prallte gegen das zersplitternde Fenster hinter sich und verschwand. Es war ein langer Sturz, und er schrie, bis der Aufprall seinem Kreischen ein Ende machte.

Tuck ging zum Fenster, blickte hinaus und schlug das Kreuzzeichen angesichts des reglosen und zerschmetterten Toten. Dann wandte er sich ab, stellte seinen Knüppel weg und bediente sich mit einem gut gefüllten Glas Wein aus dem Vorrat des verblichenen Bischofs.

»Sein Wille geschehe«, sagte er feierlich. Und setzte hinzu: »Irdische Hilfe inbegriffen.«

Robin und der Sheriff duellierten sich durch die ganze Kapelle und wieder zurück. Ihre Klingen kreuzten sich so schnell, daß ihnen das Auge kaum noch folgen konnte. Sie schlugen Funken, sooft sie aufeinanderkrachten, und ihr Klingen war das einzige im ganzen Raum, abgesehen von dem Keuchen und Stöhnen über der Anstrengung, die ihnen beiden die letzten Kräfte abverlangte. Dies war ihr entscheidender, letzter

Kampf. Sie wußten es beide. Niemals wieder würden sie so gegeneinander kämpfen, mit dieser reinen Wut und diesem blanken Haß. Und niemals wieder stand auch soviel auf dem Spiel.

Marian hatte sich unter den blasphemischen Altar geflüchtet und sah sich hektisch nach irgend etwas um, das ihr als Waffe dienen konnte. Die Tür erzitterte noch immer unter den Schlägen Asims, hielt aber weiterhin, und sie hatte keine Möglichkeit, an den beiden Kämpfern vorbeizulaufen und den Riegelbalken aufzuziehen.

Robin zwinkerte sich den Schweiß aus den Augen und wich vorsichtig zurück, als der Sheriff eine neue Attacke unternahm. Er war immer besser mit dem Bogen als mit dem Schwert gewesen. Der Sheriff war ihm deutlich überlegen. Er verdrängte diesen Gedanken jedoch sogleich wieder. Er war gut genug. Er mußte es einfach sein.

Ihr Kampf wogte hin und her. Sie attackierten sich und wichen zurück, hieben und stießen und wehrten ab, ständig hin und her durch die ganze Kapelle, ohne daß einer die entscheidende Oberhand gewann. Robin atmete schwer, während sein Rücken schmerzte und seine Schwerthand unter den ständigen Schlägen des Sheriffs zu erlahmen begann. Aber er focht unverzagt weiter, lange nachdem jeder andere aufgegeben hätte. Er konnte nicht aufgeben. Er kämpfte nicht für sich selbst. Er kämpfte auch um Marian, für die Waldleute und für ganz England.

Er blockte einen fürchterlichen Hieb der Sheriffs ab, doch dessen Gewalt ließ ihn rückwärts taumeln. Der Sheriff lachte, selbst außer Atem, aber mit wilden und heißhungrigen Augen.

»Du bist genauso schwach wie dein Gott, Locksley!«

Und er holte zu einem zweiten gewaltigen, tiefen Hieb aus. Robin nahm alle seine schwindende Kraft zusammen, wich mit letzter Kraft aus, schwang seinerseits sein Schwert, während der Sheriff noch um seine Balance rang, sich aber noch in letzter Sekunde wegducken konnte, auch wenn er durch Robins Schwertstreich ein Büschel Haare verlor.

Robin rief ihm zu: »Wenn ich Euch mal habe, Nottingham, zerteile ich Euch Stück für Stück, wie Ihr seht.« Und er deutete mit herausforderndem Blick auf seine Wange, um den Sheriff an die Narbe zu erinnern, die er ihm dort schon beigebracht hatte.

Der Sheriff knurrte wie ein Tier. »Hier zerteilt heute nur einer, und das bin ich. Du bist ein toter Mann.«

Er fuhr unvermittelt herum und packte Marian wieder am Arm. Er zog sie unter dem Altar hervor, zwang ihr einen wilden Kuß auf den Mund und stieß sie höhnisch lachend von sich. Robin stürzte sich mit Wutgeheul auf ihn. Ihre Schwerter krachten stählern zusammen. Robins Klinge zerbrach unter dem größeren Gewicht und der besseren Qualität des Schwertes, das einmal seinem Vater gehört hatte. Er wich hastig zurück und stolperte über das Ende einer umgestürzten Betbank, worauf ihm auch noch das Heft seines zerbrochenen Schwertes aus der Hand flog. Im nächsten Augenblick war der Sheriff über ihm und zielte mit seiner Klingenspitze auf seine Kehle. Robin blickte verzweifelt zu Marian hin, doch der Aufprall auf den Boden hatte ihr die Besinnung geraubt. Der Sheriff warf einen kurzen Blick auf sie und lachte leise.

»Jetzt ist sie endgültig mein!«

Er holte aus, um zuzustoßen, langsam, um den Moment genüßlich auszukosten. Das genügte Robin, um einen in seiner Tunika verborgenen Dolch zu ziehen und ihn dem Sheriff in die Rippen zu stoßen.

Einen Augenblick lang schien die Szenerie eingefroren zu sein. Beide waren in der Bewegung erstarrt. Dann sank die Schwerthand des Sheriffs langsam herunter, und er blickte auf den Dolch, der ihm bis zum Heft im Leib stak. Er zog leicht die Brauen hoch, als er den steinbesetzten Griff sah. Er war der Dolch, den er Marian geschenkt hatte. Er nickte schwach, wie zur Bestätigung, daß gar nichts anderes zu erwarten gewesen sei. Dann verließen ihn die Kräfte; das Schwert in seiner Hand wurde ihm zu schwer und fiel klirrend zu Boden. Angestrengt fletschte er seine Zähne zu einem letzten verzerrten Grinsen, zog sich mit einem einzigen Ruck den Dolch aus dem Leib und ging damit langsam auf Marian zu.

Robin rappelte sich hoch und griff nach dem Schwert seines Vaters. Auch Marian war hochgekommen und wich kreidebleich und schrittweise vor dem näher kommenden Sheriff zurück. Der Sheriff keuchte, ließ den Dolch fallen und taumelte mit glasigen Augen an ihr vorbei in den Alkoven bei dem zersprungenen Fenster. Er starrte hinaus, auf den Hof hinunter, und spürte, wie das Leben aus ihm rann. Die Waldleute hatten seine Soldaten überwältigt, sie waren überall in der ganzen Burg. Er sah sich um, blickte auf Marian und Robin, die nun nebeneinander standen, und dann zu Boden, wo die Blutlache zu seinen Füßen immer größer wurde.

»Ich hätte gern gewußt«, stammelte er leise, »wer eigentlich mein Vater war.« Sein Gesicht verzerrte sich vor Schmerz. Er starrte Robin an, schwankte und sank tot zu Boden.

Und nun endlich brach auch die Kapellentür. Asim, Bull und Little John platzten kampfbereit herein. Sie blieben stehen, als sie die Szene erblickten, die sich ihnen bot, und ließen ihre Waffen sinken. Robin ließ ebenfalls erschöpft und erleichtert sein Schwert fallen und wandte sich Marian zu.

In diesem Moment erschien aus einer Tapetentür hinter ihm eine dunkle Gestalt. Mortianna. Sie lebte noch immer. Sie kam mit gezücktem Messer und irrem Blick auf Robin zu, um zuzustechen. Asim aber war schneller. Er griff sich das neben ihm liegende Schwert und warf es aus dem Handgelenk.

Und er hatte gut gezielt. Mortianna stürzte mit dem Schwert in der Brust zu Boden. Sie wand sich noch einmal und streckte eine Klauenhand nach dem Sheriff aus, als wollte sie noch im Tode ihre Macht über ihn demonstrieren. Dann verkrampfte sich ihr Körper und erstarrte in einem tödlichen Röcheln.

Asim sagte zu Robin: »Jetzt habe ich mein Gelöbnis erfüllt, Christ.«

Robin nickte ihm müde lächelnd zu und nahm Marian in die Arme. So blieben sie lange stehen und hatten alles um sich herum vergessen. Marian legte eine zitternde Hand auf sein Gesicht, als sei sie sich nicht ganz gewiß, ob es nicht gleich wieder verschwände.

»Du bist meinetwegen gekommen. Und du lebst.«

Robin sah sie unverwandt an. »Lieber wäre ich gestorben, als dich einem anderen zu überlassen.«

Und ihr Kuß dauerte endlos, als wollten sie sich nie mehr loslassen. Asim und Little John sahen es sich eine Weile lang mit an, dann tauschten sie stumme Blicke und zogen sich diskret zurück. Den fasziniert starrenden Bull zerrten sie rigoros mit sich.

Es wurde eine einfache Hochzeit. Sie fand im Herzen von Sherwood statt. Bruder Tuck war der Priester, und die Waldleute bildeten die Gemeinde. Durch die grünen Baumkronen fiel der Sonnenschein wie durch die Kuppel einer Kathedrale. Tucks Stimme hallte weit durch den stillen Nachmittag. Er knüpfte das christliche Band der Ehe zwischen Robin und Marian und konnte ein Lächeln nicht unterdrücken, als er zu der Frage kam, die er nun einmal stellen mußte, wie lächerlich sie auch klingen mochte.

»Wenn jemand hier ist, der einen Grund vorbringen kann, warum diese beiden Menschen nicht vereint werden sollten...«

»Halt!« Die sich unerwartet meldende Stimme klang laut und streng. »Ich weiß einen Grund!«

Alle wandten sich verblüfft um. Sie sahen sich einem hünenhaften Ritter in schwarzer Rüstung gegenüber. Er war begleitet von ebenfalls berittenen Soldaten, die einen Ring um die Versammlung bildeten. Schlagartig folgte das Geräusch von Stahl auf Leder, als die versammelten Waldleute ihre Schwerter zogen. Andere legten Pfeile in ihre Bogen, spannten sie und suchten sich mit kalter Überlegung ihre Ziele aus. Bruder Tuck griff nach seinem Knüppel. Little John und Will Scarlet stellten sich rasch vor Robin, um ihn zu schützen, doch er winkte sie weg. Da war etwas an diesem Berittenen... Er beobachtete ihn genau, als er nun abstieg und allein herbeikam, bis er vor Robin und Marian stand.

»Wer unterbricht die Vermählung?« fragte Robin.

Der Reiter nahm seinen Helm ab, unter dem ein wohlvertrautes Gesicht zum Vorschein kam. »Euer König, Robin von Locksley.«

»Richard!« sagte Marian.

Und sie sanken alle vor ihm in die Knie und beugten das Haupt vor ihrem rechtmäßigen König Richard Löwenherz. Doch keiner legte seine Waffe weg. Der König bemerkte es wohl und lächelte leicht.

»Versteht ihr, ich kann nicht zulassen, daß diese Vermählung hier fortgesetzt wird...«, begann er und hielt inne, als Robin mit kaltem, abschätzendem Blick zu ihm aufsah. Er lächelte. »...ohne daß ich die Braut führe.« Er lächelte wieder und sah nun Marian an. »Ihr seht hinreißend aus, Cousine.«

»Wir sind tief geehrt, Eure Majestät«, sagte Robin.

»Ich bin es, der geehrt ist, Lord Locksley«, erwiderte der König. »Dank Euch habe ich noch immer einen Thron. Nun fahrt fort mit Eurer Zeremonie, guter Mönch.«

Bruder Tuck legte seinen Knüppel weg und beendete die Zeremonie im Eiltempo, bevor noch jemand kam und sie unterbrach. Robin und Marian küßten sich, und alle jubelten dazu.

»Das reicht nun«, sagte Bruder Tuck nach einer Weile. »Das geht alles nur von unserer Zeit fürs Trinken ab.«

Sie trennten sich lachend voneinander. Fanny und Wulf

brachten einen riesigen Hochzeitskuchen herbei, der so gewaltig war, daß er auf einem eigenen Wagen gefahren werden mußte. Asim reichte Robin das Messer, mit dem er ihn anschneiden sollte.

»Ich wünsche dir viele Söhne, mein Freund«, sagte er. »Und viele Töchter.«

Zur Erinnerung an das Ereignis wurden Hunderte von Tauben freigelassen, und das Flattern ihrer Flügel erfüllte den ganzen Wald. Robin und Marian und die Waldleute und König Richard Löwenherz feierten gemeinsam den ganzen Tag lang und bis tief in die Nacht hinein in jenem großen grünen Traum des Waldes von Sherwood.

Terry Brooks – Shannara

Terry Brooks
Das Schwert von Shannara
23828

Terry Brooks
Der Sohn von Shannara
23829

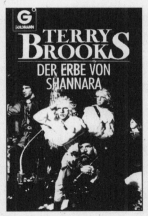

Terry Brooks
Der Erbe von Shannara
23830

Terry Brooks
Die Elfensteine von Shannara
23831
Der Druide von Shannara
23832
Die Dämonen von Shannara
23833
Das Zauberlied von Shannara
23893
Der König von Shannara
23894
Die Erlösung von Shannara
23895

GOLDMANN

GOLDMANN TASCHENBÜCHER

Fordern Sie das kostenlose Gesamtverzeichnis an!

Literatur · **U**nterhaltung · **B**estseller · **L**yrik

Frauen heute · **T**hriller · **B**iographien

Bücher zu Film und Fernsehen · **K**riminalromane

Science-Fiction · **F**antasy · **A**benteuer · **S**piele-Bücher

Lesespaß zum Jubelpreis · **S**chock · **C**artoon · **H**eiteres

Klassiker mit Erläuterungen · **W**erkausgaben

****

Sachbücher zu Politik, Gesellschaft,

Zeitgeschichte und Geschichte; zu Wissenschaft,

Natur und Psychologie

Ein Siedler Buch bei Goldmann

****

Esoterik · **M**agisch reisen

****

Ratgeber zu Psychologie, Lebenshilfe,

Sexualität und Partnerschaft;

zu Ernährung und für die gesunde Küche

Rechtsratgeber für Beruf und Ausbildung

Goldmann Verlag · Neumarkter Str. 18 · 8000 München 80

Bitte senden Sie mir das neue Gesamtverzeichnis.

Name: _____

Straße: _____

PLZ/Ort: _____